JULIA BÄHR

Hustle

JULIA BÄHR

HUSTLE

ROMAN

pola

NACHHALTIG PRODUZIERT

Die Bastei Lübbe AG verfolgt eine nachhaltige Buchproduktion. Wir verwenden Papiere aus nachhaltiger Forstwirtschaft und verzichten darauf, Bücher einzeln in Folie zu verpacken. Wir stellen unsere Bücher in Deutschland und Europa (EU) her und arbeiten mit den Druckereien kontinuierlich an einer positiven Ökobilanz.

FSC www.fsc.org
MIX
Papier | Fördert gute Waldnutzung
FSC® C014496

pola-Verlag

Originalausgabe

Dieses Werk wurde vermittelt durch die AVA international GmbH
Autoren- und Verlagsagentur, München. www.ava-international.de

Bei Fragen zur Produktsicherheit wenden Sie sich bitte an:
produktsicherheit@bastei-luebbe.de

Textredaktion: Marie Krutmann, Berlin
Umschlaggestaltung: Barbara Thoben, Köln
Einband-/Umschlagmotiv: Coverillustration: Inés Maestre
Satz: hanseatenSatz-bremen, Bremen
Gesetzt aus der Warnock Pro
Druck und Verarbeitung: GGP Media GmbH, Pößneck

Printed in Germany
ISBN 978-3-7596-0028-8

5 4 3 2 1

Sie finden uns im Internet unter luebbe.de
Bitte beachten Sie auch: lesejury.de

Es tanzt die schöne Libelle
Wohl auf des Baches Welle;
Sie tanzt daher, sie tanzt dahin,
Die schimmernde, flimmernde Gauklerin.

Heinrich Heine, »Die Libelle«

1

Unter idealen Bedingungen keimt Kresse innerhalb von zwei Tagen. Die Samen brauchen nur Wasser und Licht. Wenn man sie ein paar Stunden vorquellen lässt, werden sie leicht schleimig und haften gut auf Dokumenten in grauen Leitz-Ordnern.

Sie löffelte die feuchten Samen aus einem großen Gefrierbeutel. Von der Bürotür aus arbeitete sie sich vor: das Regal voller Ordner, die dick gepolsterte Sitzfläche des schwarzen Schreibtischsessels, das Mousepad, der Zeitschriftenstapel. Papier und Textilien saugten das Wasser auf, das sie aus ihrer Thermosflasche darüber goss, und würden die Samen bis Montag feucht halten. Auf dem Fensterbrett saß ein Teddybär mit blauen Haaren und Hertha-BSC-Trikot, den sie besonders gründlich wässerte und mit Samen bedeckte. Ihr Chef war ein großer Fan.

Das kleine Touchpad neben der Tür: Raumtemperatur auf 23 Grad, automatisches Herunterfahren der Jalousien aus. Mit dem Ärmel wischte sie ihre Fingerabdrücke weg. Den Rest der Samen kippte sie auf den Boden und strich sie mit dem Löffel in die kurzflorigen, grauen Teppichfliesen. Dann stopfte sie die Tüte und die Thermosflasche in ihren Rucksack. Auch den Löffel nahm sie mit. Es war keine Zeit mehr, ihn in die Kantine zurückzubringen.

Ihren Schreibtisch und den Laborspind hatte sie schon vor drei Tagen geleert. Der Löffel schlug im Rucksack sanft gegen die Thermosflasche, als sie zum Ausgang ging. Sie reichte dem Pförtner ihre Zugangskarte.

»Heute ist mein letzter Tag«, sagte sie. »Auf Wiedersehen.«

»Auf Wiedersehen.« Er las ihren Namen von der Karte ab. »Alles Gute, Frau Hendricks.«

Die Demonstranten vor dem Tor zerstreuten sich gerade, als sie aus der Tiefgarage fuhr. Für sie hielten sie die Schilder noch mal kurz hoch: »Genmais, nein danke.« »Kein Gift auf unseren Feldern.« »Rettet die Bienen.«

Wenn man in Bocholt aufgewachsen ist, kann es nur aufwärts gehen. Dafür braucht man nicht mal nach London oder Singapur zu gehen. Da müssen die hin, die in Hamburg aufgewachsen sind. Von Bocholt aus reichen kürzere Schritte. Bochum zum Beispiel. Als Studentin auf dem Monte Schlacko sitzen und rauchend auf Wattenscheid blicken: fast parisерisch. Wer es durch die Kirchheller Heide geschafft hat, kehrt nie zurück.

Zwei Drittel jeder Abiturklasse sitzen in einem der Neubaugebiete im Umkreis von dreißig Kilometern. Sie bereisen selten eine Großstadt. Aber wer hofft, von ihnen als Kosmopolit:in bewundert zu werden, hofft meist vergeblich. Irgendjemand ist immer für die UNO in den Senegal gegangen und heimst diesen Ruhm allein ein.

Ihr Weg nach Hause führte durch eine Senke, die Teil einer Seenlandschaft hätte sein können. Pumpen halten die Erde trocken und fest, damit das Grundwasser die Häuser der Region nicht überflutet. Wer untertauchen will, muss weiterfahren.

In ihrer Wohnung warf sie den Gefrierbeutel in den Plastikmüll und spülte den Löffel ab. Er war leicht zu verbiegen. Sie fuhr mit dem Daumen über die Gravur im Griff: MOSWETI. Durch eins der Grifflöcher schob sie ihn in den nächstbesten Karton.

Das Internet hatte sie schon seit Wochen abgemeldet. Der Lagerraum war angemietet, die Kisten waren gepackt. Die meisten ihrer Bücher hatte sie auf öffentliche Bücherschränke verteilt. Falls da mal jemand reinschaute, der sich für Fachbücher über Pflanzengenetik oder ihre Sammlung von Reclam-Schullektüren interessierte. *Der zerbrochene Krug* mit Unterstreichungen, immerhin mit dem Lineal ausgeführt. Ihren Eltern hatte sie erklärt, dass sie schwer zu erreichen sein würde.

Die letzte Mail vor dem Abflug auf die Philippinen erreichte sie am Flughafen. Keine Anrede. In dürren Worten teilte ihr ehemaliger Chef ihr mit, er sehe davon ab, die Behörden einzuschalten. Sie werde allerdings nie wieder einen Job in dieser Branche finden. Dafür werde er persönlich sorgen.

Es wirkte, als habe er eine solche Mail schon immer mal schreiben wollen.

***

In Südostasien wollte sie sich verstecken, bis der Rauch sich verzogen hatte. Nach ihrer Reise würde sie mit ein paar Monaten Abstand unschuldig wie ein Fohlen in Bewerbungsgespräche galoppieren, und niemand würde sie nach diesem merkwürdigen Vorfall bei ihrem ehemaligen Arbeitgeber fragen. Sie erhoffte sich aber noch mehr von ihrem Trip. Dass ihr von selbst eine neue innere Reife zufliegen möge, zum Beispiel. Vielleicht würde sie eine spirituelle Ader an sich entdecken oder ihre Menschenliebe an Straßenkindern üben.

Auf jeden Fall hatte sie vor, cooler zurückzukehren. Mit ein paar Anekdoten, die sich gut erzählen ließen. Und wenn das alles schon nicht klappte – denn wenn sie ehrlich war, kannte sie niemanden, bei dem das geklappt hätte, und dafür viele, die so taten –, wollte sie wenigstens sexuell etwas erleben. Ihre letzte Beziehung war ein halbes Jahr zuvor gescheitert. Seitdem hatte sie nur angesoffen in einem Club mit einem Ex-Kommilitonen geknutscht.

Sie war in ihrer Entschlossenheit sogar bereit zu ignorieren, dass viele Backpacker riechen wie ihr Unterarm damals, als sie nach dem Bruch den Gips abbekommen hatte. Fasziniert und angeekelt hatte sie an ihrer Haut geschnüffelt. Sie bekam Gelegenheit, diese Erfahrung im Etagenbett eines malaysischen Hostels mit Sturla aus Norwegen zu wiederholen, und nutzte sie reichlich, bis er und sie in unterschiedliche Richtungen weiterreisten. Erkenntnisse gewann sie dabei nicht. Außer dass Brüste auf Norwegisch *Pupp* heißen.

Vor jeder Sehenswürdigkeit, zu der sie reiste, posierten bereits halbnackte Influencer:innen. Sie pflegte sie mit demonstrativ gerunzelter Stirn zu betrachten. Wie machten die das überhaupt mit diesen Glitzersandalen und diesen verträumten weißen Blusen mit Lochmuster? Wie kamen die über steinige Wanderwege hierher? Hatten die Bügeleisen dabei?

Dann besuchte sie einen buddhistischen Tempel auf einem Berg. Mit dem Bus kam sie bis zum Parkplatz, von dort aus mussten alle eine lange und breite Treppe empor. Es war heiß. Nur wenige waren wie sie in der Mittagshitze gekommen. Oben stand ein junger Mann und verkaufte Softdrinks aus einer Eisbox. Sie nahm eine Cola und deutete auf ein Influencer-Pärchen, das versuchte, einen im Wind flatternden

Schal möglichst effektvoll vor dem Blick ins Tal in Szene zu setzen.

»Annoying, right?«, sagte sie zu dem Verkäufer.

»Tourists«, antwortete er und lächelte freundlich.

Erst als sie wieder am Parkplatz ankam, wurde ihr klar, dass er damit auch sie gemeint hatte. Sie schämte sich ein bisschen. Ihr fiel ein Plakat wieder ein, das vor Jahren in der Küche ihrer WG hing:

SCHRECKLICHER
VERDACHT:
BIN ICH GAR NICHT
BESSER
ALS ALLE ANDEREN?

Vier Monate war sie unterwegs. Dreimal rief sie zu Hause an. Erstens telefonierte sie nicht gern mit ihren Eltern. Zweitens war sie der Meinung, zu viel Kontakt mit der Heimat würde ihre *Experience* ruinieren. Von ihrem letzten Geld kaufte sie in Bangkok einen türkisfarbenen Buddha, der nicht in ihren Rucksack passte. Sie schenkte ihn dem Fahrer, der sie zum Flughafen brachte. Sehr dankbar schaute er nicht. Von seinem Rückspiegel baumelte ein Kruzifix.

***

Wochenlang saß sie mit dem Laptop im Schoß auf dem Neunzigzentimeterbett in ihrem Kinderzimmmer und schrieb Bewerbungen. Natürlich hätte sie sich auch an den Schreibtisch setzen können. Das fühlte sich beim ersten Versuch aber so intensiv nach Lernen für die Mathearbeit an, dass sie dort lieber ihre Winterpullover stapelte, die nicht mehr in die Malm-Kommode gepasst hatten. Ihre Mutter bestand darauf, dass sie wenigstens die blaugrau gestreifte

Tagesdecke aufs Bett legte, ehe sie sich mit ihren Straßenklamotten draufsetzte. Jeden Morgen wachte sie frustrierter auf als am Vortag. Mit versteinerter Kiefermuskulatur vom Zusammenbeißen der Zähne.

An den Wohnzimmertisch konnte sie nicht, denn im Wohnzimmer stritten ihre Eltern. Und wenn sie nicht stritten, wollte mindestens ein Elternteil mit ihr den letzten Streit besprechen und dabei hören, dass es im Recht war. Sie schrieb sehr viele Bewerbungen in sehr kurzer Zeit.

Wie sich herausstellte, war ihr ehemaliger Chef zwar ein Arsch, aber ausgesprochen gründlich. Meistens erhielt sie nicht einmal eine Antwort auf ihre Bewerbung.

Pflanzengenetik war ihr Traumjob gewesen. Einerseits. Andererseits hatte sie sich auf Pflanzen spezialisiert, weil sie sie liebte. Nicht um ein paar Arten so weit zu optimieren, dass für die Schwächeren kein Raum mehr war. Dass es das Zusammenspiel mit der Fauna störte. Und dass sie sich bei jeder Party wegen Genmais rechtfertigen musste.

Dass die meisten Menschen, die trotzdem dauerhaft bei einem Unternehmen wie Mosweti arbeiteten, egozentrische Karrieristen waren, hätte sie nicht wundern sollen. Aber dass ihr Chef es normal fand, ihre Forschungsergebnisse als seine auszugeben, hatte sie doch überrascht.

Manchmal kam ihr bester Freund zu Besuch. Er klingelte, ihre Mutter öffnete, rief: »Steffen ist da!«, und dann klopfte es auch schon an ihrer Zimmertür. Es war wie eine Zeitreise. Sie lebte wieder im Jahr 2010. Nur dass Steffen nun einen Bart hatte, im Marketing arbeitete, eine Therapie gegen seine Angststörung machte und darüber nachdachte, seine Freundin zu heiraten.

Er setzte sich auf den Schreibtischstuhl, der unter seinem Gewicht leicht nachgab. Ihre Kinderzimmermöbel sahen neben ihm winzig aus.

»Und?«, fragte er.

»Immer noch nichts. Aber ich hab mich jetzt woanders beworben.«

»Wo denn?«

»Bei der Zoologischen Staatssammlung.«

Steffen senkte argwöhnisch den Kopf. »Von … welchem Staat?«

»Bayern.«

»Du willst nach Bayern gehen?«

»Ich will nicht nach Bayern gehen. Aber ich muss vielleicht.«

»Du bist doch gar keine Zoologin!«

»Ja, ich hoffe, danach fragen sie nicht so genau.«

»Aber dann kann ich dich gar nicht mehr einfach so besuchen, auf dem Rückweg von der Arbeit.«

»Ich weiß. Ich find's auch scheiße. Vielleicht klappt es auch gar nicht. Ich bin gleichzeitig über- und unterqualifiziert. Aber ich kann ja nicht ewig im Kinderzimmer wohnen.«

»Nee. Wo wäre das? In München?«

»Ja. Ich verspreche, niemals ein Dirndl anzuziehen oder ja mei zu sagen.«

»Das wäre mir beides egal, solange du mir wieder regelmäßig deine berüchtigten fünfminütigen Sprachnachrichten schickst wie früher.«

»Ich hab halt im Moment nichts zu erzählen.«

»Du musstest das unbedingt machen mit der Kresse, oder? Obwohl es dich jetzt alles kostet.«

»Ich konnte ihn nicht davonkommen lassen. Er hat mich so oft angebrüllt. Und dann auch noch meine Forschungsergebnisse geklaut.«

»Ich weiß. Du hast mich mehrfach heulend vom Klo angerufen, schon vergessen?«

»Ich war echt kurz vorm Burnout. Ich bin so erleichtert, dass ich ihm nicht mehr ausgeliefert bin. Und dass Kresse auf seinem Mousepad wächst!«

»Ich versteh das ja alles. Aber dafür nach Bayern zu gehen, das ist schon hart.«

***

Das Büro des Direktors roch nach Kamille, feuchter Wolle und Papier. Er trug eine Brille mit gelbem Rahmen, die wirkte, als habe eine seiner Teenagertöchter ihm mal was Moderneres verordnet. Der Job sei eine ziemliche Sisyphusarbeit, erklärte er. Oder nein, das sei vielleicht zu negativ. Eine Herkules-Aufgabe! Ja, das treffe es viel besser. Die Sammlung habe also diese ganzen Exponate im Bereich Insekten, aber bei vielen davon sei die Bezeichnung verloren gegangen. Die meisten lagerten in kleinen Tüten. Digitalisiert sei bisher nichts davon.

»Wir wissen also, dass wir Zehntausende haben«, sagte er. »Aber was genau wir haben, das wissen wir nicht.«

Er zeigte ihr einen Kasten mit zwölf Wildbienenarten. Die vergilbten Zettel mit den lateinischen Artenbezeichnungen lösten sich vor ihren Augen ab und fielen auf den Boden des Kastens.

»Sehen Sie«, sagte er. »Das passiert dauernd. Wir brauchen eine geduldige und sorgfältige Person, die das alles zuordnet und digitalisiert. Die Stelle ist unbefristet. Wahrscheinlich reicht ein Leben nicht dafür, das fertig zu bekommen.«

Sie hatte eigentlich nicht vorgehabt, ihr Leben mit toten Insekten zu verbringen. Sie kannte sich mit Pflanzen aus. Und mit Schleimpilzen. Aber der Direktor wirkte freundlich und harmlos. Ein Mann, der Kamillentee trank, konnte kein

Arsch sein, fand sie. Sie spürte den Impuls, sich auf seinem Schreibtisch zusammenzurollen und in Frieden ein, zwei Stunden zu schlafen, während er mit ruhiger Stimme Telefonate führte. Es würde hier keine ungeplanten Überstunden geben. Keine Brüllerei. Keine Spielchen. Der Direktor sah nicht aus, als habe er schon jemals in seinem Leben seine Macht spielen lassen. Zumindest nicht mit Erfolg.

Im Studium hatte sie ein Seminar zu Insekten belegt. Deshalb schwärmte sie nun zehn Minuten lang davon, wie faszinierend der Lebenszyklus der Käfer war. Es war nicht gelogen. Es war ihr nur eben erst eingefallen. Sie fand ihn tatsächlich immer faszinierender, je mehr sie sich in ihre Rede hineinsteigerte.

Der Direktor sagte ihr auf der Stelle zu. Sie reichte ihm die Hand. Dann fuhr sie zurück zum Bahnhof. Mit jedem Schritt, den sie machte, fiel mehr Schwere von ihr ab. Als sie wieder in ihrem Kinderzimmer stand, fühlte sie sich nicht direkt leicht. Aber mehr wie früher: bevor sie ihr Leben in die Luft gejagt hatte.

***

Gummersbach, Wenden, Siegen. Vielleicht war München doch nicht so scheiße, relativ gesehen. Gießen, Frankfurt, Würzburg. München kündigte sich mit zwei Hochhäusern an der Autobahnausfahrt an und führte sie auf einer vierspurigen Straße um die Innenstadt herum. Der Verkehr war so dicht, dass sie nur langsam vorankam. Sie passierte das riesige, geschwungene Zeltdach des Olympiaparks, das in der Abendsonne funkelte. Dann das Schild nach Neuhausen.

Es dämmerte, als sie in ihre neue Straße einfuhr. Ein Block aus vierstöckigen Mietshäusern, Mauer an Mauer. Dazwischen ein zartgelb gestrichenes. Vierundzwanzig Quadratmeter davon bewohnte sie nun. Es gab eine Badewanne, aber sie war nicht nur zu kurz, sondern auch nicht tief genug: eher ein kniehohes Waschbecken. Einen wuchtigen schwarzen Ledersessel. Einen beeindruckend hässlichen Deckenfluter mit laserblauem Glasschirm. Als zöge man in eine Zeitkapsel aus den Neunzigern. Die Möbel stammten aus dem Jugendzimmer des längst ausgezogenen Sohnes der Vermieterin. Das hatte sie erzählt, als gebe sie damit Kostbarkeiten weiter.

Der Teppichboden: undefinierbar graubraun. Das Bett: nur neunzig Zentimeter breit, damit noch ein Kleiderschrank daneben passte. 700 Euro warm im Monat. Seit sie die Kaution bezahlt hatte, war sie völlig pleite. Sie bezahlte alles mit Kreditkarte. Vier Wochen bis zum ersten Gehalt.

Über das Studentenwerk hatte sie zwei Helfer organisiert. Sie sahen aus, als würden sie das als nette Abwechslung zum Gym machen. Während die beiden ihre Kartons ausluden, stand sie neben dem Sprinter, weil man seine Sachen nicht allein lässt. Egal, wie wertlos sie sind.

Als nur noch ihr Fahrrad im Laderaum lag, fuhr sie den Transporter aus der Einfahrt. Eine Stunde später kam sie mit dem Rad zurück und öffnete zehn Kartons auf der Suche nach ihrer Bettwäsche.

Bevor sie sich in das fremde Bett legte, brachte sie den Deckenfluter in den Keller.

2

Mit dem Geruch frischen Asphalts in der Nase erwachte sie. Die Fenster waren geschlossen. Sie schnüffelte sich durch die Wohnung: Die Matratze roch nach Duschvorhang. Die blauen Resopaltüren des Kleiderschranks nach sauren Zungen. Ihre leeren Bücherregale nach Staub und Moos. Dann der Sessel – eindeutig wie eine frisch geteerte Straße. Sie hob eine Seite an und ließ sie wieder fallen. Er war viel zu schwer.

»Wir werden uns arrangieren müssen, du und ich«, sagte sie.

Ein leicht parfümiertes Bettlaken über dem Sessel milderte die Ausdünstungen ab. So roch es immerhin nach Straße im Frühling.

Die Bücher ins Regal. Die Teller in die Küche. Die Kleider in den Schrank. Wenn man mit Dreißig noch mit leichtem Gepäck lebt, gibt es zwei mögliche Gründe. Erstens: Man hat nette Eltern, die seit vierzig Jahren in dem zu großen Einfamilienhaus wohnen, in dem sie eines Tages sterben werden. Dort stellt man seinen ganzen Kram unter. Zweitens: Man hat Eltern, die einen gelehrt haben, immer den Fluchtweg im Blick zu behalten. Also schmeißt man weg.

Als sie Hunger bekam, ging sie in einen Imbiss um die Ecke. Es roch nach gebratenem Fleisch und billigem Putzmittel. Beim Essen konnte man auf weinroten Barhockern mit aufgeplatztem Bezug sitzen und durch das Fenster auf die Straße schauen. Sie bestellte Döner ohne Knoblauchsoße und beobachtete die Leute, die vorbeigingen. Glänzende Schuhe. Teure Handtaschen. Eine Outdoor-Jacke und einen Rucksack wie sie selbst trug da draußen niemand.

Auf den übernächsten Hocker ließ sich ein Mann um die Fünfzig fallen. Aus der Tasche seines Trenchcoats holte er eine zusammengerollte *Abendzeitung* und schüttelte sie auf wie ein Kopfkissen. Das Papier raschelte. Sie fand den Vorgang ein bisschen theatralisch. Hungrig biss sie von ihrem Döner ab und las von außen mit.

Betrügerin legt reiche Investoren rein

Sie kniff die Augen zusammen, um das Kleingedruckte zu lesen. »Pizza Nummer 8!«, rief der Imbissbesitzer, als sie gerade den ersten Absatz entziffert hatte. Die Zeitung fiel in sich zusammen.

Während der Mann seine Pizza aß, lag die Zeitung zwischen ihnen. Sie verrenkte sich den Hals, um noch ein paar Worte lesen zu können, aber das lenkte sie so ab, dass die Sauce anfing, auf die Tischplatte zu tropfen. Sie gab auf. Die Aktion hinterließ einen Fettfleck auf ihrer Jeans, den sie erst drei Tage später bemerkte.

***

Der Weg zur Arbeit führte am Nymphenburger Kanal entlang. Der Radweg war voller Löcher, die Baumkronen darüber bildeten eine geschlossene Decke. Rechts eine Villa neben der anderen. Die Zoologische Staatssammlung: ein flaches Gebäude, mit Rasen bewachsen. Zwei runde Innenhöfe. Auf Google Maps sah es aus wie ein Augenpaar.

Bei Mosweti hatte sie jeden Morgen eine Sicherheitsschleuse passieren und viermal ihre Zugangskarte einsetzen müssen, ehe sie das Labor erreichte. Hier saß ein Pförtner in einem Glaskasten und wischte mit dem Ärmel das Salz vom Tisch, das von seiner Brezel gefallen war.

Ihr Schreibtisch stand in der Bibliothek der Sammlung zwischen Hochschränken aus Metall. Hin und wieder ging jemand durch die Gänge, schaute aber nicht an den Schränken vorbei. Das nächste Fenster konnte sie in der Entfernung hell schimmern sehen. Der Schreibtisch war aus dunklem Holz, mit einer Schublade und zwei großen Fächern an den Seiten.

»Extra für Sie freigeräumt«, hatte die Sekretärin gesagt.

Ein Kollege überreichte ihr einen Kasten mit vierzig Käfern. Sie bedankte sich artig, stellte sich vor und vergaß seinen Namen sofort wieder. Alle Zettelchen im Inneren des Kastens waren entweder vergilbt oder hatten sich vom Holzuntergrund abgelöst oder beides. Die Beschriftung auf dem Kasten war immerhin lesbar: *Lucanidae.* Einen erkannte sie als europäischen Hirschkäfer. »Die Familie kommt weltweit vor und umfasst etwa 1300 Arten«, las sie bei Wikipedia nach.

Im hinteren Bereich der Bibliothek fand sie ein Bestimmungsbuch im obersten Regalbrett. Und eine Leiter, der zwei Sprossen fehlten. Sie überlegte. Dann kam sie zum Schluss, dass es keinen besseren oder schlechteren Zeitpunkt gab, um in einer neuen Stadt das nächstliegende Krankenhaus kennenzulernen, und kletterte hinauf. Die Leiter hielt.

Das Bestimmungsbuch war keine große Hilfe. Es fiel ihr schwer, die Arten zu identifizieren. Sie fand einen Käfer im Buch, der Ähnlichkeit mit einem der Käfer im Kasten hatte. Der im Buch glänzte kupferfarben, der im Kasten hatte die Farbe von stumpfem Messing. Aber der war ja auch seit Jahrzehnten hinüber. »Ein Messingkäfer frisst alles«, las sie. Vorräte, Papier, Textilien. Sogar Leder.

Hübsch war der Käfer. Sein Panzer glänzte wie poliert. Sie packte ein Bounty aus. Zweites Frühstück.

Auf ihrem Handy installierte sie eine App, die laut Beschreibung besser in ihrem Job war als sie selbst. Sie lud ein Foto eines kleinen Käfers hoch, der mit seinen bescheidenen Mundwerkzeugen und dem Horn auf dem Kopf inmitten der anderen fehl am Platz wirkte. Die App gab einen triumphierenden Akkord von sich und erklärte, es handelte sich um den Kopfhornschröter. Sie fand den entsprechenden Zettel und pinnte ihn mit einer Nadel an der richtigen Stelle fest.

Grabsteine für tote Tiere beschriften, das war nun also ihr Leben. Als der Direktor »unbefristet« gesagt hatte, war es ihr wie ein Versprechen vorgekommen. Aber sie ahnte bereits, dass sich diese Sichtweise bald ändern könnte. Von unbefristet zu lebenslänglich.

»Hallo, Frau Hendricks.«

Fast fiel ihr die Schachtel mit den Nadeln aus der Hand. Die Sekretärin war eine zarte ältere Dame, die so wenig wog, dass die Bodendielen des Archivs unter ihr nicht knarzten.

»Frau Vogt, hallo.«

»Ich würde Sie mit in die Kantine nehmen, wenn Sie mögen?«

»Ja, danke.« Sie stopfte ihre Sachen in eins der großen Schreibtischfächer und stand auf.

»Wie kommen Sie denn voran?«

»Es läuft sehr gut! Käfer sind mein Spezialgebiet.«

Frau Vogt schwebte in ihren schmalen Tennisschühchen übers Parkett und lotste sie in einen gebogenen Gang mit Fenstern in den Innenhof.

»Wie lange arbeiten Sie denn schon hier?«

»Es werden jetzt sechsunddreißig Jahre.«

»Wie aufregend.«

»Also, langweilig wird es nicht. Sie haben vielleicht davon

gehört, dass 2013 ein präparierter Riesenalk in der Sammlung entdeckt wurde? Ein ganz seltenes Exponat.«

»Wie, entdeckt? Wie ist der denn hier reingekommen?«

»So wie alles reinkommt. Aber dann wurde er vergessen.«

»Passiert das öfter?«

»Manchmal. Irgendwann kommt ein Doktorand und gräbt das Zeug wieder aus.«

»Wenn Sie mal zwei Monate nichts von mir hören, schicken Sie doch einen in die Bibliothek.«

Frau Vogt lächelte und ließ die Schwingtür zur Kantine auffliegen. Es gab Königsberger Klopse und Grießbrei mit Zimt und Zucker.

»Grießbrei ist kein Mittagessen«, hätte ihre Mutter gesagt. Also entschied sie sich dafür.

Sie hatte erwartet, die Münchner bräsig zu finden und ihren Dialekt schlecht zu verstehen. Beides stimmte. Aber dass die Supermärkte um 20 Uhr schlossen, traf sie völlig unvorbereitet. Sie erfuhr es durch eine Fanfare, die zehn Minuten vor Ladenschluss durch die Gänge schallte. Es folgte eine Bandansage, man werde nun bald schließen. Die Kundinnen und Kunden mögen sich bitte zur Kasse begeben. Sie hatte ein Tetrapak Orangensaft und ein Stück Ingwer im Wagen.

Wusstest du davon, schrieb sie Steffen auf dem Heimweg.

Jeder weiß das, schrieb er zurück. *Deshalb zieht niemand nach Bayern.*

***

Der Job ruinierte ihre Google-Suchhistorie. Es fing damit an, dass ihr Werbung für Gummistiefel und Trekkingsandalen angezeigt wurde. Als nächstes Hemden in Khaki, die angeblich Mücken abhielten. Dann ein Schmetterlingsnetz.

Mosweti, tippte sie in die Suchmaske. Sie fand einen fünf Monate alten Bericht über Ökoterroristen, die angeblich in die Firma eingedrungen waren. Das Büro eines leitenden Angestellten sei verwüstet worden, teilte der Pressesprecher mit. Wertsachen hätten der oder die Täter nicht mitgenommen, deshalb gehe man von einer politischen Tat aus. Man sei natürlich gegen Sachbeschädigung versichert.

Zum Stand der Ermittlungen wollte die Polizei keine Auskünfte geben.

Mit dem Kantinenbesuch am ersten Tag war ihre Eingewöhnungsphase in der Sammlung offiziell abgeschlossen. Niemand holte sie mehr zum Mittagessen ab. Offenbar wurde von ihr erwartet, wie eine Einsiedlerin zu arbeiten. Neben ihrem Schreibtisch bildete sich ein Stapel mit Käferkästen, der jeden Morgen ein bisschen höher war. Wer sie dort ablegte und wann, wusste sie nicht. Sie hörte Menschen in der Bibliothek herumwandern und dann die schwere geschnitzte Tür wieder ins Schloss fallen.

Anfangs war sie zufrieden damit. Kein Kollege unterbreitete ihr am Montagmorgen seine Meinung über den *Tatort*. Keine Kollegin wollte über die Hochzeitsplanung ihrer Tochter sprechen. Aber nach ein paar Wochen hätte sie auch gerne über fiktive Gerichtsmediziner und weiße Kutschen gesprochen. In ihrer Verzweiflung sprach sie am Waschbecken der Damentoilette eine stupsnasige Doktorandin an und stellte sich als die Neue vor.

»Dann komm doch mal mit uns mit«, sagte die Doktorandin. »Wir gehen immer um halb eins, der ganze Fachbereich.«

»Total gerne. Welcher Bereich ist das?«

»Mollusken.«

So saß sie eine Stunde lang inmitten eines Gesprächs über

Weichtiere. Eine Mitarbeiterin redete sich in Rage über die Mikroanatomie von *Helicohedyle dikiki.* Die Doktorandin hörte gebannt zu. Nebengespräche schienen in dieser Runde nicht erwünscht zu sein.

An der Tablettrückgabe versuchte sie es noch einmal mit einem Gespräch: Wo wohnst du? Was machst du in deiner Freizeit? Die Doktorandin wohnte in Giesing und mochte Pilates und Ölmalerei. Sie war sehr nett und auch gerade Dreißig geworden. Das Gespräch erstarb, ehe sie die Abzweigung zu den Mollusken erreicht hatten.

In der Schule und im Studium war es ihr leicht gefallen, Freundschaften zu schließen. Steffen war ihr einfach so zugelaufen. Außerdem hatte sie eine Gruppe von Freund:innen gehabt, die in den letzten Jahren auseinander gebröselt war: Manche waren weggezogen. Manche hatten Kinder bekommen. Und sie selbst hatte so viel gearbeitet, dass sie kaum noch Zeit hatte, diese Freundschaften am Leben zu erhalten. Sie war davon ausgegangen, dass sie schnell neue Freundschaften schließen würde, wenn sie mehr Zeit hätte. Nun schien Zeit aber nicht das Problem zu sein. War sie etwa das Problem?

Der Leiter des Fachbereichs Insekten überprüfte ihre Arbeit und fand ein paar Fehler. Es schien niemanden zu stören. Sie korrigierte die Fehler in der Datenbank und machte weiter.

Jeden Tag schickte sie Steffen Fotos von Käfern. Anfangs hatte er sie kommentiert: Dieser sieht aus wie ein Werber namens Daniel. Dieser ist von Selbstzweifeln geplagt. Dieser beschwert sich gern im Restaurant übers Essen.

Nach zwanzig Bildern musste sie ihm versprechen, am Wochenende etwas zu unternehmen. *Nichts mit Sechsbeinern!*, schrieb Steffen.

***

Sie vermisste es nicht, bei ihren Eltern zu wohnen. Aber allmählich wünschte sie fast, jemand würde im Nebenzimmer streiten. Die Abende waren so lang. Also tat sie etwas Unvernünftiges: Sie rief ihre Eltern an. Sie erwartete keine große Aufmunterung, nur Ablenkung. Ihr Vater ging ans Festnetz und schien geduldig zuzuhören, während sie über Käfer redete. Erst nach einer Weile erkannte sie an den Geräuschen im Hintergrund, dass sie offenbar nicht spannend genug erzählte. Mitten im Satz brach sie ab.

»Räumst du gerade die Spülmaschine aus?«, fragte sie.

»Nein!«

»Aber irgendwas machst du doch.«

»Ich baue eine neue Lampe für den Flur zusammen.«

»Mhm. Und wie geht es dir?«

»Deine Mutter und ich streiten über den Urlaub. Sie hat gesagt, ich soll allein nach Kroatien fahren.«

»Klingt doch vernünftig.«

»Sie will eine Kreuzfahrt machen. Nach Asien.«

»Wie, nach Asien? Welches Asien?«

»Thailand, Vietnam und Kambodscha. Sie sagt, wenn sie noch ein einziges Mal mit mir nach Kroatien fahren muss, wird sie zur Massenmörderin.«

»Okay.«

»Ich muss mich erholen im Urlaub. Ich brauche meinen Liegestuhl und abends einen schönen Fisch auf dem Teller. Deine Mutter will auf Basare gehen.«

»Dann fahr doch nach Kroatien«, sagte sie. Gespräche dieser Art führte sie mit ihren Eltern, seit sie denken konnte. Sie konnte ihre ständigen Streits nie schlichten. Aber sie war zur Klagemauer geboren und als Klagemauer aufgewachsen. Sie schaltete den Fernseher an und drückte dann sofort den Ton weg, damit er es nicht mitbekam. Es lief eine Doku über Eulen.

»Sie behauptet, die Vorträge auf dem Kreuzfahrtschiff würden mich interessieren.«

»Hm.«

Eine Eule jagte eine Feldmaus, die gerade noch in ihrem Loch verschwand.

3

An den Wochenenden ging sie im Nymphenburger Park laufen. Joggen war der einzige Sport, für den sie sich jemals hatte erwärmen können. Man brauchte kein Team dafür, nur ein paar Sportschuhe, und man konnte sich die ganze Zeit vorstellen, vor dem eigenen Leben wegzulaufen. Sie trabte über Kies an Götterstatuen vorbei und dachte die ganze Zeit: prächtig. Prächtiges Schloss, prächtige Narzissen, prächtige Grünanlagen. Prächtige Treppen. Prächtiges Palmenhaus.

Hin und wieder blieb sie stehen, um die Pilze zu betrachten, die an den Bäumen wuchsen. Die großen Schwämme, die wie Tabletts horizontal herausragten, und die weißen Baumpilze, die sich wie Tücher über die Rinde legten, unauffällig, unaufhaltsam.

Ein Waschsalon in ihrem Viertel servierte Chai Latte. Er schmeckte so süß, dass sie das Gefühl hatte, er klebe ihr die Lippen zusammen. Eine Stunde musste sie auf ihre Wäsche warten. Das war mehr Zeit, als sie untätig verbringen konnte, ohne Ideen zu entwickeln. Ein Blick auf ihren Kontostand verriet, dass ihr erstes Gehalt angekommen war und die Kreditkartenfirma noch nicht abgebucht hatte. Sie schaute bei Kleinanzeigen, was eine gebrauchte Klarinette kostete. Als Teenager hatte sie gespielt, aber nie gut. Dafür hätte man üben müssen.

Das machte ihr keinen Spaß. Ihr gefiel nur die Vorstellung von sich selbst als eine Person, die Klarinette spielt. Und dafür waren sogar die gebrauchten Klarinetten ziemlich teuer.

Sie wollte die nasse Wäsche schon einpacken und mitnehmen, als ihr einfiel, dass es in ihrer Wohnung keinen Wäscheständer gab. Kurz betrachtete sie den Haufen. Dann stopfte sie alles in den Trockner.

Neben dem Eingang hingen mehrere Zeitungen in hölzernen Bügeln. ***WER IST DIE SCHÖNE BETRÜGERIN?***, fragte die *Abendzeitung* in großen schwarzen Buchstaben auf der ersten Seite.

Sie zeigt reichen Interessenten Luxuswohnungen in der Münchner Innenstadt, kassiert eine Anzahlung – und dann verschwindet sie spurlos! So hat die Betrügerin schon drei Käufer reingelegt. Jetzt sucht die Polizei nach ihr. Die Geprellten beschreiben sie als exotische Schönheit mit professionellem Auftreten, die sie eiskalt um ihr Erspartes gebracht hat.

Sie stellte sich eine Art Bauchtänzerin mit Aktenkoffer vor.

Unter dem Artikel wurde auf den Anzeigenteil verwiesen. Sie schlug den Teil auf und sah zwei Wohnungsangebote. Darüber Annoncen für Hundewelpen. Darunter Werbung einer Karateschule.

Zwei-Zimmer-Wohnung mit EBK und Balkon in Garching-Hochbrück. 58 qm², 2. Stock, gepflegte Anlage. Frei ab 1.8. 1050 € kalt. Keine Haustiere.

Sie gab Garching-Hochbrück bei Google Maps ein und scrollte lange hin und her.

Zwei Zimmer im malerischen Neuhausen-Nymphenburg. Nordwestbalkon, Parkettboden, Tageslichtbad. 950 € kalt. Keine WGs. Aussagekräftige Bewerbungen an Chiffre 33982.

Sie blätterte zurück. Der Kulturteil empfahl unter der Überschrift *Epochale Entwürfe* eine Designausstellung.

Von außen sah die Pinakothek der Moderne aus wie das Bundeskanzleramt. Innen kackte ein Taubenpärchen in eine Ecke der Lobby. Das Sicherheitspersonal ignorierte es.

Sonntags kostete der Eintritt nur einen Euro. Sie mochte Museen: die weiten Räume, das leise Stimmengemurmel, die überteuerten Radiergummis im Museumsshop. Schon im Ruhrgebiet hatte sie überlegt, ob sie ein Mensch sein könnte, der am Wochenende regelmäßig in Museen ging. Vielleicht sogar Ausstellungskataloge kaufte, die dann zu Hause auf dem Couchtisch lagen. Beides war ihr nicht zur Gewohnheit geworden. Aber nun, in München, konnte sie es ja noch mal versuchen.

In der Designausstellung saß ein getöpfertes Nilpferd in einer Schale. Es war mit blauen Blüten verziert und hätte ihrer Ansicht nach eher in einen Souvenirladen gehört. Warum sie ein riesiges rotes Sofa in Form eines Kussmundes anschauen sollte, wurde ihr auch nicht klar. Immerhin registrierte sie, dass das Original von Vitra besser aussah als die Kunstleder-Version, die ihre Tante früher im Wohnzimmer stehen hatte.

Vielleicht suchten die hier noch Kuratorinnen, dachte sie. Man konnte da offenbar nicht viel falsch machen.

Sie schickte Steffen Fotos von einem schlammgrünen Klo, das 1975 als wegweisend gegolten hatte. Er reagierte mit einem Foto des Topflappens, den er gerade gehäkelt hatte. Seine Therapeutin hatte gesagt, Häkeln könnte ihn entspannen.

***

Aus der Papiermülltonne hinter ihrem Haus fischte sie einen festen Pappkarton. Die nächsten Abende verbrachte sie damit, ein kompliziertes Labyrinth zu bauen. Mit einem Teppichmesser schnitt sie die Wände aus. Mit Heißkleber fügte sie sie wieder zusammen. Zehn Sackgassen hatte das Muster, das sie zuvor auf den Karton gezeichnet hatte.

Die Einzigen, mit denen sie über Schleimpilze sprach, waren etwa zwanzig anonyme Menschen in einem amerikanischen Forum. *Was ist der beste Nährboden für Petrischalen: feuchtes Filterpapier oder Agar? Unterscheiden sich Individuen derselben Art in ihren Essensvorlieben?*

Ihr erster Schleimpilz hatte sich vor fünf Jahren in einem Zimmergewächshaus entwickelt. Die staubfeinen Samen des Sonnentaus, den sie dort ziehen wollte, verlangten Wärme und Feuchtigkeit. Der Sonnentau keimte nicht. Der Schleimpilz war bald so groß wie ihre Handfläche. Mit genug Platz und Nahrung und idealem Klima hätte er mehrere Quadratmeter groß werden können. Eine einzige Zelle, dünn ausgerollt wie ein Pizzateig.

Den zweiten bestellte sie bald darauf im Internet. *Physarum polycephalum*, leuchtend gelb. Dann fand sie einen Eintrag im Forum, in dem Puffball17 und MoldAsIce über Biodiversität diskutierten. Über genetisch identische Schleimpilze, im Labor gezüchtet und in alle Welt verschickt.

Ab da ging sie in den Wald. Sie hielt sich abseits der Wanderpfade. Nirgendwo war es ihr zu schlammig, zu unwegsam oder zu abgeschieden. Begeistert kroch sie auf den Knien um abgestorbene Baumstämme herum. War das diese Verbundenheit mit der Natur? Einmal umarmte sie testweise einen Baum. Aber dabei empfand sie gar nichts. Außerdem hatte sie einen kleinen Ameisenhaufen übersehen, der nun an ihren Knöcheln seine Staatsgrenzen zu verteidigen suchte.

Sie wusste nie, welche Art Schleimpilz sie mitsamt Laub und Rindenstücken in ihre Tupperdosen packte. Erst die Fruchtstände würden das preisgeben. Es war wie ein Überraschungsei aus der Natur. Mit erdverschmierten Hosenbeinen kam sie von diesen Ausflügen nach Hause. Müde. Zufrieden.

Seitdem hatte sie nie weniger als fünf Schleimpilze gleichzeitig. Sie verpackte sie ordentlich in Plastikboxen, hielt sie feucht und keimfrei und verbrachte viel Zeit damit, sie einfach anzustarren.

Manchmal schickte sie Sporen an einen pensionierten Ingenieur in Colorado.

***

Knapp 20 Millionen Insekten lagen in der Sammlung; erfasst nur auf Karteikarten. Seit sie dort arbeitete, konnte das Institut auf seiner Website schreiben, die Digitalisierung des Bestandes sei in Arbeit. Sie hatten es nicht eilig.

Sie lud die Immoscout-App auf ihr Handy und richtete eine Suche für anderthalb Zimmer mit Balkon ein. In ihrer Preisklasse war die App wie leergefegt. Sie schaute sich in ihrer Wohnung um: Das Bettlaken auf dem Sessel war zerknittert. Für ein Sofa war kein Platz. Im Teppich hing ein leicht muffiger Geruch, gegen den Lüften nicht half.

Auf den kleinen Tisch hatte sie gelbe Tulpen in einem Bierglas gestellt. Malerisch starben sie vor sich hin.

***

Alle Beschäftigten der Staatssammlung gingen nach Fachbereichen sortiert in die Kantine. Dort sprachen sie weiter über ihre Forschung. Sie ging mit den Insekten und aß schweigend, um nicht aufzufallen. Die Säugetiere unterhielten sich lautstark über den Höhlenbären. Später googelte sie. Ausgestorben seit dem Pleistozän.

Schritte auf der anderen Seite des Schranks. Sie schloss schnell das Browserfenster und beugte sich so tief über die Dunklen Raubkäfer und Schwarzen Moderkäfer auf ihrem

Schreibtisch, dass ihre Nase fast das Glas berührte. Ein Doktorand aus der Abteilung Insekten kam mit drei weiteren Schaukästen um die Ecke.

»*Coleoptera*! Hat hier jemand die *Coleoptera* bestellt?«

»Bestimmt. Leg sie zu den anderen.«

»Einmal *Coleoptera* für die Dame!«

Die Kästen landeten auf dem Stapel. Sie hörte die Bestimmungszettel im Innern nur so herabrieseln.

»Ich hatte eigentlich die Weinbegleitung dazu bestellt.«

»Oh. Ich bringe gleich einen Syrah aufs Haus.«

»Ich hätte zu den Käfern an einen Weißen gedacht.«

»Dann Chardonnay.«

Sie lächelte ihn an. Es fühlte sich ungewohnt an, als wären ihre Gesichtsmuskeln verkümmert.

4

Früh am Morgen hatte ihr Handy geklingelt. Wegen der Wohnungsanzeige in der *Abendzeitung*. Ob sie gleich vorbeischauen könne, es eile.

Frau von Freudenberg empfing sie in einer kleinen Villa in Gern. Sie trug ein perlgraues Kostüm und ebensolche schulterlangen Haare. Um ihren Hals hing eine Brille an einer silbernen Kette. Die ganze Frau sah aus wie eine Rolle Alufolie.

»Und Sie sind alleinstehend?«

»Ja.«

»Gut.«

Sie durfte sich auf einen Holzstuhl mit gepolsterten Armlehnen vor den massiven dunklen Schreibtisch setzen.

»Kinder haben Sie nicht.«

»Nein.«

»Das Parkett ist sehr empfindlich.«

»Natürlich.«

»Die Gehaltsabrechnungen haben Sie dabei?«

»Ja. Wie schon gesagt, ich bin hier erst seit Kurzem und kann deshalb nur eine aktuelle vorlegen.«

Frau von Freudenberg blickte auf die Gehaltsabrechnung und lachte. Goldfüllungen glänzten im Licht. Dahinter tanzte ein Gaumenzäpfchen.

»Entschuldigung?«

»Frau Hendricks. Mit diesem Gehalt können Sie sich die Wohnung nicht leisten!«

»Die Warmmiete entspricht der Hälfte meines Netto-Einkommens.«

»Wie wollen Sie ihr Auto finanzieren? Und Reisen?«

»Ich brauche kein Auto.«

»Ihr jungen Leute denkt ja jetzt alle so ökologisch.«

»Was glauben Sie denn, was für eine Wohnung ich mir leisten könnte?«

»Für 750 Euro bekommen Sie ein Zimmer irgendwo.«

»Ich möchte nicht in einem Zimmer irgendwo wohnen. Und ich habe Ihre Wohnung noch nicht mal gesehen.«

»Vielleicht finden Sie einen besser bezahlten Job. Was machen Sie nochmal beruflich?«

»Biologin. Pflanzengenetikerin. Und Sie?«

»Pflanzen! Das ist ja interessant. Kommen Sie mal mit.«

Die Villa roch muffig, aber edel muffig. Nach Chanelparfum und feinen Brokatbezügen, die man bestimmt nicht mit Teppichschaum behandeln durfte. Die Küche sah unbenutzt aus, bis auf den Automaten für Kapselkaffee in der Ecke.

Sie gingen über dunkelrote Perserteppiche in einen Wintergarten voller Pflanzen. Zwei Bananenstauden reichten fast bis zur verglasten Decke. In der Ecke ließ eine Pflanze ihre weißgrünen Blätter hängen. Einige waren schon gelbbraun oder vertrocknet.

»Wissen Sie, was das ist?«

»Eine panaschierte *Monstera deliciosa variegata*.«

»Die war sehr teuer. Sie sieht schon seit Wochen so aus!«

Leise atmete sie durch. Die Monstera war übergossen und hatte Sonnenbrand. Man konnte sie bestimmt noch retten. Wenn man das wollte.

»Kümmern Sie sich um alle Pflanzen selbst?«

»Das meiste macht die Putzfrau. Die versteht aber nichts davon. Sie spricht auch schlecht Deutsch.«

Sie hob eins der Blätter an. Schlapp, glatt und kühl lag es in ihrer Hand.

»Sehen Sie. Ihre Monstera hat hier einen Befall.«

»Wirklich? Ich sehe nichts.«

»Das sind ganz feine Milben.«

»Nein, wirklich nicht.«

»Vielleicht brauchen Sie eine stärkere Brille.«

»Jetzt sehe ich sie!«

»Es gibt nur ein Mittel. Olivenöl. Füllen Sie es in eine Sprühflasche und sprühen Sie die Blätter ein. Jeden Tag. Von oben und unten.«

»Und das reicht?«

»Sie braucht auch mehr Licht. Stellen Sie sie direkt ans Fenster. Gießen Sie reichlich.«

»Schreiben Sie mir das auf? Für die Putzfrau.«

Auf dem Heimweg hielt sie an einer Imbissbude und bestellte Fanta, Currywurst und Pommes mit Mayo. Im Blumenladen kaufte sie eine Korbmarante, als könnte sie damit etwas wiedergutmachen. Es tat ihr leid um die Monstera, aber die Besitzerin hatte es nicht anders verdient. Die Korbmarante raschelte abends neben dem Sessel, als sie ihre gestreiften Blätter zur Nacht nach oben richtete.

***

In der Kantine gab es Kaiserschmarrn. Sie war allein gekommen und hatte sich eine Extraportion Apfelmus geben lassen. Während sie ihr weiches, warmes Mittagessen aß, las sie einen Krimi, in dem ein Mann mit Deodorant vergiftet wurde.

Am Nebentisch saß die Ichthyologie und unterhielt sich über Tiere, die sich im Südchinesischen Meer angesiedelt hatten. In Plastikmüll. Sie hielten es offenbar für ein Riff. Wahrscheinlich war es schön bunt und bot ein paar Nischen, dachte sie beim Zuhören. Vielleicht landschaftlich gut gelegen. Sicher nicht besonders lebensfreundlich. Wie gründete man eine Familie inmitten von Plastikmüll? Die Nischen waren bestimmt irgendwann verwohnt und überteuert, zu eng, und immer gab es jemanden, der erzählte, man habe das Plastikriff eben einfach zu spät entdeckt, vor zwanzig Jahren hätte man da noch gut leben können. Wie ein Fisch im Wasser.

Dafür, dass ihr Leben so stressfrei war, schlief sie bemerkenswert schlecht. Meist wachte sie um sechs Uhr morgens auf, weil sie den Verkehr auf dem Mittleren Ring hörte, und konnte nicht wieder einschlafen. Sie wälzte sich auf den Bauch und ließ den Kopf von der Matratze nach unten hängen. In dieser Position sah sie zum ersten Mal den Clan von Silberfischchen, der mit ihr in der Wohnung wohnte. Sie beobachtete, wie sie in der verschwindenden Dämmerung wuselten. Wenn die Silberfischchen unter den Fußbodenleisten verschwunden waren, klingelte normalerweise auch bald der Wecker.

* * *

»Hallo, Mama.«

»Hast du meine Nachrichten nicht gesehen?«

»Wieso?«

»Schau nach!«

»Okay. Du hast mir ein Foto von einem Grill geschickt.«

»Das ist der Grill, auf den dein Vater und ich uns geeinigt hatten.«

»Und hier ist noch ein Foto von einem Grill.«

»Den hat er gekauft, weil er es sich im Baumarkt anders überlegt hat.«

»Und?«

»Das Ding ist so groß wie ein Auto. Er soll es zurückbringen. Aber er weigert sich.«

»Ihr hattet doch schon einen Grill.«

»Der war so schwer zu reinigen.«

»Und was jetzt?«

»Dein Vater kann jetzt jeden Tag grillen, ich koche ihm nämlich nichts mehr.«

»Er kann doch selbst kochen.«

»Du bist auf seiner Seite, ich wusste es.«

***

Als Teenager hatte sie alle möglichen Pflanzen gezüchtet, in kleinen Töpfen auf Regalen in ihrem Zimmer. Ihre Eltern machten sich gelegentlich milde lustig über das, was sie ihren *grünen Daumen* nannten. Sie könne gern den Garten umgraben, wenn sie Pflanzen so möge, schlug ihr Vater vor. Dabei ging es ihr nicht darum, in Erde zu wühlen und Kontakt zur Natur zu haben. Das Züchten verschaffte ihr einen kleinen Powertrip: Sie konnte die Schöpfung beeinflussen. Nur ein bisschen natürlich. Gentechnik hatte sie noch nicht zur Verfügung.

Am meisten Freude machten ihr Jalapeños. Die ersten Generationen waren ihr noch zu mild, aber schließlich gelang ihr doch eine Variante mit Durchschlagskraft. Ohne ihre Eltern zu warnen, würzte sie das fast fertige Chili con Carne auf dem Herd damit nach. Ihre Eltern mussten eine halbe Stunde lang Milch trinken und Toastbrot kauen. Fasziniert schaute sie zu, wie ihnen Tränen und Schweiß übers Gesicht rannen. Sie selbst hatte ihren Teller nicht angerührt.

Gelegentlich versuchten ihre Eltern, etwas zu sagen, aber es kam nur Krächzen heraus. Als der Schmerz nachließ, waren sie zu erschöpft zum Schimpfen. Die Früchte erhielten Küchenverbot. Sie war sehr zufrieden mit ihrem Zuchterfolg.

Zwei Jahre später entschied sie sich fürs Biologiestudium. Sie lernte viel über die Möglichkeiten der Gentechnologie. Aber das Machtgefühl, das sie damals beim Anblick ihrer schwitzenden Eltern hatte, konnte sie im Labor nie reproduzieren.

***

Die Korbmarante war das Einzige geblieben, was sie an ihrer Wohnung verändert hatte. Sie hatte kein Geld für neue Möbel, nicht mal für die hübsche Nachttischlampe, die sie seit Wochen in einem Online-Shop anschmachtete, oder für ein paar neue Kleider. Oder Schuhe. Ihr ganzes Geld ging dafür drauf, in München zu überleben. Sie hätte sich gern etwas richtig Schönes gekauft. Etwas Großes. Vielleicht sogar etwas Schickes. Aber daran war nicht zu denken.

Andererseits hätte sie bei der Wohnung ohnehin nicht gewusst, wo sie anfangen sollte. Die Hässlichkeit war zu umfassend. Nach ein paar Wochen betrachtete sie alles mit dem gnädigen Blick der Gewöhnung: Der wuchtige Sessel fiel ihr kaum noch auf. Der Teppich verschwand fast aus ihrem Gesichtsfeld. Die erdbraunen Küchenfronten verdunkelten ihr Leben nur wenig.

Nach Hause kommen war trotzdem nie einer der besten Momente ihres Tages. Sie streifte ihre Turnschuhe im Flur ab und ließ sie dort liegen. Dann holte sie die große Plastikbox aus dem dunklen Schrank, in der ihr Schleimpilz das Labyrinth zu bewältigen versuchte, in das sie ihn gesetzt hatte. Es war genauso ungemütlich wie ihr Zuhause. Aber er hatte immerhin mehr Zimmer zur Verfügung als sie. Und einen Ausweg, hinter dem zwei Haferflocken lockten. Er musste ihn nur noch finden.

Ihr Schleimpilz wanderte gerade an der ersten Sackgasse vorbei. Er hatte Adern ausgestreckt, bis er die Finte erkannt hatte. Die Adern in die andere Richtung waren nicht auf Widerstände gestoßen, also würde die ganze fünf Zentimeter lange Zelle sich in diese Richtung weiterbewegen. Sie hätte gern den ganzen Abend dabei zugesehen, wie er sich in Ultrazeitlupe fortbewegte. Aber sie wollte ihn nicht so lang der Helligkeit aussetzen. Sie war schließlich für ihn verantwortlich. Wenn er viel Licht bekäme, würde er Fruchtstände ausbilden und danach eingehen, wie es seine biologische Bestimmung war. Sie fand, das könne noch warten. Die Schleimpilze waren immerhin ihre einzigen Freunde in dieser Stadt.

Niemand konnte sagen, ob Schleimpilze eher einfache Tiere oder eher komplexe Pflanzen waren. Sie hielt das für unerheblich, sogar für irreführend: Für sie waren die Organismen fast menschlich. Schleimpilze lassen sich in drei Kategorien unterteilen. Die erste Kategorie ist gesellig. Wenn sie vor der Wahl steht, sich zu Nahrung oder zu einem Artgenossen hinzubewegen, wählt sie den Artgenossen. Die zweite Kategorie entscheidet sich für die Nahrung. Die dritte Kategorie entscheidet sich ebenfalls für den Artgenossen. Dann frisst sie ihn auf.

Diese Temperamentsunterschiede machten die Pilze menschlich genug, dass sie sich ihnen verbunden fühlen konnte. Aber nicht so menschlich, dass sie ein schlechtes Gewissen gehabt hätte, sie in einer Plastikbox zu halten. Sie war irritiert, dass der Schleimpilz nicht über die Wände des Labyrinths kletterte. Er konnte natürlich nicht wissen, ob der Weg über die Wände länger oder kürzer sein würde als durch das Labyrinth. Aber warum versuchte er es nicht mal? War er höflich? Brav? Ängstlich? Folgte er einfach gerne Regeln? Sah er das Ganze sportlich und hatte die Herausforderung angenommen? Ratlos schaute sie auf ihn herunter. Am liebsten hätte sie ihn ermuntert, mehr zu wagen. Mal raus aus der Komfortzone. Kritisch denken. Autoritäten hinterfragen. Raus aus dem Hamsterrad. Mit dem Kopf durch die Wand.

Oder eben darüber hinweg.

5

Über Insta fand sie einen Stammtisch für neu Zugezogene in München. Er hieß *Oans, zwoa, gsuffa*. Sie ging trotzdem hin.

Die Wolken hingen tief und grau über der Innenstadt. Das Licht fiel fast lila auf die Kaufingerstraße. Ein paar erste Regentropfen bekam sie ab, bevor sie die schwere Tür öffnete.

Die Augustiner-Bierhalle hat die Anmutung und Akustik einer Kirche. Hellbraun gekachelter Fliesenboden und Säulen, die eine bunt bemalte, gewölbte Decke stützen. Ganz hinten links sollte der Stammtisch sein. Suchend schaute sie sich um.

»Servus! Suchst du vielleicht uns?«

Ein blonder Mann in kariertem Hemd und Lederhosen winkte. Er wies auf die lange Tafel, an der er mit etwa zehn Leuten saß.

»Kommt drauf an, wer ihr seid.«

»Der Stammtisch san mia! Ich bin der Ludwig. Komm her, hock dich hin!«

Alle auf der linken Bank schoben ihre Hintern einen halben Meter weiter.

Die Frau gegenüber war etwa fünfundfünfzig und gerade nach München gezogen. Der Liebe wegen, sagte sie. Sie trug eine pfiffige Brille und ein lila T-Shirt mit Puffärmeln. Links saß ein Mann in derselben Uniform wie Ludwig.

»Und seit wann wohnst du hier?«, fragte sie.

»Seit zehn Jahren schon.«

»Ich dachte, der Stammtisch ist für Leute, die neu in München sind.«

»Ja gut, aber da muss doch auch jemand dabei sein, der sich auskennt, oder?«

»Und das bist du.«

»Der Ludwig und ich, wir nehmen die Zugereisten dann gern mal an der Hand. Wir können ihnen hier auch viel zeigen.«

Er rückte ein bisschen näher.

»Was zeigt ihr den Neuen? Kirchen? Museen?«

»Ja mei, wir fahren manchmal an den See. Oder wir gehen abends aus.«

»Ihr sprecht beide so ein leichtes Bairisch«, sagte die Frau mit den Puffärmeln. »Woher seid ihr denn genau?«

»Ich bin aus Göttingen. Und der Ludwig ist aus Koblenz.«

»Trägt man da auch Lederhosen?«

Er legte den Arm auf die Banklehne hinter ihrem Rücken. Sie hob ihren Rucksack hoch. Wühlte darin herum. Stopfte ihn zwischen ihren und seinen Hintern.

Die Frau mit den Puffärmeln begann sich über die Wohnung ihres Freundes auszulassen, in die sie eingezogen war und die ihren Ansprüchen nicht genügte. Zu klein, natürlich, aber vor allem schätzte sie den Stil nicht. Alles war bunt. Die Couch blau, das Regal braun, der Tisch grün. Sie lachte scheppernd. Das werde sie nun nach und nach durch cremefarbene Möbel ersetzen. Ihr Freund ahne das schon, es sei ihm aber im Grunde egal. Also könne sie sich ganz austoben!

»Ich wohne in einem möblierten Zimmer. Aber der Sessel stinkt, und die anderen Möbel sind auch hässlich. Für 700 Euro warm.«

»Was?!«, schrie ein blasser junger Mann vom anderen

Ende des Tisches herüber. Seine blonden Dreadlocks berührten die Tischplatte, als er sich nach vorne beugte, um sie besser zu sehen. »Wie hast du das denn gefunden?!«

»Immoscout.«

»Das ist ja ein richtiger Lottogewinn«, sagte Ludwig.

»Findet ihr.«

»Ich hab das erste Semester in einer Turnhalle geschlafen«, sagte der mit den Dreads. »Schlafsack und Isomatte musste man selbst mitbringen.«

»Meine Cousine war einen Monat lang in einer Flüchtlingsunterkunft für zehn Euro die Nacht«, sagte Ludwig. »Ihr Vermieter hat Eigenbedarf angemeldet, und ich brauchte mein Extrazimmer halt fürs Homeoffice.«

»Ich hätte auch in so Wohncontainer gekonnt, am Rande von Milbertshofen, aber da waren fast nur Rumänen und Bulgaren«, sagte der mit den Dreads, der bestens informiert wirkte. »Und man zahlte 40 Euro warm pro Quadratmeter.«

»Das haben sie geräumt«, sagte Ludwig. »Wegen der Kakerlaken.«

»Nicht vielleicht wegen der Ausbeutung?«, fragte sie spitz dazwischen.

»Die mussten die ganze Fläche desinfizieren«, sagte Ludwig, als hätte er sie nicht gehört. »Das war bestimmt eine Riesensauerei, wie die da gehaust haben.«

Die Dreadlocks wippten zustimmend.

»Und was machst du beruflich?«, fragte sie die Frau mit den Puffärmeln.

»Ich bin im Controlling.«

»Ich arbeite fürs Erzbistum!«, sagte ihr Nachbar nah an ihrem Ohr.

»Cool.«

»Hey, wo gehst du hin?«

»Ich muss aufs Klo.«

Ihr Fahrradsattel war nass, aber der Regen hatte aufgehört. Sie schob das Rad bis zu einem stummen Zeitungsverkäufer, bei dem man eine *Abendzeitung* herausholen und dafür einen Euro einwerfen kann.

Hätte sie ihr Bier bezahlt, hätte sie Kleingeld gehabt. Mit den hinteren Seiten wischte sie ihren Sattel trocken.

FIEL AUCH ER AUF DIE SCHÖNE BETRÜGERIN HEREIN?

Die Zeitung hatte ein Bild von einem außerordentlich feisten Mann gedruckt. Angeblich hatte er viel Geld bei einem Immobilienschwindel verloren.

»Warum haben Sie der Frau vierzigtausend Euro gegeben?«

»Sie hat behauptet, es wären noch andere Käufer interessiert, die kurz vor dem Abschluss stünden. Ich könnte die überholen.«

»Wie geht es Ihnen seitdem?«

»Ich schlafe kaum noch. Mit dem Geld hätten wir uns etwas Schönes leisten können. Jetzt ist es einfach futsch.«

6

Einmal pro Woche zog sie ihr einziges schwarzes Kleid an und ging aus. Anfangs trank sie oft allein in einer Bar einen Cocktail und ging dann wieder nach Hause. Manchmal zu jemand anderem nach Hause.

Früher hatte sie nicht allein an Theken gesessen. Mit einer Gruppe in der Kneipe: Das war ihr Leben gewesen. Sie nahm an, es wäre einfach, sich aufreißen zu lassen. Auch wenn man ein bisschen unscheinbar aussah.

Sie wurde nicht enttäuscht. Es war sogar noch einfacher, als sie dachte. Sie lernte, dass es schlechtere und bessere Zeitfenster gab: Vor 20 Uhr kamen nur Männer direkt von der Arbeit, die danach nach Hause zu ihren Familien wollten. Ab 20 Uhr musste man sich erst mal warmtrinken. Zwischen 21 Uhr und 23 Uhr war der *sweet spot.* Danach waren ihr die Männer oft zu besoffen.

Sie mochte Sex, aber vor allem war sie neugierig. Menschen waren so unterschiedlich. Sie rochen unterschiedlich, fühlten sich unterschiedlich an, klangen unterschiedlich, bevorzugten unterschiedliche Berührungen. Es gefiel ihr, diese Feinheiten herauszufinden. Sie schloss Wetten mit sich selbst ab und war stolz, wenn sich später im Bett herausstellte, dass sie richtig getippt hatte.

Wenn der Mann nicht schnarchte, blieb sie manchmal

über Nacht. Dann konnte sie sich am nächsten Morgen seine Wohnung im Hellen anschauen. Manchmal malte sie sich aus, auf diesem Weg einen Mann zu finden, der angenehm genug war und schön genug wohnte, dass sie eine Beziehung mit ihm anfangen und bei ihm einziehen würde.

Bald fand sie heraus, dass es Veranstaltungen gab, auf denen die Drinks kostenlos waren. Sie abonnierte die Newsletter sämtlicher Kunstgalerien. Keine Fotografie war ihr zu langweilig, keine Zeichnung zu krakelig, als dass sie sie nicht eine Stunde lang auf- und abgehend hätte betrachten können. Dabei nickte sie wertschätzend und trank zwei bis drei Gläser Weißwein.

Normalerweise ließ man sie dabei in Ruhe. An diesem Abend gab es allerdings ein Missverständnis. Sie stand vor der Bar und wartete auf ein frisches Glas Weißwein, als eine Dame sie ansprach.

»Geben Sie mir bitte eine Serviette.«

Der Tonfall war nicht der einer Frage. Aber die Servietten lagen ja da, in einem kleinen Stapel, blütenweiß. Also nahm sie eine und reichte sie weiter. Die Dame trug ein goldenes Seidenkleid und einen hellroten Trenchcoat, der ihr leicht von einer Schulter rutschte. Sie tupfte irgendwelche Krümelchen ab, die von den Hors d'oeuvres auf ihren Fingern verblieben sein mochten. Dann reichte sie die zerknüllte Serviette zurück.

»Und jetzt bringen Sie mir ein Glas Champagner. Nicht diese Plörre, die hier alle trinken.«

»Ich arbeite hier nicht.«

Die Dame wedelte mit den Händen, als wollte sie eine Trauermücke verscheuchen. »Hopp, hopp«, sagte sie. »Ich sehe gerade den Künstler, bringen Sie es mir dort hin.« Unbestimmt wies sie in eine Ecke des Raumes.

Es gab keinen Champagner, nur Winzersekt. Der Unterschied fiel nicht auf. Nach zehn Minuten tauchte die Dame plötzlich wieder neben ihr auf. Da betrachtete sie gerade mit einem Weinglas in der Hand eine Installation aus Glas und Polyesterharz.

»Mehr!«, sagte die Dame. »Warum stehen Sie hier rum?«

Jetzt würde es auffallen, dass sie keine Kellnerin war. Sie wartete nur auf die Erkenntnis im Gesicht der Dame. Dann würden sie kurz zusammen lachen, oh, wie peinlich, nein, kein Problem. Allerdings, das merkte sie erst jetzt, trugen tatsächlich alle Kellnerinnen auf dieser Vernissage kurze schwarze Kleider.

Sie stellte ihr eigenes Glas ab und brachte der Dame ein neues. Die bedankte sich, indem sie ihren Mantel auszog und ihn ihr in die Hand drückte.

»Hängen Sie den auf. Mir ist warm.«

Sie legte sich den Mantel über den Arm und strich vorsichtig über das Burberry-Karo des Futters. Langsam machte sie sich auf den Weg zur Kleiderstange direkt am Eingang. Sie selbst war mit ihrer Jeansjacke gekommen. Hellblau sah sie sie aus dem Augenwinkel zwischen all dem Ecru, Camel und Terrakotta hervorleuchten. Dann hatte sie die Garderobe hinter sich gelassen und stand auf der Straße. Es war noch warm, aber nicht zu warm für den Mantel. Zügig ging sie zur Haltestelle.

Viel los war nicht. Eine Familie rekapitulierte lebhaft das Kindertheaterstück, das sie soeben gesehen hatte. Ein Mann hatte seinen Dackel auf den Schoß genommen und kraulte ihn zwischen den Ohren. Nächste Straßenbahn in acht Minuten.

Eine große Frau stellte sich neben sie und zündete sich eine Zigarette an. Sie war auf eine Weise blond, auf die alle Frauen in München blond sind, die als Brünette geboren wurden. Sehr gepflegt. Schwarzer Hosenanzug, beiger Mantel. Interessierter Blick. Sehr interessierter Blick. Sie kam immer näher.

»Hi.«

»Hallo.«

»Schöner Mantel. Neu?«

»Ja«, sagte sie. Was ja auch stimmte.

»Ich hab dich beobachtet da drin.«

»Wobei?«, fragte sie vorsichtig. Jetzt wurde ihr doch warm in dem Mantel. Sahen so Münchner Polizistinnen in Zivil aus? Würde die Blonde sie verhaften? Waren Handschellen in ihrem glitzernden Abendtäschchen?

»Ich kenne die Trulla. Sie ist unerträglich, aber sie hat nen guten Geschmack. Du hast alles richtig gemacht.«

»Ich weiß gar nicht, was du meinst.«

»Natürlich nicht.«

Die Blonde zog an ihrer Zigarette und wirkte amüsiert. Sie war glamouröser als alle Frauen, mit denen sie sich jemals gut verstanden hatte. Aber sie fand sie sympathisch. Einnehmend. Eine Frau, mit der man Geheimnisse teilen möchte, um sie ein bisschen zu beeindrucken und eine Minute länger ihren Glanz zu genießen.

»Also wenn ich wüsste, was du meinst, dann würde ich wahrscheinlich sagen: Ich bin auch ziemlich zufrieden mit mir.«

»Gib den Mantel mal in die Reinigung, damit er nicht mehr nach Thierry Mugler riecht. Danach trägst du ihn doppelt so gern.«

»Danke für den Tipp.«

»Sag mal … kann man dich engagieren?«

»Als was?«

»Du bekommst fünfhundert Euro dafür.«

Die Blonde zog ein kleines Etui hervor und reichte ihr eine Visitenkarte.

Wer hatte denn heute noch Visitenkarten. Irritiert wendete sie das Papier in der Hand. Geneviève Funke. Keine Berufsbezeichnung. Nur eine Nummer und eine Mailadresse.

Sie hörte die Straßenbahn heranrauschen, steckte die Karte ein und machte einen Schritt nach vorne. Die Blonde wandte sich zum Gehen.

»Steigst du nicht ein?«

»Ich nehme mir ein Taxi.«

Die Tram war fast leer. Während sie durch die Arnulfstraße gondelte, holte sie die Visitenkarte hervor. Die Karte gab ihr keinerlei Antworten. Aber sie hatte das Gefühl, einen Zipfel von etwas Großem in der Hand zu halten. An dem sie ziehen sollte, so vorsichtig und so fest sie konnte.

***

Der Schleimpilz war in eine Sackgasse gewandert und rührte sich nicht mehr. Sie war besorgt. So unkooperativ kannte sie ihn gar nicht. Tagelang versuchte sie ihn mit Haferflocken und halbierten Trauben aus seiner Ecke hervorzulocken. Irgendwann streckte er sich halbherzig danach aus, verleibte sich eine Haferflocke ein und zog sich wieder in die Ecke zurück.

Do slime molds sulk, fragte sie im Forum. Man war sich nicht ganz einig, wie sie die Frage meinte. Eine ernsthafte Antwort bekam sie nicht.

Sie fragte auch Steffen, der nichts über Schleimpilze wusste, aber dennoch antwortete. Ausufernd. Metaphysisch. Philosophie-Proseminar, drittes Semester. Essenz: Warum sollte der Schleimpilz nicht schmollen können. *Um die Gründe zu verstehen, müsste man wohl zum Schleimpilz werden*, schrieb er.

Nein danke, antwortete sie. *Vielleicht verweigert er sich einfach dem Leistungsgedanken?*

Das sollte man ja eigentlich unterstützen. Besser als Burnout.

Meinst du, mein Schleimpilz ist burnoutgefährdet?

Er lebt in München und muss für sein Essen hart arbeiten, insofern … ja?

Vielleicht hab ich das Labyrinth zu anspruchsvoll gemacht.

Kann sein. Dein Schleimpilz hat die innere Kündigung vollzogen!

Ganz toll. Und jetzt?

Führ doch mal ein Gespräch über seine berufliche Weiterentwicklung mit ihm. Oder mach einen Teambuilding-Tag.

Wie sollte der aussehen?

Legt euch zusammen in die Badewanne und snackt Haferflocken.

Bis eben hab ich mir nur um den Schleimpilz Sorgen gemacht. Aber du brauchst ja wohl viel dringender Hilfe.

Meine Chefin findet mich originell und kreativ, du Stinkmorchel.

Ich finde das auch, du Pestwurz.

Ständig dachte sie an ihre Begegnung mit Geneviève Funke. *Kann man dich engagieren?* Konnte man? Kam drauf an. Sie wusste, dass sie am Ende schon aus Neugierde anrufen würde. Sie musste nur erst den Mut aufbringen.

Nach ein paar Tagen wählte sie die Nummer. Geneviève meldete sich mit Vornamen und schien sofort zu wissen, wer dran war. Sie suche eine Frau, die bereit sei, mit einem Mann einen Kaffee zu trinken und so lange wie möglich mit ihm zu reden.

Es klang obskur. Andererseits: Auf Ok Cupid hatte sie schon deutlich fragwürdigere Anfragen erhalten. Ohne Bezahlung. Und es konnte kaum illegal sein, mit jemandem Kaffee zu trinken, fand sie.

»Wer ist der Mann?«

»Das erkläre ich dir alles rechtzeitig. Er ist nicht gefährlich oder so. Ein ganz normaler Typ.«

Normale Typen waren also nicht gefährlich? Woran erkannte man das? Sie zögerte.

»Und warum soll ich mit ihm reden?«

»Es ist für uns beide besser, wenn du das nicht fragst.«

Sie überlegte. Wahrscheinlich konnte ihr gar nichts passieren, wenn sie diesen Job annahm. Und das Geld konnte sie wirklich gut gebrauchen. Aber vor allem wollte sie vor dieser Frau nicht ängstlich wirken. Lieber tough. Cool. Abgebrüht.

»Ich will die fünfhundert Euro vorher.«

»Hundert vorher.«

»Die Hälfte.«

»Hundert.«

»Okay.«

Sie schwiegen.

»Wie heißt du eigentlich?«

»Ich heiße Leonie.«

7

Der Doktorand begann, ihr andere Schaukästen zu bringen. Keine Käfer mehr. Die Tiere im ersten Kasten schimmerten in allen Blau- und Grüntönen. Tote kleine Saphire und Smaragde.

Sie wartete, bis er weg war, und googelte Libellen.

»Blaugrüne Mosaikjungfern«, sagte jemand.

Leonie zuckte zusammen und schloss schnell den Browser. Ein weißhaariger Fremder in einem verfilzten Wollpullover stand neben ihr und deutete auf den Kasten.

»Genau«, sagte sie trocken. »Arbeiten Sie auch hier?«

»Nicht mehr, ich bin im Ruhestand. Ich forsche privat weiter. Zu Rhinocerotidae.«

Er stellte sich als Alfred Mayer vor und hob zu einem Vortrag über Libellen an. So interessante Tiere seien das, und vollkommen verkannt. Früher für ihre Schönheit gepriesen, deshalb auch Jungfern genannt. Andererseits gefürchtet, daher im Volksmund bekannt als Teufelsnadel, Augenbohrer oder Pferdetod. Beide Konnotationen seien auch im Englischen sichtbar – Kleinlibellen hießen *Damselflies*, Großlibellen *Dragonflies*.

Leonie öffnete den Mund, aber sie bekam kein Wort unter in seinem Redefluss. Alfred Mayer redete sich gerade erst warm mit seinem Libellenwissen: Fluggeschwindigkeit bis zu fünfzig Kilometer pro Stunde. Manchmal sogar rückwärts. Unabhängig voneinander bewegliche Flügelpaare. Deshalb Flugverhalten und abrupte Richtungswechsel wie Hubschrauber. Nahrung: alles, was kleiner ist als sie selbst.

Er redete und redete. Als Leonie verstanden hatte, dass dies kein Gespräch war, sondern ein Tutorium, hörte sie zu. Es war schneller und unkomplizierter, als drei Bücher zum Thema zu lesen. Danach machte sie sich Notizen und googelte *Rhinocerotidae*. Nashörner. Er forschte zu Nashörnern.

***

»Darf ich mich zu Ihnen setzen?«

Der Mann schaute von seinem iPhone auf. Er war kaum älter als Leonie.

»Da hinten ist auch noch frei«, sagte er.

»Aber hier ist die Aussicht besser.«

Es stimmte. Der Tisch lag direkt an der Balustrade, von der man die Tennisplätze des Clubs überblicken konnte. An diesem warmen Frühlingsnachmittag waren sie alle belegt. Es klang, als würde jemand unter Höchstanstrengung Luftpolsterfolie zerdrücken. Plopp. Keuch. Plopp. Keuch. Plopp.

Leonie hatte einen Tag Urlaub genommen. Sie war aber bereit, so zu tun, als sei es ganz normal, an einem Donnerstag um 15 Uhr Tennis zu spielen und Kaffee zu trinken. Alle anderen hier schienen das so zu sehen.

Sie bestellte einen Flat White mit Hafermilch. Der Mann war schließlich Veganer.

Die Minuten verstrichen, ohne dass er etwas sagte. Normalerweise wäre sie darüber erleichtert gewesen. Sie konnte es nicht leiden, wenn Männer nicht erkannten, wann eine Frau einfach nur in Ruhe vor sich hinleben wollte.

Seine Tasse leerte sich.

»Spielen Sie auch?«, fragte sie und wies auf die Tennisplätze, als er den Kopf hob. Smalltalk war früher nicht ihr Ding gewesen. Aber ihre Abende in Münchner Bars hatten sie perfekt auf diesen Moment vorbereitet.

»Ja. Aber im Moment nicht, ich hatte eine Knie-OP.«

»Oh, das tut mir leid.«

»Spielen Sie?«

»Fürchterlich schlecht. Aber ich schaue gerne zu. Vielleicht lerne ich dabei was, ohne mich zu bewegen.«

Sie sah heute tatsächlich aus wie eine Frau, die sich nicht allzu gern bewegt. Eine Kosmetikerin von Galeria hatte sie so dick geschminkt, dass sie Angst hatte, es könnten kleine Kügelchen von ihrem Gesicht rieseln, wenn sie versuchte zu lächeln. Dazu hatte Geneviève ihr ein Etuikleid geliehen, in dem sie zugegebenermaßen reich wirkte, aber die ganze Zeit das Gefühl hatte, die Bauchmuskeln anspannen zu müssen.

»Wann haben Sie denn angefangen?«, fragte er.

»Vor einem Jahr erst.«

»Das ist natürlich sehr spät.«

»Wie nett, danke.«

»Nein, nein, so habe ich es nicht gemeint!«

Er schaute etwas gequält. Wenn sie ihn in Verlegenheit brachte, würde er zu schnell abhauen. Sie lachte.

»Ich weiß doch. Es stimmt ja, es ist sehr spät. Wann haben Sie denn angefangen?«

»Mit zwölf. Meine Eltern haben uns in den Ferien immer in Tenniscamps geschickt.«

»Das klingt ehrgeizig.«

»Es war anstrengend.«

Der Kellner brachte ihren Flat White. Als er weg war, roch sie demonstrativ daran. Der Mann beobachtete sie. Ob etwas nicht stimme, erkundigte er sich.

»Ich glaube, es ist Mandelmilch, nicht Hafermilch. Aber das macht nichts.«

Erst musste sie ihn davon abhalten, den Kellner herbeizuzitieren und für diese Verwechslung zu rügen. Dann redeten sie über Veganismus. Eigentlich redete er über Veganismus. Sie hörte zu, pflichtete ihm bei und fragte nicht, wie dieser Veganismus mit seinem iPhone, seinem BMW Z4 und seinem Ferienhaus auf Fuerteventura zusammenpasste.

Der Kellner brachte Kekse zum Kaffee und musste sie wieder mitnehmen. Der Mann sprach das Wort Butter aus wie den Namen einer verhassten Ex.

Leonie brachte es auf drei Stunden. Danach hatte sie zwei Flat Whites und ein Glas Weißweinschorle intus und war hungrig. Sie wusste nun alles über seine beruflichen Erfolge und darüber, dass er ständig unterschätzt wurde, weil er mit vierunddreißig immer der Jüngste in einem Raum voller Entscheider war, die ihn aber dringend brauchten, weil sie keine Ahnung hatten, wie die jungen Leute heute tickten. So redete der.

Als er seine Rechnung bezahlt und sich mit Küsschen rechts, Küsschen links von ihr verabschiedet hatte, hörte Leonie noch eine Weile dem Ploppen der Bälle zu. Dann schrieb sie Geneviève, die ihre Nachricht mit einem erhobenen Daumen markierte. Nur fünf Minuten später vibrierte das Handy wieder und meldete, dass vierhundert Euro auf ihrem Paypal-Konto eingegangen waren.

Wann treffen wir uns denn, damit ich dir das Kleid zurückgeben kann?, schrieb sie Geneviève.

Behalt es, kam Stunden später als Antwort.

***

Den größten Teil des Geldes überwies sie sofort auf ihr Sparkonto, das seit Monaten bei einem Euro und drei Cents gestanden hatte. Vom Rest kaufte sie neue Laufschuhe. Ihre alten waren ausgeleiert von den zahlreichen Stunden, in denen sie versucht hatte, ihren Ärger im Job auf der Straße zu lassen. Die Verkäuferin ließ sie auf einem Laufband joggen und teilte ihr danach in mitleidigem Ton mit, sie setze den linken Fuß zu weit außen auf. Das könne man aber mit dem richtigen Schuh ausgleichen. Schweigend hielt Leonie ihr die EC-Karte hin.

Abends am Telefon erklärte sie Steffen, wie sie so viel Geld verdient hatte. Daraufhin hatte er wilde Theorien zum Hintergrund ihres Auftrags. Erst fragte er, ob sie jetzt als Escort arbeite. Dann vermutete er, sie habe den Mann ablenken sollen, weil in der Zeit sein Auto geklaut wurde. Leonie versicherte ihm, sie habe das Auto röhrend vom Hof fahren gehört.

»Und machst du das jetzt öfter?«, fragte er.

»Würde ich sofort. Ich schreib ihr die ganze Zeit. Aber sie meldet sich nicht. Ich will wissen, warum sie mich dafür bezahlt hat. Sie scheint viel Geld damit zu verdienen, was auch immer sie da macht. Das will ich auch.«

»Was willst du auch?«

»Geld verdienen.«

Er lachte.

»Ziemlich viel in ziemlich kurzer Zeit«, sagte sie. »Das ist doch gut.«

»Du hast noch nie was nur für Geld gemacht.«

»Ich hab auch noch nie in München gewohnt.«

8

Das Gebäude lag fast direkt am Friedensengel in einer von Bäumen und Konsulaten gesäumten Straße. Hinter einem breiten Gehweg standen wie Schachfiguren verzierte Betonstelen, zwischen denen ein schmiedeeisernes Gitter den Pöbel davon abhielt, seine Hunde auf die gepflegte Rasenfläche scheißen zu lassen. Kleine Sonnenmotive waren in das Metall eingearbeitet. Widerrechtlich parkende Fahrzeuge wurden kostenpflichtig abgeschleppt.

Das Erdgeschoss schaute durch zwei große Bogenfenster auf die Straße. In einem ging gerade das Licht an. Zartgelbe Fassade. Zwei Balkone im ersten Stock, augenscheinlich ungenutzt. Ausgebautes Dachgeschoss.

Man musste klingeln, um das kleine Tor geöffnet zu bekommen. Also hob Leonie vorsichtig von außen den Metallbügel des zweiflügeligen Einfahrtstors direkt daneben an. Ohne das leiseste Quietschen hob er sich aus dem Boden. Das Tor schwenkte auf. Die Einfahrt war länger, als man von der Straße aus vermutet hätte.

Hinter dem Gebäude standen vier glänzende Autos, jedes so groß wie Leonies Kinderzimmer. An die Ecken des Hauses schmiegten sich Türme. Viele Fenster, dahinter Bücherwände und Stuckdecken. Auf der anderen Seite des kleinen Parkplatzes stand ein zweistöckiges Hinterhaus. Davor blühten üppige blaue Hortensien in schwarzen Kübeln. Kein Mensch weit und breit.

Es hatte Leonie viel Arbeit gekostet, an diesem Abend hier zu stehen. Sie hatte den Namen bei Facebook und Instagram eingegeben, aber nichts gefunden. TikTok und Bluesky halfen ihr auch nicht weiter. Dann fand sie immerhin ein altes LinkedIn-Profil: Geneviève Funke, Vorstandsassistentin. Sehr braves Bild. Mittelscheitel. Weißer Kragen. Abitur 2002 am Theresien-Gymnasium München.

Nicht allzu viele Menschen hatten das Theresien-Gymnasium bei Facebook als Schule angegeben. Leonie scrollte durch die Freundeslisten von zwanzig, die im passenden Alter waren. Keine Geneviève. Sie gab die Namen bei Instagram ein und durchsuchte ihre Kontakte. Die meisten hatten so viele, dass ihr die Profilbilder irgendwann vor den Augen tanzten. Dass Geneviève ihre Haare im typischen Münchner Blond trug und außer ihrer Körpergröße keine auffälligen Merkmale hatte, erschwerte die Aufgabe zusätzlich.

Nach ein paar erfolglosen Abenden entschied sich Leonie für die sympathischste der Absolventinnen und blätterte all ihre Bilder durch. Nichts. Dann die zweitsympathischste. Dann die drittsympathischste. Nach zweihundert Fotos von Städtetrips nach Bratislava, Paris, Reykjavik und Kuala Lumpur: ein Bild von Geneviève mit einer Tasse Tee und einer Etagère voller Scones in Brighton. Sie war nicht markiert. Aber unter denen, die das Bild geliked hatten, fand Leonie schließlich einen Account, der ihr in der Freundesliste nicht aufgefallen war. Das Profilbild zeigte eine blonde Frau von hinten am Strand. Ihr Name: Jenny_Sparks.

Und Jenny Sparks hatte wirklich schöne Fotos von einer Dachterrasse mit Blick auf den Friedensengel gepostet. Meist in der Dämmerung, so wie jetzt. Orange leuchtete die vergoldete Statue im Sonnenuntergang.

Nach einer Viertelstunde auf Google Maps waren zwei mögliche Adressen übriggeblieben. Dieses war die erste. Leonie drückte die oberste Klingel.

»Paket für Funke«, sagte sie.

»Stellen Sie es ins Treppenhaus.«

Sie wartete fünf Minuten im Eingangsbereich. Dann stieg sie leise die alten Holztreppen hoch. Der dunkelrote Teppich dämpfte ihre Schritte. Ihre Fingerknöchel klopften an die weiß lackierte Kassettentür.

Nichts war zu hören. Dann flog plötzlich die Tür auf und Geneviève stand vor ihr. Sie trug einen grün und silbern schimmernden Kimonomantel über einem engen schwarzen Jumpsuit. Schweigend schaute sie Leonie an.

»Hallo«, sagte Leonie.

Birnenförmige Kronleuchter. Eine zwei Etagen hohe Fensterfront zu den Isarauen. Eine Treppe, die zu den Privatgemächern führte. Alles Weiß mit goldenen Akzenten. Weiße Küchenschränke. Weiße Granitplatten.

Geneviève machte Espresso.

»Wie hast du mich gefunden?«, fragte sie.

»Online-Stalking.«

»Smart.«

Der Espresso war zartbitter und stärker als nötig. Geneviève antwortete auf keine einzige von Leonies Fragen. Sie redete nicht mal drumherum, sie schwieg einfach und schaute dabei auf die Uhr an der Küchenwand.

Nach fünf peinlichen Minuten gab Leonie auf. Sie würde so nicht herausfinden, wie Geneviève ihr Geld verdiente. Also redete sie selbst. Darüber, wie sie lebte und wie sie leben wollte. Dass sie sehr verschwiegen war. Dass sie bestimmt nützlich sein könnte. Wenn sie nur erst erfahren dürfte, wobei.

»Ich arbeite allein«, sagte Geneviève. »Ich setze sonst keine Lockvögel ein, das war eine Ausnahme. Such dir einen eigenen Gig.«

»Ich weiß doch gar nicht, was mein Gig überhaupt sein könnte. Und du bist die Einzige, die ich fragen kann.«

»Soll ich jetzt deine Mentorin sein oder was?«

»Warum nicht? Du hast doch auch mal angefangen. Hattest du niemanden?«

»Nein.«

»Und hättest du nicht gerne jemanden gehabt?«

»Vielleicht. Ich überleg's mir. Geh nach Hause.«

»Und du meldest dich bei mir?«

»Mal schauen.«

Geneviève

Eigentlich war immer Geld da. Dreimal im Jahr fuhren wir groß in den Urlaub, meine Eltern und ich, meist in die USA oder nach Italien. Manchmal fuhr ich mit meiner Mutter allein. Mein Vater musste sehr viel arbeiten, sagte sie, damit wir so ein schönes Leben haben konnten. Er wirkte aber nie gestresst von der Arbeit, so wie die Väter meiner Freundinnen, die abends nach Hause kamen und biestig guckten, warum ist da noch ein anderes lautes Kind, das nicht mal das eigene ist und jetzt trotzdem am Tisch sitzt und quasselt.

Als ich zwölf war, fuhr mein Vater allein weg. In den Urlaub, sagte er, als er sich von mir verabschiedete. Der Urlaub dauerte zwei Jahre und acht Monate, aber mein Vater schickte mir Briefe. Meine Mutter holte sie aus dem Briefumschlag und legte sie mir auf den Esstisch in unserer neuen Wohnung, in die wir gezogen waren. Zwei Zimmer.

Sie hatte einen Job als Arzthelferin angenommen. Das hatte sie gelernt, bevor sie meinen Vater heiratete. Wenn mein Vater zurückkäme, sagte sie, würden wir wieder alle zusammen in Urlaub fahren und an Weihnachten viele Geschenke haben.

Ich weiß nicht, ob sie jemals wirklich geglaubt hat, dass ich ihr das abnehme.

Mein Vater kam zurück, schaute sich das neue Leben an, das von nun an auch seins sein würde, und verschwand wie-

der. Diesmal schickte er Scheidungspapiere. Meine Mutter holte sie aus dem Briefumschlag und weinte.

Nach dem Abitur modelte ich ein bisschen. Es war unendlich öde. Ich wollte immer mitreden, aber Models sollen nicht reden. Immerhin verdiente ich Geld. Einmal besonders viel, also lud ich meine Mutter ins Schumann's ein. Sie trug eins ihrer schicken Kleider aus unserem alten Leben und war den ganzen Abend so aufgedreht und fröhlich wie früher, wenn wir zusammen im Urlaub essen gegangen waren und ich noch aufbleiben durfte, obwohl ich erst zehn war, aber es war ja Italien und da durften Kinder viel länger aufbleiben. Im Urlaub waren wir alle Bambini.

Ich studierte BWL, aber ich hasste Zahlen. Ich wurde Vorstandsassistentin, aber ich hasste Chefs.

Ich trug Kostüme und einen Mittelscheitel. Ich mietete eine größere Wohnung für meine Mutter, eine mit Balkon und Aufzug.

Nach fünf Jahren stieg ich morgens aus der S-Bahn und ging den üblichen Weg zur Arbeit. Durch eine Unterführung. Ich lief mit den anderen Menschen, die Jacketts trugen. Dicht an der Mauer lagen Obdachlose. Sie schliefen noch oder versuchten es zumindest, tief in Schlafsäcke vergraben, dabei war es eigentlich gar nicht kalt, aber so am Boden und an der Steinmauer wahrscheinlich doch.

Ich lief und schaute zu ihnen rüber und kam mir bescheuert vor in meinen albernen Kitten Heels und meiner scheißteuren Strumpfhose von Falke. Und dieses Gefühl ging einfach nicht mehr weg. Es war, als würde ich mir von außen zuschauen, wie ich Arbeit spielte. Ich wollte nie wieder in dieses Büro gehen, nie wieder verantwortlich sein für Dinge, die andere verbockt hatten, nie wieder als Mädchen für alles bezeichnet werden oder als gute Seele des Hauses oder als Mutter der Kompagnie, nie wieder. Nie wieder.

Mein Vater hat immer gesagt: Man muss das Geld von den Leuten nehmen, von den Bäumen kann man's nicht schütteln.

Mein Chef zahlte mir fünfzigtausend Euro Startkapital für meine Selbständigkeit. Im Gegenzug schickte ich seiner Frau nicht die Belege für seine Hotelbuchungen für zwei, die doppelten Blumensendungen und die identischen Halsketten zu Weihnachten.

9

Bratwurst mit Sauerkraut in der Kantine. Leonie war mit Nam verabredet, der ihr immer die Insektenkästen brachte. Er war unterhaltsamer als die Krimis, die sie sonst beim Essen las. Und er hatte sehr breite Schultern für einen Biologen. Klassische Biologenstatur: Pizzaofen. Nam: Kachelofen.

Nam forschte zu orientalischen Hornissen, die perfekt symmetrische Nester anlegen. Er sprach viel von einem Kristall, den sie in die Waben einbauen. Leonie musste weder Expertise noch falsche Begeisterung vortäuschen. Das fand sie angenehm. Sie hörte zu, aß in kleinen Happen langsam ihre Bratwurst und legte dann sorgfältig ihr Besteck auf dem Teller parallel zurecht. Mit irgendwas musste sie sich ja beschäftigen.

***

Helles und sonniges Ein-Zimmer-Appartement direkt vom Vermieter. 900 Euro warm.

Ganze 22 Quadratmeter.

Kellerwohnung mit großem Fenster in zentraler Lage. 655 Euro warm.

Die Fotos zeigten eine charmante Gefängniszelle mit integrierter Küchenzeile.

Renovierter Innenstadttraum in zentraler Lage.

Direkt am Mittleren Ring. Vierspurig. Und immer noch zu teuer für sie.

***

In der Morning Show spielten sie *Toxic* von Britney Spears. Leonie pfiff die hohen Stellen mit, bis das Lied viel zu früh unterbrochen wurde. Lokalnachrichten. Eine betont markige Männerstimme erklärte, dass die schöne Immobilienbetrügerin schon wieder zugeschlagen hatte. »*Diesmal in Starnberg, wo der enttäuschte Interessent feststellen musste, dass die Villa gar nicht zum Verkauf stand. Die Maklerin war über eine Zwischenmiete an den Schlüssel gekommen.*«

Was man wohl tun musste, um sich eine Villa in Starnberg leisten zu können?

Ihr Fahrrad war bedeckt von Bienen. Zu früh. Es war erst Ende April, ein kühler Dienstagmorgen. Nicht mal die Bienen finden in München ein Zuhause, dachte sie.

Wenn Bienen nicht genug Nahrung bekommen, fliegen sie einfach los. Ein Hungerschwarm auf der Suche nach einem besseren Zuhause. Dabei lassen sie sogar ihre Nachkommen zurück.

Leonie hatte keine Lust, die Straßenbahn zu nehmen. Sie meldete sich krank. Am nächsten Tag waren die Bienen verschwunden.

Das Restaurant sah teuer aus. Drei breite, polierte Steinstufen führten zur Tür hinauf. Rechts und links davon standen hüfthohe Laternen aus Messing. Es hatte etwas Sakrales. Leonie befürchtete sofort, in dieser Umgebung ärmlich zu wirken mit ihren Jeans, ihren schon lange nicht mehr weißen

Sneakern und ihrem gelben Fjällräven-Rucksack. Das Schild am Eingang half auch nicht dagegen.

<u>Ab Sofort</u>
Champagner-Aktion
gegen das
Nachmittagstief
16–18 Uhr
Fournaise-Dubois
Tradition (blanc de noir)
2x 0,1 l + Blini Variation <u>28 €</u>
1x 0,75 l + Blini Variation <u>71 €</u>
1x 0,375 l + Blini Variation <u>45 €</u>

An einem hohen Tisch am Fenster saß Geneviève. Sie sah aus wie diese Fashion-Influencerinnen, deren Style Leonie heimlich bewunderte: perfektes Make-up, schlichter Goldschmuck, ein dünner hellblauer Pullover und eine schmale beigefarbene Hose. Sie hatte ihr nur Zeit und Ort mitgeteilt, sonst nichts. Aber sie schaute nicht unfreundlich, als Leonie auf den Stuhl gegenüber kletterte.

»Hast du gut hergefunden«, sagte sie.

»Ja, danke.«

Geneviève schien die Förmlichkeit der Situation zu genießen. Leonie hatte das Gefühl, in ein Bewerbungsgespräch geraten zu sein. Nervös strich sie ihre Haare glatt und bestellte stilles Wasser und einen Kaffee. Das bekam man bei Bewerbungsgesprächen ja auch angeboten.

Sie habe nun nachgedacht, sagte Geneviève schließlich. Sie sei fest davon überzeugt, dass Frauen Frauen unterstützen müssten. Da gebe es ja keine Regel, welche Art von Unterstützung das sein solle, oder? Und überhaupt, Regeln. Jedenfalls sei sie noch nie jemandes Mentorin gewesen, aber das Wort gefalle ihr. Mentorin. Sie ließ es auf der Zunge zergehen.

»Was, denkst du, ist dein größtes Talent?«

»Es Leuten heimzuzahlen«, sagte Leonie wie aus der Pistole geschossen.

»Schon mal gemacht?«

»Schon oft. Seit Mustafa in der siebten Klasse mit Leana Händchen gehalten hat, obwohl wir zusammen waren.«

»Was hast du gemacht?«

»Ich hab ihm einen Spickzettel geschrieben, auf dem alles falsch war. In der Uni hab ich einen Prof gefilmt, der immer ekelhafte Witze über Studentinnen machte, und das Video an seine Frau geschickt. Und mein letzter Chef musste sein Büro renovieren lassen, als ich damit fertig war.«

»Du rächst dich gerne.«

»Ja, aber es ist nicht so sehr, weil ich wütend bin, es ist eher …«

»… der Vorgang.«

»Genau! Jemandem eine reinzuhauen würde mir nicht dasselbe Gefühl geben.«

»Also Sabotage. Das ist kein ganz schlechtes Talent.«

Sabotage. Leonie konnte sich nicht erinnern, dieses Wort jemals selbst ausgesprochen zu haben.

»Was fang ich denn damit an?«

»Du suchst Menschen, die jemandem schaden wollen, und bietest ihnen deine Dienste an.«

»Aber wo finde ich die?«

»Bestimmt im Internet. Irgendwo. Vielleicht im Darknet.«

»Hm.«

»Schau mal, was du so findest. Und dann treffen wir uns wieder, damit ich dir meine Einschätzung geben kann.«

Geneviève winkte den Kellner herbei.

»Ich bin jetzt schließlich deine Mentorin.«

10

Das Bett war nur neunzig Zentimeter breit. Nicht breit genug für Träume, in denen man davonläuft. Man landet zu schnell und zu hart an der Wand. Leonie erwachte mit einem Schmerzensschrei, als ihr Fuß gegen den Putz krachte. Sie wusste nicht mal mehr, wovor sie weggerannt war. Nur dass es am helllichten Tag gewesen war, am Marienplatz, und dass alle Passanten sie angeschaut hatten, als wäre sie verrückt.

Draußen wurde es gerade hell. Als sie sich aufsetzte und das Licht anmachte, hetzten ein paar überraschte Silberfischchen zurück unter die Fußbodenleisten. Mit der Hand rieb sie über ihre Zehen. Allmählich hörte der Schmerz auf zu klingeln.

Libellen fliegen bis zu 50 Kilometer pro Stunde schnell. Ihre Körper sind schillernd und ihre Flügel zart, aber davon darf man sich nicht in die Irre führen lassen. Um zu überleben und Nachkommen zu produzieren, fressen sie auch andere Libellen. Elegante Kannibalinnen. Sie sehen fast 200 Bilder pro Sekunde, Menschen 24 Bilder pro Sekunde.

Leonie sah nach fünf Stunden Schlaf gefühlt 15. Nachdem sie mehrere fast identisch aussehende Exemplare als Großer Blaupfeil klassifiziert hatte, machte Nam sie darauf aufmerksam, dass sie bei einigen den Basalfleck auf den Hinterflügeln übersehen hatte. Eine klitzekleine dunkle Färbung. Diese Libellen heißen Spitzenfleck. Und ein anderer mit Flecken auf allen vier Flügeln: ein Plattbauch.

Nam ignorierte ihre Inkompetenz großzügig. Dann fragte er sie, ob sie nach der Arbeit mal was trinken gehen wollte. Nur dienstags und donnerstags könne er nicht, da gehe er immer zum Crossfit. Leonie nickte wissend. Anschließend gab sie Crossfit bei Wikipedia ein und las: »Crossfit-Trainierende rennen, rudern, springen Seil, schwimmen, klettern Seile hoch und tragen ungewöhnliche Gegenstände.« Dann hatte sie das Gefühl, ausreichend informiert zu sein, und schloss das Fenster wieder.

Sie fuhr zum Marienplatz, um Wassergläser zu kaufen. Vier hatte sie beim Umzug gehabt. Zwei waren ihr runtergefallen, eines diente als Blumentopf für eine kleine Orchidee, und eines fühlte sich allmählich an wie Stahlwolle.

Sie stand vor verschlossenen Türen. Zara Home hatte schon länger zugemacht, das hatte sie online überlesen. Aber auch rechts und links davon stand alles leer, mitten in der Stadt. Ein Geschäft war hinter einem Bauzaun verschwunden. Sie wollte auf den Planen nachlesen, was hier passierte, aber darüber gab es keine Informationen. Nur: »Wir bauen für Sie.« Und: »Wer es nicht *versucht*, wird nie *erfahren*, ob er es *geschafft* hätte.«

»Dieser Blödsinn«, sagte ein Mann, der neben sie getreten war. »Erst machen sie alles zu, und dann schreiben sie noch so Glückskeks-Sprüche drauf.«

Leonie schaute ihn vorsichtig an. Er war um die Sechzig, angezogen wie ein alter Mathelehrer, und wirkte rechtschaffen wütend.

»Was war hier denn vorher drin? Ich bin gerade erst hergezogen.«

»Ein Schreibwarenladen. Eigentlich *der* Schreibwarenladen. Wenn man einen Füller kaufen wollte oder ein schönes Notizbuch, sind alle hierhergekommen.«

»Und da links?«

»Ein großes Schuhgeschäft. Und das da weiter die Straße runter, dieses Gebäude mit der hergerichteten Fassade: Da war früher die *Süddeutsche Zeitung* drin, dann ist einer von diesen Läden eingezogen, wo junge Leute in Schlangen davorstanden. Die halbe Sendlinger Straße runter ging die Schlange! Und am Eingang standen so halbnackte Burschen mit offenen Daunenjacken.«

»Abercrombie & Fitch vielleicht?«

»Das kann sein. Ist jetzt eh alles zu.«

»Aber warum?«

»Die Mieten!«

Er hob tatsächlich die Hand und rieb Daumen und Zeigefinger aneinander.

»Die Eigentümer glauben, man müsste wunder was wie viel Geld verdienen in diesen Lagen, aber das ist nicht so einfach.«

»Aber was ist dann damit?«

Leonie wies auf einen kleinen Laden auf der anderen Straßenseite. *Spanisches Fruchthaus* stand darüber. Im Schaufenster lagen Trockenfrüchte. Es sah nicht sonderlich ansprechend aus.

»Denen gehört das Haus«, sagte der Mann. »Wenn dir hier nichts gehört, kannst du es gleich vergessen.«

Der Satz hallte in ihr nach, als sie bei Kaufhof ihre vier neuen Wassergläser bezahlte.

In der kleinen Passage, in die der Seitenausgang mündete, lagen zwei Menschen auf dem Boden, barfuß, mit vollen Plastiktüten als Kopfkissen, und schliefen.

***

Leonie war noch nie im Darknet gewesen. Also ging sie es an wie alles andere: Sie suchte ein Tutorial auf YouTube. Dann lud sie den Tor-Browser herunter und klickte auf Connect. Und sie fand: absolut nichts Interessantes. Mit etwas Mühe machte sie eine Seite ausfindig, auf der man kostenlos E-Books von Neuerscheinungen downloaden konnte. Hier würde sie keinen Nebenjob finden, so viel stand fest.

Der Schleimpilz hatte nicht geschmollt. Der Schleimpilz hatte zu viel Licht abbekommen und angefangen, Fruchtstände auszubilden. Sie sahen aus wie kleine Tomaten, die auf Stängeln aus Zellophan sitzen. Damit war das Experiment mit dem Labyrinth gescheitert. Schleimpilze versuchen genau einmal, sich mit ihren Sporen fortzupflanzen, und gehen dann ein.

Sie zog ihre Joggingschuhe an und lief mit einer Tupperdose im Rucksack in den Nymphenburger Schlossgarten, um den Schleimpilz wieder in der Natur auszusetzen. Zuvor hatte sie ihn sorgfältig mit dem Teppichmesser aus dem Labyrinth ausgeschnitten.

»Mach's gut«, murmelte sie. Sie hatte ein ruhiges, schattiges Plätzchen am Fuße einer Eiche für ihn ausgesucht. Schöner als ihre Wohnung war es allemal.

11

Komm zum Radspieler und kauf eine Kerze.

Das war alles. Die ganze Nachricht von Geneviève auf Signal. Leonie wusste nicht, was ein Radspieler sein sollte. Aber es war Samstag und sie hatte nichts vor. Also googelte sie. Eine halbe Stunde später stand sie in einem Geschäft in der Innenstadt und suchte die Kerzen. Alles war sehr schick, modern und zugleich traditionell: Kleider, Stoffe, Kinderspielzeug, Möbel. Und tausend kleine Accessoires, die jeweils mehr kosteten als Leonies aktuelles Outfit.

Die Farben der Kerzen trugen elegante Namen. Greige. Honig. Obsidian. Leonie nahm einfach die hässlichste, in einem modrigen Grünbraun, oder wie auf dem Zettel an der geflochtenen Kerzenkiste stand: Wacholder.

»Im Innenhof ist gerade ein kleines Frühlingsfest«, sagte die Verkäuferin, während sie zwei Euro fünfzig von Leonie entgegennahm. »Da können Sie sich gerne noch einen Kaffee holen.« Sie wies auf eine weiß lackierte Tür, durch deren Glasscheiben eine Rasenfläche leuchtete. Dann überreichte sie Leonie die einzelne Kerze in einer dekorativen Papiertüte. »Möchten Sie einen Beleg?«

Es war, als hätte sich mitten in der Stadt ein Wurmloch aufgetan und Leonie in einem kleinen Schlosspark wieder ausgespuckt. Die Sonne schien. Verschlungene Wege führten über den Rasen. In den Bäumen zwitscherten Vögel. Zwischen Büschen standen hübsch gruppierte Outdoormöbel, dazwischen ein kleiner schwarzer Coffee Truck.

Geneviève war in einem eleganten Loungemöbel versunken und hob lässig die Hand, als Leonie auf sie zukam.

»Wie lange bist du denn schon hier?«, fragte Leonie.

»Seit anderthalb Stunden, zwei Flaschen Limo und einem Cappuccino. Ist es nicht herrlich?«

»Doch.«

»Hol dir auch was zu trinken. Es ist alles kostenlos, wenn man vorher was gekauft hat. Und die Kerzen sind das Billigste, was sie haben. Willkommen in München: Das Leben ist hart genug, wir nehmen alles mit, was geht.«

Leonie setzte sich mit ihrem Kaffee auf einen schmalen Stuhl aus hellem Holz und verschnörkeltem Metall und betrachtete kurz das Preisschild. 280 Euro. Für den Preis fand sie den Stuhl gar nicht mal so bequem. Sie nahm einen tiefen Schluck. Der Milchschaum kitzelte sie an der Oberlippe.

»Zwei Freundinnen von mir kommen auch gleich noch«, sagte Geneviève. »Ich dachte, ihr könntet euch mal kennenlernen. Wahrscheinlich haben sie auch ein paar Tipps für dich.«

»Sie haben auch Nebenjobs?«

»Das können sie dir selbst erzählen, wenn sie wollen. Welche Kerze hast du gekauft?«

Leonie holte sie aus der Tüte.

»Eww.«

»Ja.«

Durch die weiß lackierte Tür trat eine Frau. Leonie erkannte sie sofort. Kurze Haare, spitze Nase, eine senfgelbe Kerze in der Hand. Die drittsympathischste Frau auf Instagram. Kim irgendwas. Sie trug ein hellgelbes Sommerkleid und sah aus, als hätte sie noch nie einen einzigen Schweißtropfen vergossen.

»Hallo Jenny!«, sagte sie, beugte sich hinunter und küsste Geneviève auf beide Wangen. »Und du bist bestimmt Leonie!«

Sie schüttelte ihr die Hand. Dann zog Kim ab, um zwei Limos zu holen.

»Jenny?«, fragte Leonie leise.

Geneviève tat, als hätte sie nichts gehört. Kim kam gerade von einer Schicht im Krankenhaus, wo sie die vergangenen acht Stunden im OP-Saal assistiert hatte. Sie erzählte von einem besonders komplizierten offenen Bruch und wirkte dabei so abgeklärt, als hätte sie den Vormittag beim Käse kaufen auf dem Wochenmarkt verbracht.

Eine Viertelstunde später waren sie zu viert. Die Neue stellte sich als Yasmin vor. Sie hatte lange schwarze Haare und eine unüberhörbar oberbayerische Sprachfärbung, in der sie Leonie erklärte, wo es zur Toilette ging, als sei sie jeden Tag hier: »Die Stiegen hoch, dann scharf rechts zwischen den Teppichen durch.«

Diesmal war es kein Bewerbungsgespräch. Eher eine Vorstandssitzung. Geneviève hatte die beiden anderen vorher ausgiebig gebrieft. Nun wollte sie von Leonie wissen, wie erfolgreich sie in der Zwischenzeit gewesen war. Sie könne den beiden vertrauen. Kim und Yasmin schauten sie erwartungsvoll an.

Leonie spürte, wie ihr Hals sich rot färbte. Als sie sechzehn war, wurde sie einmal von der coolsten Clique der Schule zu einer Party eingeladen. Sie konnte sich nicht recht erklären, warum. Aber sie stellte sich vor, dass sie so viel Spaß haben würde wie nie zuvor und danach auch mit den Coolen befreundet sein würde. Beides war nicht eingetreten. Sie fühlte sich die meiste Zeit fehl am Platz und ging bereitwillig pünktlich nach Hause, ohne wie sonst ihren Zapfenstreich zu überziehen. Würde das hier ein Remake der Geschichte werden?

Sie berichtete von ihrem Ausflug ins Darknet, einfach nur um etwas zu berichten. Damit sie nicht sagen musste, dass sie kein bisschen weitergekommen war. Als sie fertig war, wechselten die anderen Blicke. Dann sprach Kim mit klarer, kühler Stimme.

»Eine Bekannte von mir hat seit ein paar Monaten Liebeskummer«, sagte sie. »Ihr Freund hat sie betrogen und dann aus der gemeinsamen Wohnung geworfen. Sie kommt da ganz schlecht drüber weg. Ihr Auto geschrottet hat er auch noch. Jedenfalls ist sie seitdem immer in so einem Liebeskummerforum. Ich dachte, die trösten sich da gegenseitig, aber sie hat mir erzählt, dass die sich eher gemeinsam ausmalen, was ihren Exen für schlimme Dinge passieren sollen. Damit die auch leiden.«

»Was denn zum Beispiel?«, fragte Geneviève.

»Dass sie ihren Job verlieren, dass ihre Neuen ihnen das Herz brechen, dass sie sich beide Beine brechen, so was.« Kim lächelte entspannt bei der Aufzählung.

»Die sollen alle in Therapie gehen«, sagte Yasmin kopfschüttelnd.

»Ja, klar. Aber das ist doch eine Chance!«

»Ich breche niemandem die Beine«, protestierte Leonie.

Die drei lachten so schallend, dass neben ihnen ein paar Spatzen aufflogen. Yasmin beugte sich vor und tätschelte Leonies schwächlichen Trizeps.

»Das haben wir uns schon gedacht.«

»Überleg doch mal«, sagte Kim. »Diese Rachefantasien sind nur deshalb so dramatisch, weil die eh wissen, dass es nie passiert. Je unwahrscheinlicher, desto schlimmer muss es sein. Wenn du ihnen eine kleine Rache geben kannst, aber die passiert wirklich, das reicht ihnen wahrscheinlich schon, damit sie sich besser fühlen. Hättest du denn Ideen für kleine Racheaktionen?«

Leonie überlegte kurz.

»Spontan ungefähr zwanzig«, sagte sie.

Kim

In meinem Elternhaus war es verboten, die Füße auf die Querstreben der Stuhlbeine zu stellen. Die Stühle wurden an den Fugen des Fußbodens ausgerichtet. Ab einer Stunde vor dem Essen durften wir nichts mehr trinken. Beim Essen nichts trinken. Von der Butter abschneiden nur an einer bestimmten Stelle. Die Butter musste stets in Quaderform hinterlassen werden. Wenn ich nicht aufaß, durfte ich nicht aufstehen. Schokomüsli nur am Sonntag. Keine Cola. Kein Nutella. Kein Softeis.

Den Wasserhahn nur auf die warme Seite stellen, wenn man wirklich warmes Wasser brauchte. Die Seife auf die schon aufgeweichte Seite legen. Wenn der Flur frisch gewischt war, musste man bleiben, wo man war, bis der Boden trocken war. Kein Spielzeug auf dem Wohnzimmerboden. Jedes Wochenende Oma und Opa anrufen. Wenn der Schulfotograf kam, musste ich ein Kleid tragen. Für Kinder nur Kika, ARD oder ZDF. Genau eine halbe Stunde am Tag.

Kinder durften nicht ans Schrankfach mit den Süßigkeiten. Kinderzimmer durften nicht abgeschlossen werden. Keine Getränke oder Lebensmittel im Kinderzimmer. Am Zimmer meines Vaters anklopfen.

Mit nassen Haaren nicht ins Bett gehen. Mit nassen Haaren nicht aufs Ledersofa setzen. Mit nassen Haaren nicht aus dem Haus. Mit Hausschuhen nicht auf die Terrasse. Mit Straßenkleidung nicht aufs Bett. Die Ellbogen nicht auf den Tisch. Die Schulranzen nicht im Flur stehen lassen.

An der Garderobe hatten die Schuhe parallel zu stehen. Ein Paar Schuhe pro Person. Alle anderen Schuhe im Schuhschrank. Keine Füße auf dem Couchtisch. Gläser abstellen nur mit Untersetzern.

Von der Schule direkt nach Hause. Keine fremden Tiere anfassen.

Abends acht Minuten lang lüften.

12

Eine ganze Woche tat Leonie fast nichts anderes, als im größten deutschsprachigen Liebeskummerforum mitzulesen. Die Libellen lagen stumm und aufgespießt vor ihr, während sie auf ihrem Smartphone die Leiden von Sisibille01 verfolgte, deren Ex beim Auszug ihre Zierfische in der Toilette runtergespült hatte. Von Marmxmal, dessen Freundin heimlich die Pille abgesetzt hatte und ihm dann eröffnet hatte, sie sei nun schwanger und werde sich von ihm trennen, denn sie wolle zwar das Kind, aber ihn habe sie satt. Von Joustibär, die nach der Trennung all ihre Freundschaften verloren hatte, weil ihre Ex behauptet hatte, sie wäre eine pathologische Lügnerin und hätte sie jedes Wochenende betrogen und gegaslighted.

Allmählich wurde Leonie selbst wütend. Ihr erster Freund hatte sofort nach der Trennung ihren zurückgelassenen BH weggeworfen. Das hatte sie bisher für ziemlich gemein gehalten. Aber diese Menschen gehörten ja in den Knast. In Einzelhaft. Sie schrieb Sisibille01 eine private Nachricht im Forum.

Ich hab deinen Post gelesen. Dein Ex klingt wirklich wie ein absolutes Arschloch. Wenn du willst, dass deine Zierfische gerächt werden, meld dich bei mir. Ich brauche Beweise für deine Geschichte. Über alles andere werden wir uns bestimmt einig.

Was sie genau machen würde, wenn eine Antwort käme, wusste sie noch nicht.

Als sie zuletzt verlassen wurde, mit Mitte zwanzig, hatte sie eine urplötzliche Rivalität mit ihrem Ex entwickelt. Sie glaubte, sterben zu müssen vor Demütigung, wenn Patrick schneller als sie eine neue Beziehung gehabt hätte. Oder mehr Erfolg im Job. Oder die aufregenderen Urlaube. Oder einfach mehr Spaß. Sie hatte Instagram zugekleistert mit Bildern und Videos von sich selbst beim Spaß haben. Sie war durch halb Deutschland gefahren und hatte alte Freund:innen besucht, um zu zeigen, dass sie mehr erlebte. Es ging ihr nicht darum, ihn zurückzugewinnen: Sie wollte sich selbst beweisen, dass sie cooler war als er. In der Trennung war sie die Schwächere gewesen. Also musste sie überall sonst die Stärkere sein. Sie hatte eine Schlacht verloren, aber den Krieg würde sie für sich entscheiden.

Ein halbes Jahr später wurde sie bei Mosweti befördert. Sie hatte sich so ehrgeizig reingehängt wie niemals zuvor in irgendetwas. Später bereute sie das manchmal. Mit dieser Beförderung fing der Ärger erst richtig an, der sie später Kresse auf einem kurzflorigen Teppichboden pflanzen ließ.

***

Leonie und Nam fanden einen Termin, an dem er nicht zum Crossfit musste. Das hatte so lange gedauert, dass sie in der Zwischenzeit zu einem Entschluss gekommen war: Regelmäßiger Sex mit Nam schien eine gute Idee. Er wusch seine Haare offenbar regelmäßig. Außerdem mochte sie seine Kachelofenschultern. Und es war einfach Zeit, eine sexuelle

Grundversorgung aufzubauen. Allein in Bars zu sitzen, war ihr bald langweilig geworden.

Deshalb trug sie Rot. Das hätte eine besondere Wirkung auf Männer, hatte sie mal irgendwo gelesen.

Nams Lieblingscafé hatte nicht mal eine Website. Dafür bunte Stühle und Ausblick auf eine kleine Wiese und eine Brache dahinter. Der Kaffee sei gut, sagte Nam. Leonie gefiel es.

Sie unterhielten sich über Hornissen und Filme, bis der Platzregen kam. Mit ihren Cappuccino-Tassen retteten sie sich ins Innere. Das Café war nur tagsüber ein Café, stellte Leonie fest. Abends eindeutig eine Bar. Vor der verspiegelten Wand hinter dem Tresen hingen Regalbretter voller Whisky.

»Jetzt kommt mir der Cappuccino plötzlich langweilig vor«, sagte Leonie. »Trinkst du Whisky?«

»Ja. Du nicht?«

»Ich bin eher ein Gin-Tonic-Mensch. Na ja. Wenn ich ganz ehrlich bin, bin ich ein Tequila-Sunrise-Mensch. Aber wenn du so erwachsene Sachen trinkst, käme ich mir damit vor wie ein Teenie.«

»Solange du den Barkeeper nicht bittest, Whisky mit Grenadinesirup zu panschen …«

»Zu veredeln!«

»Du kannst es ja mal versuchen und schauen, wie er reagiert.«

»Nein, ich will jetzt auch Whisky. Aber die letzten, die ich probiert habe, haben geschmeckt wie ein brennendes Haus. Kannst du mir was empfehlen?«

»Versuch mal einen Aberfeldy. Der schmeckt eher süß und fruchtig und nicht so nach Kaminfeuer.«

»Und was trinkst du?«

»Hibiki. Das ist ein japanischer Blend mit Eichenholznoten.«

Sie tranken den Kaffee aus und stiegen direkt auf Whisky

um. Der Aberfeldy schmeckte für Leonie immer noch sehr erwachsen. Nam ließ sie an seinem Glas riechen. Danach tränten ihr die Augen. In der zweiten Runde bestellte er Balvenie DoubleWood für sie und behauptete, der wäre quasi Likör. Für Leonie war er gerade lieblich genug. Sie sehnte sich heimlich nach einer Fanta, aber allmählich gewöhnte sie sich an den Geschmack.

Beide waren schnell betrunken. Leonie rückte näher an ihn heran, um ihm die Gelegenheit zu geben, sie zu küssen, und schaute ihm tief in die Augen. Aber Nam redete einfach weiter. Das verwirrte sie derart, dass sie selbst nichts unternahm, und wieder von ihm abrückte.

Zu Hause musterte sie sich eingehend im Spiegel, um einen Grund zu finden. Am Ende schob sie es auf ihre Nase, wie fast alles. Sie teilte es Steffen mit, wie fast alles.

Quatsch, deine Nase ist nicht schief, antwortete er. *Vielleicht will er nur nicht übergriffig sein.*

Daran bin ich nicht gewöhnt.

Als sie im Bad das Licht anmachte, konnte sie den Silberfischchen dabei zusehen, wie sie sorgsam um die Fallen herum wuselten, die sie aufgestellt hatte.

***

Sie entdeckte eine neue Libellenart in der Sammlung. Das versetzte sie kurz in freudige Erregung, bis sie feststellte, dass es nur ein Weibchen war, das mit seinem gelben Körper dem Männchen nicht ähnelte und ungewöhnlich gefleckte Flügel hatte. Mitten in die Enttäuschung hinein hörte sie die leisen Trippelschritte von Frau Vogt nahen.

Hinter einem der hohen Karteischränke aus Aluminium verstummten die Schritte. Dann trat die Sekretärin plötzlich in die Nische und sah sich misstrauisch um.

»Guten Tag«, sagte Leonie.

»Grüß Gott, Frau Hendricks.«

»Suchen Sie etwas?«

»Nein. Nein, nein.«

Frau Vogt ging um den Schreibtisch herum. Leonie starrte wieder ihre Libellen an.

»Haben Sie hier jemanden gesehen?«, fragte Frau Vogt plötzlich ganz nah an ihrem Ohr. Leonie fuhr zusammen.

»Nein, niemanden!«

»Wenn Sie jemanden sehen, sagen Sie im Sekretariat Bescheid!«

»Okay!«

Die alte Dame verschwand. Leonie googelte *Paranoia* und *Demenz*. Dann loggte sie sich ins Forum ein.

Die schwangere Exfreundin von Marmxmal hatte jetzt einen Neuen. Der Thread vibrierte.

Nam blieb den ganzen Tag unsichtbar. Leonie machte ein Selfie und betrachtete nochmals eingehend ihre Nase. Dann machte sie eine Liste.

Rache Inc.

- *Keine Schwangeren. Auf keinen Fall. Nie.*
- *Wer sich rächen will, braucht Beweise. Chats, Mails, Kontoauszüge.*
- *Job gefährden: ja. Existenz gefährden: nein.*
- *Sachbeschädigung aller Art.*
- *Keine Aktionen gegen neue Partner:innen.*

13

Sie ließ die Liste sinken und schaute auf. »Mehr hab ich bisher nicht.«

»Das reicht doch«, sagte Kim.

»Vielleicht arbeitest du es noch ein bisserl aus?«, sagte Yasmin.

»Was meinst du denn?«

»Wann du den Job gefährdest und wann die Existenz. Das ist hier für viele dasselbe. Wenn du nix gespart hast, kannst du nicht ein paar Monate Miete überbrücken. Und einen neuen Job findest du nicht von heut auf morgen.«

Sie saßen in einer Bar am kopfsteingepflasterten St.-Anna-Platz und tranken Portwein mit Tonic. Kalt, süß und bitter. Geneviève hatte für alle bestellt, ohne zu fragen.

»Die Rache muss sich schon auch lohnen!«, sagte Geneviève.

»Ja, aber die Leonie muss auch nachts schlafen können.«

»Sie wirkt nicht, als wäre das ein Problem.«

»Hey, ich sitze neben euch, warum redet ihr über mich?«

»Sorry.«

»Ich arbeite es aus, Yasmin, danke für den Hinweis.«

»Gut, dass du ne Liste machst. Manchmal rutscht man in was rein und vergisst, was man sich vorgenommen hat, wie weit man gehen wollte.«

»Wenn ich euch jetzt so ausführlich erkläre, was ich mache … findet ihr nicht, ich sollte wissen, was ihr macht?«

»Eigentlich nicht«, sagte Yasmin. »Zumindest noch nicht.«

Leonie nahm einen Schluck von ihrem bittersüßen Getränk. Sie wollte unbedingt wissen, was die anderen ihr verschwiegen. Aber sie wollte auch nicht betteln. Und ein Blick in Kims kühle blaue Augen ließ sie vermuten, dass es bei ihr auch vergebens wäre. Leonie wusste, dass sie für Kim noch nicht dazugehörte. Yasmin hingegen könnte sie womöglich erweichen. Wenn sie nicht viel zu stolz dafür wäre.

Am Nebentisch ließ sich unter viel Stuhlgerücke eine Polohemd-Familie nieder. Die Tische standen so eng auf dem Bürgersteig, dass die Rückenlehnen der Metallstühle einander berühren mussten.

Yasmin wechselte das Thema. Hier im Lehel hatte sie mit neunzehn gewohnt, erzählte sie, zur Untermiete bei einer älteren Dame. Möbliertes Zimmer mit eigenem Bad. In der Küche durfte sie nur den Kühlschrank benutzen, nicht den Herd. Für 350 Euro.

Yasmin

Ich hab eigentlich immer nur zwei Dinge gewollt: Kinder haben und in München leben. Aber das passt nicht gut zusammen. München hasst Familien. Wenn man Kinder kriegt, muss man reich sein oder wegziehen. Dann wohnt man in einem Ort, der auf -ing endet, und fährt eine Stunde zur Arbeit rein. Das sind zwei Stunden am Tag, an denen man seine Kinder nicht sieht. Oder die man weniger arbeiten kann, also verdient man dann auch weniger Geld. Und mein Mann ist Cellolehrer. Niemand will sein Kind eine Stunde zum Cellounterricht fahren.

Manche Eltern bleiben in der Stadt und schlafen auf einem Ausziehsofa im Wohnzimmer, weil die Wohnung zu klein ist. In der Altstadt und der Isarvorstadt gibt es nur dreizehn Prozent Haushalte mit Kindern. In der Maxvorstadt zehn Prozent. Die Stadt ist einfach kaputt. Wir haben drei schicke Einkaufszentren in der Innenstadt, die keiner braucht, und einen Haufen Wohnungen, die Leuten gehören, die zweimal im Jahr kommen, um ihre Knie behandeln zu lassen, bei Hermès einzukaufen oder in die Staatsoper zu gehen.

Das mit der Oper ist vielleicht das Schwierigste. Wir kaufen keine Opernkarten für begehrte Inszenierungen in München. Wir bewerben uns um sie. Mehrere Monate im Voraus füllt man aus, welche Preisklassen infrage kommen. Je höher die Preisklasse, desto höher sind die Chancen. Dann bekommt man Bescheid, ob man Tickets kriegt und wie viele hundert Euro man dafür überweisen darf.

Ein Freund meines jüngeren Bruders spart sich die Miete, indem er sich Sugar Mommys sucht. Der wohnt dann immer ein paar Monate bei irgendeiner Marianne oder Gudrun in Bogenhausen und vermietet sein WG-Zimmer in der Zeit. Aber der hat eben auch keine Kinder.

Ich bin Buchhändlerin. Ich verdiene 3102 Euro brutto. Bevor ich die Kinder hatte, habe ich es mit einem Zweitjob in einem Café versucht. Ich wollte ein bisschen Geld sparen. Da war ich aber im Buchladen immer so müde, dass ich fast rausgeflogen wäre, weil die Kasse mehrmals nicht stimmte. Ich hab den Leuten zu viel rausgegeben. Wahrscheinlich haben die es sogar gemerkt. Aber hier sagt ja keiner was, wenn man ihm versehentlich was schenkt.

14

Sisibille01 hatte Fotos. Mit Zeitstempel. Vom Aquarium vor ihrem Wochenendausflug und danach. Und Screenshots, in denen ihr Ex einigermaßen vergnügt zugab, die Fische mit einem kleinen Kescher gefangen und im Klo runtergespült zu haben. Sisibille01 schickte ihr alles auf Threema, wo Leonie sich angemeldet hatte, weil ihr das am anonymsten und sichersten erschien.

Leonie erkundigte sich, was ihm denn wichtig sei. Nichts, behauptete Sisibille01. Für absolut nichts hege dieser Schweinehund echte Gefühle. Erst nach vielen Nachfragen stellte sich heraus, dass er ein recht teures Auto fuhr. Auch davon hatte Sisibille01 Fotos. Die Frau dokumentierte offenbar gerne alles.

***

Als Alfred Mayer zum zweiten Mal neben ihrem Schreibtisch auftauchte, war Leonies Probezeit offiziell vorbei. Es war ihr eine willkommene Abwechslung, sich mal wieder mit Fachwissen berieseln zu lassen. Sie erfuhr, dass es vor 300 Millionen Jahren Riesenlibellen mit einer Flügelspannweite von bis zu siebzig Zentimetern gab: Meganeura. Sie existierten 35 Millionen Jahre. Dann kamen die Dinosaurier. Die Meganeura verloren den Kampf um den Luftraum gegen die Flugsaurier und starben aus.

Sie erkundigte sich nach den Nashörnern. Er schaute betroffen und benutzte oft das Wort Artensterben. Das Thema deprimierte sie. Schnell wollte sie wieder ablenken.

»Kennen Sie sich eigentlich auch mit Schleimpilzen aus?«, fragte sie.

»Auskennen wäre zu viel gesagt.«

Im Gang näherten sich leise Tippelschritte. Leonie wendete den Kopf und sah Frau Vogt in die Nische treten.

»Ich habe Stimmen gehört«, sagte sie.

»Ja, wir haben gerade …«

Leonie drehte sich zurück, aber Alfred Mayer war verschwunden.

»… wir haben uns unterhalten, die Libellen und ich.«

»Die kleinen Viecher haben aber tiefe Stimmen.«

»Unterstellen Sie mir, dass ich Herrenbesuch empfange?«, sagte Leonie. »Ich wusste nicht mal, dass das verboten ist.«

Frau Vogt drehte sich um und verschwand ebenso schnell wie zuvor Alfred Mayer. Leonie versuchte nicht, ihn zwischen den verstaubten Nachschlagewerken und mannshohen Metallschränken zu suchen. Minuten später hörte sie am anderen Ende der Bibliothek die Tür leise zuklappen.

***

Leonie fuhr mit Nam an den Lerchenauer See. Nach der Arbeit. Zum Baden. Im Bikini. Sie hatte gewisse Erwartungen. Dass Nam eine Stunde lang allein durch den See pflügen und ihr anschließend vorschlagen würde, ihr Butterfly beizubringen, gehörte nicht dazu.

Sie wartete noch eine Weile auf ihrem Handtuch am Ufer

und gab dann auf. Im Wasser ließ sie sich auf dem Rücken treiben, den Blick in den blauen Himmel gerichtet.

***

Der Wetterdienst meldete starke Regenfälle im Raum Stuttgart. Endlich.

Vorsichtig hatte Leonie Sisibille01 ihren Plan unterbreitet und 500 Euro dafür verlangt. Das war zwar nicht viel Geld für den Aufwand, den sie betreiben musste. Aber es war immerhin ihr erster Auftrag. Was Sisibille01 natürlich nicht wusste. Und die war immer noch so wütend, dass sie nicht lange überlegte. Nach einer Minute hatte sie geantwortet: *Deal. Mach ihn fertig. Anzahlung per Paypal?*

Leonie nahm einen Mietwagen und fuhr los. Direkt in die Gewitterwolken hinein. Es schüttete schon, als sie ankam, aber es war noch nicht dunkel genug. Sie blieb im Auto sitzen, aß einen Hummus-Wrap von der Tankstelle und wartete. Der Regen trommelte aufs Autodach. Bald sah sie nur noch verschwommene Lichter durch die Windschutzscheibe.

Erst um Mitternacht zog sie ein Regencape über und stieg aus. Die Straße lag am Stadtrand, abschüssig zur Innenstadt hin. Niemand zu sehen. Kaum ein erleuchtetes Fenster. Die nächste Laterne hundert Meter weit weg.

Nach sechs Schritten waren ihre Turnschuhe durchnässt. Unter dem Regencape trug sie kurze Hosen. Gänsehaut überzog ihre nackten Beine.

Das Auto war höher als erwartet. Sie stieg auf die Stoßstange und kroch auf Knien über die glitschige Kühlerhaube. Dann setzte sie sich im Schneidersitz aufs Dach und schaute sich um.

Aus der Bauchtasche holte sie das Teppichmesser. Sie konnte nicht viel sehen, aber sie ertastete die Dichtung des

Dachfensters. Leonie setzte einen tiefen Schnitt. Das Messer kratzte an Glas und Lack.

Mit der Zange packte sie das lose Ende und zog. Es bewegte sich ein paar Millimeter. Dann riss es ab.

Sie fummelte das Ende aus der Rille und zog erneut. Wieder riss die Dichtung. Sie versuchte es auf der anderen Seite, mit demselben Ergebnis.

Ihr Herz raste. Das dauerte alles viel zu lange.

Auf dem Hintern rutschte sie vom Auto herunter und setzte sich wieder in ihren Mietwagen. Sie befragte ihr Handy und fuhr die Straße runter, in die Stadt.

Im ersten Kiosk wurde sie schief angeschaut. Der zweite hatte schon zu. Der dritte lag mitten im Ausgehviertel. Im Gesicht des Besitzers regte sich gar nichts, als er ihr eine Flasche Cola, eine Tüte M&Ms und eine Tube Gleitgel reichte. Wasserlöslich. Besonders hautverträglich.

Sie verteilte den ganzen Inhalt der Tube auf der Dichtung und ließ sie einsickern. Das Gel vermischte sich mit dem Regen zu einer zähen Suppe. Leonie packte fest mit der Zange zu. Mit einem satten Schmatzen löste sich die Dichtung. In einer langen, fließenden Bewegung zog Leonie sie bis zum nächsten Schnitt heraus. »Endlich«, murmelte sie.

In diesem Moment erfasste sie ein Lichtschein. Leonie ließ alles liegen und glitt seitlich vom Auto. Sie landete in einer tiefen Pfütze zwischen Reifen und Bordstein. Durch den Außenspiegel sah sie einen Mann das Haus gegenüber verlassen. Er hatte einen Dalmatiner an der Leine. Sie verschwanden im prasselnden Regen.

Leonie stellte sich kurz auf den Bordstein, um ihre Sachen vom Dach zu holen, und versteckte sich dann wieder. Nach drei Minuten kamen die beiden zurück. Der Bewegungsmelder ging an. Das Haus verschluckte Herr und Hund.

Noch zwei weitere Male musste sie ansetzen. Dann bildete sich ein Ring aus Regenwasser um das Dachfenster, den der Himmel stetig weiter befüllte.

Sie stieg hinten in den Mietwagen, zog das Regencape aus, die Schuhe und die Socken. Mit ihrem Pullover trocknete sie sich die Füße ab. Sie war durchgefroren und erschöpft, aber hellwach.

Beim Losfahren stellte sie die Heizung an. 25 Grad auf den Fußbereich. Die M&Ms knirschten zwischen ihren Zähnen.

Auf dem Foto, das sie um sechs Uhr morgens an Sisibille01 schickte, war fast nichts zu erkennen. Den ganzen Sonntag über hörte Leonie nichts von ihr. Sie öffnete ihre Liste und machte Notizen:

- *Anzahlung mindestens für die Spesen*
- *Bei Nichtzahlung: Racheaktion als Mahnung??*

Am Montagmorgen pingte ihr Handy. Im Vordergrund des Videos war ziemlich viel Busch zu sehen. Im Hintergrund, leicht verschwommen: ein Mann, der die Fahrertür seines Autos öffnete. Ein Sturzbach ergoss sich über seine Schuhe.

Er fluchte. Für Leonie klang es wie Poesie.

Sisibille01 schickte den Rest des Honorars via Paypal. Betreff: ein Zwinkersmiley.

***

»Du brauchst WD-40«, sagte Yasmin.

»Aber ich mach ja nicht immer dasselbe.«

»Kauf's dir und nimm's mit. Notfalls ölst dein Rad damit.«

»Noch was?«

»Bessere Dokumentation.«

»Es war dunkel und hat geregnet.«

»Dokumentation ist der Kern von deiner Dienstleistung, Leonie. Nicht jede mag sich morgens im Gebüsch verstecken.«

»Ja, na gut!«

Die anderen beiden hatten kurzfristig abgesagt. Geneviève hatte eine selbst diagnostizierte beginnende Gürtelrose, oder, wie Yasmin es nannte, Hypochondrie. Kim hatte fünf Minuten vor dem vereinbarten Treffen angerufen und kontextlos erklärt, sie müsse nun in den Wald fahren.

Also saß Leonie allein mit Yasmin auf der Terrasse des Café Glockenspiel. Am Nachbartisch wurde Amerikanisch mit deutlichem Südstaatenakzent gesprochen. Die Vokale knarzten im Hals und zwängten sich gleichzeitig durch die Nase.

Leonie hätte gern dort zugehört. Aber Yasmin schaute sehr ernst.

»Du darfst keine Fehler machen«, sagte sie gerade.

»Warum denn nicht?«

»Weil das kein normaler Job ist. Wenn dich jemand auffliegen lassen will, bist du dran.«

»Sie kennen meinen Namen nicht! Und meine Mailadresse ist anonym.«

»Dein Paypal-Konto ist bestimmt mit deiner Bank verknüpft.«

Leonie schwieg.

»Du kannst alles machen«, sagte Yasmin. »Du darfst nur nie naiv sein, gell?«

»Ich bin nicht naiv.«

Leonie kam sich vor wie auf der Schulbank. Leider fühlte sie sich gleichzeitig so schlecht vorbereitet, dass sie Yasmin die Standpauke nicht übel nehmen konnte. So unsicher war ihr nicht mal zumute gewesen, als sie auf dem Auto rumgekrochen war.

»Du bist Anfängerin. Sei vorsichtig.«

»Und du bist Profi, ja?«

Yasmin zuckte mit den Schultern.

»Sagst du mir jetzt, was du machst?«

»Redest du bitte ein bisschen leiser.«

Leonie wies stumm auf den Nebentisch, wo eine blonde Frau mittleren Alters gerade erklärte, das *chicken* sei zu *dry*.

»Trotzdem. Und du brauchst nicht zu wissen, was ich mache. Glaub mir: Ich bin Profi.«

»Sagst du mir, was Kim macht?«

»Kim ist OP-Schwester. Entschuldigung: Operationstechnische Assistentin.«

»Ich meine, als Nebenjob!«

»Frag sie doch selber.«

***

Leonie fand nicht, dass sie WD-40 brauchte. Aber sie wollte auch nicht eines Tages bei einem Auftrag doch welches brauchen und keins dabei haben. Zumindest würde ihr eine bessere Ausrüstung das Gefühl von Sicherheit geben, dachte sie. Im Baumarkt wanderte sie durch jeden einzelnen Gang. Am Ende kaufte sie WD-40, Panzertape, ein Seil, dünne Handschuhe und eine Taschenlampe. Sie packte alles in den großen Rucksack, mit dem sie immer in die Uni gegangen war. Dann tauchte sie wieder ins Forum ab.

Gurkis Exfreundin hatte beim Auszug mit einem Hammer sein Waschbecken zerschlagen und einen Wasserschaden verursacht. Der Typ von Schiba2323 hatte sie kurz vor der Trennung ohne ihr Wissen beim Oralsex gefilmt und später das Video an ihre Eltern geschickt. Rockheart berichtete, seine Ex habe ihn mit seinem besten Freund und mit seinem Chef betrogen. Letzteres eine Woche vor dem Hochzeitstermin. Leonie schrieb alle drei an.

***

Zwei Tage lang ignorierte sie eine Nachricht ihrer Mutter. Dann kam der Anruf. Ob Leonie die Nachricht nicht gesehen hätte. Zwei Tage Paris. Ohne Peter natürlich. *Nur du und ich, Mädelstrip! Du kannst nicht Nein sagen, ich wünsche es mir zum Geburtstag. Du kommst doch sowieso nie raus.*

Dem konnte Leonie schlecht widersprechen. Sie hatte die zwei Tage Funkstille ohnehin darauf verwendet, sich damit abzufinden. Paris also. Mit ihrer Mutter. Ihre beste Freundin aus der Schulzeit hatte mit 28 in Paris einen Heiratsantrag bekommen. Das hier fühlte sich an wie das Gegenteil. Ein förmlicher Weg zu sagen: Jetzt steht es fest. Du bleibst für immer Single. Paris mit deiner Mutter ist nur der Anfang. Als Nächstes kommt Venedig mit deiner Patentante. Dann vielleicht Las Vegas mit deinem Vater. Prag mit einer ältlichen Arbeitskollegin, die dich unter ihre Fittiche genommen hat, weil du es ja irgendwie nicht so hinzukriegen scheinst mit den Männern und mit dem Leben.

***

Sie unternahm einen weiteren Versuch, mit Nam ins Bett zu gehen. Diesmal zeigte sie Initiative. Als er den Kopf zur Seite drehte, wusste sie, dass sie einen Fehler gemacht hatte. Nam schaute sie mit leicht aufgerissenen Augen an. Als hätte er nie damit gerechnet.

»Ich dachte, wir hätten uns angefreundet«, sagte Nam.

Leonie fasste sich an die Nase.

Sie stürzten noch zwei Tequila hinunter und verabschiedeten sich, ohne einander zu berühren.

Es ist nicht deine Nase, schrieb Steffen. *Ich will das nie wieder hören. Deine Nase sieht völlig normal aus. Wo ist das Problem? Sei froh, dass jemand mit dir befreundet sein will. Es sei denn, du findest ihn gar nicht interessant genug und hast dich nur mit ihm getroffen, weil du ihn heiß findest. Dann schäm dich ein bisschen. Ist mir auch schon passiert. Sei bloß nicht ehrlich! Ich hab das einmal offen gesagt, und die Frau hat geweint. Im Café. Laut. Die älteren Frauen am Nebentisch haben mich angeschaut, als würden sie mir gleich nach Hause folgen und mich im Hauseingang mit ihren Krückstöcken verprügeln. Niemand will Ehrlichkeit.*

Ich bin immer ehrlich zu dir, schrieb Leonie.

Und ich mag dich trotzdem.

Nicht deswegen?

Nein.

15

Marianne hatte nur vier Pläne für Paris.

1. Eiffelturm (von unten)
2. Austern essen
3. Mona Lisa
4. Reden

Die ersten zwei Punkte erledigten sich von selbst. Leonie lud sie auf die Austern und ein Glas Champagner ein, zum Geburtstag. Das konnte sie sich gerade so leisten, weil Marianne alles andere bezahlte.

Für den Louvre hatte Leonie online Tickets gekauft. Wer keine Tickets hatte, musste in der Schlange stehen. Wer in der Schlange stand, musste sich unterhalten. Außerdem glühte der Innenhof in der Augusthitze. Zügig ging sie direkt zum Eingang. Drinnen war es angenehm kühl.

Leonie suchte auf einem Plan nach dem kürzesten Weg zur Mona Lisa. Aber Marianne hatte es nicht eilig. Sie hakte sich bei Leonie unter und ging gemächlichen Schrittes zwischen den Glasvitrinen hindurch, in denen antikes Mobiliar ausgestellt war. Nicht das beste natürlich. Das stand in den eingerichteten Räumen, an denen sie vorher vorbeigekommen waren. Sie hatten Leonie an die Musterzimmer bei Ikea erinnert. Nun also die B-Ware. Dann und wann sagte Marianne: »Guck mal, wie hübsch.«

Leonie mochte antike Kommoden nicht besonders. Aber sie mochte ihre Mutter. Meistens. Und wenn sie sie gerade nicht mochte, erinnerte sie sich daran, dass diese Frau sie unter Schmerzen geboren und jahrelang gewickelt, gefüttert und angezogen hatte. Dann war es eigentlich wieder ganz leicht. Marianne hatte sie sicher auch nicht zu jedem Zeitpunkt ihres Lebens gemocht. Aber sie fragte nicht danach, denn ihre Mutter hätte es nie zugegeben. War das nicht der Sinn von Familie? Man ertrug sich, weil man sich liebte.

Als Leonie mit neunzehn Jahren bei ihren Eltern ausgezogen war, hatte Marianne den ganzen Tag geweint. Irgendwann verschanzte sie sich in der Küche und schaute durch das Fenster zu, wie die Umzugskartons ihrer Tochter im Transporter verschwanden. In den Tagen danach klang sie bei jedem Telefonat, als würde sie gleich wieder in Tränen ausbrechen. Leonie wusste nicht, ob ihre Mutter sie vermisste oder einfach nur nicht mit ihrem Vater zurückbleiben wollte. Aber sie waren auch keine Familie, in der man so etwas geradeheraus fragte.

Sie waren fast allein. Auf einem schwarzen Kunstledersofa im hintersten Winkel schlief etwas, das aussah wie ein vor Tagen dort abgesetzter und vergessener Ehemann.

Routiniert wehrte Leonie Mariannes Fragen nach ihrer beruflichen Zukunft ab. Ja, sie wolle bleiben. Doch, sie sei zufrieden. Nein, es sei nicht viel Geld. Zur Ablenkung setzte sie zu einem Kurzvortrag über die Meganeura an.

Marianne wollte nichts über Meganeura wissen. Sie kam auf Peter zu sprechen, um Leonies Vortrag zu beenden. Immerhin war sie bereit, in einen anderen Flügel zu gehen. Leonie hatte das Gefühl, jeden Teetisch und jeden Stuhl schon fünfmal gesehen zu haben.

Vor dem »Narrenschiff« von Hieronymus Bosch blieb

Marianne stehen. Peter und sie, sagte sie, seien wie diese beiden in der Mitte des Bootes, die einander anschrien.

Leonie machte sie darauf aufmerksam, dass die beiden nicht schrien, sondern nach einem Pfannkuchen schnappten, der zwischen ihnen baumelte.

»Und was macht der da?«

»Sieht aus, als würde er ins Wasser kotzen.«

»Aber da schwimmen doch Leute drin. Es geht um Völlerei, oder?«

»Ich glaube schon. Ich kenn mich nicht aus.«

Peter und sie jedenfalls, führte Marianne weiter aus, hätten sich neulich so gestritten, dass die Nachbarn klingelten. Um zu fragen, ob alles in Ordnung sei. Sie lachte herzlich, bis eine in den Anblick der Venus von Milo versunkene Dame sich umwandte und streng guckte.

»Es ist mir gar nicht so recht, dass du mir das alles erzählst«, sagte Leonie.

»Ach, dein Vater ist einfach schwierig, das weißt du ja.«

»Ich weiß, dass ihr beide schwierig seid.«

Marianne schwieg bis zur Mona Lisa. Dann beschwerte sie sich über die Leute vor ihr, die ihre Handys hochhielten, um das Bild zu fotografieren. Leonie gab ihr recht. Sie hob ihr Handy, um die Leute zu fotografieren, wie sie die Mona Lisa fotografierten.

Im selben Moment poppte eine neue Nachricht auf ihrem Display auf.

Eigentlich ist ihr immer nur ihre nächste Beförderung wichtig, schrieb Rockheart.

»Du bist die ganze Zeit so still«, sagte Marianne. »Geistesabwesend.«

Sie saßen in einem Café und aßen Galettes. Draußen kam ein Hitzegewitter herunter. Der Asphalt dampfte.

»Ach, ich denke über Jobs nach.«

»Also doch.«

»Angenommen, du hättest in deinem Team eine Mitarbeiterin, die kurz vor einer Beförderung steht. Was müsste passieren, damit sie die nicht bekommt?«

»Bewirbst du dich um eine Beförderung?«

»Nein. Ich interessiere mich für deine Arbeit.«

»Das ist neu.«

»Bitte.«

»Es müsste intern wirklich Ärger geben, zum Beispiel unverschämtes Verhalten gegenüber mir oder anderen Vorgesetzten. Das hatten wir schon mal. Oder die Person macht einen fachlichen Fehler, der uns viel Geld kostet. Oder sie verprellt Kunden oder Partner, was auch Geld kostet.«

»Wenn es Geld kostet, würde sie dann unter Umständen rausfliegen?«

»Sie könnte eine Abmahnung bekommen. Das kommt darauf an, wie viel Geld es ist und wie dumm der Fehler war.«

»Und was war das für ein unverschämtes Verhalten?«

»Einer hat mich als Chefin übergangen und ist direkt zu meinem Chef. Mehrfach. Sogar mit Tratsch aus meiner Abteilung.«

»Den habt ihr dann nicht mehr befördert?«

»Erst haben wir ihn nicht befördert. Dann musste er gehen.«

»Ganz?«

»Natürlich. Mit solchen Leuten arbeite ich nicht.«

»Wie bist du ihn denn losgeworden? Gab es eine Abfindung?«

»Als hätte ich dem Kerl noch Geld hinterhergeworfen. Nein. Ich hab ihn dazu gebracht zu kündigen.«

»Aber wie?«

»Ich hab ihm das Leben schwer gemacht, wo ich konnte.«

Es donnerte dröhnend. Leonie fuhr zusammen. Das Gewitter stand direkt über ihnen.

»Schön, so ein bisschen Regen«, sagte Marianne. »Die Bäume freuen sich.«

16

Leonie putzte Champignons. Sorgfältig schnitt sie die Stiele ab und zerkleinerte einen davon. Dann legte sie die Stückchen einigen ihrer Schleimpilze in die Petrischalen. Mit etwas Abstand platzierte sie halbierte Weintrauben.

Es kam ihr etwas merkwürdig vor, wie eine Aufforderung zum Kannibalismus: dem Pilz einen Pilz zu essen geben. Andererseits hatten Schleimpilze ihres Wissens keinen moralischen Kompass. Und Champignons waren klar die unterlegene Gattung. Nur geschmacklich nicht. Vom Rest der Packung kochte sie eine Pilzpfanne für sich.

***

An der Reichenbachbrücke wand sich eine lange Schlange vor dem einzigen Kiosk in der Nähe. Der Spaziergang war Leonies Vorschlag gewesen. Sie hatte eine Weile gebraucht, um über die Abfuhr hinwegzukommen. In den ersten Tagen nach ihrem Kussversuch war sie vor Scham feuerrot angelaufen, wenn Nam ins Archiv kam. Er tat alles, um die Situation zu entkrampfen: Er war freundlich, fragte nach ihrer Arbeit und machte Witze. Vor allem aber tat er so, als wäre nichts passiert.

Allmählich wandelte sich Leonies Scham in Dankbarkeit, dass wenigstens er souverän mit der Sache umgehen konnte.

Es fühlte sich an wie die Verkehrung einer Situation, die sie schon oft erlebt hatte: dass ein Mann mit ihr ins Bett wollte, aber an ihr als Mensch nicht interessiert war. Nam wollte nicht mit ihr ins Bett, aber er wollte eindeutig mit ihr befreundet sein. Diese Freundschaft schien ihr ein gutes Angebot zu sein. Sie mochte Nam. Je mehr sie es schaffte, seine breiten Schultern und seinen schönen Mund zu ignorieren und ihm stattdessen wirklich zuzuhören, desto wohler fühlte sie sich mit ihm.

Nam hatte zwei Dosen Sprite mitgebracht. Der erste Schluck schmeckte nach: Rückbank, Tankstelle, Verwandte besuchen in Eisenach, noch keine Cola dürfen.

Es hatte kaum geregnet in diesem Sommer. Die Isar zog sich als langes schmales Band durch die Stadt. Auf dem Kiesbett war viel Platz für Picknickdecken. Auf einem breiten Pfad parallel zum Fluss machte halb München seinen samstäglichen Spaziergang. Wie eine Parade, nur in gegenläufige Richtungen.

Sie gingen nach Süden. Nam redete über die Renaturierung der Isar. Seit wann man wieder in ihr schwimmen kann. Und warum.

Leonie hörte zu und betrachtete die Menschen, die ihnen entgegenkamen. Alle unter 50. Feine Poren, strahlende Haut, kaum Fältchen. Ray-Ban-Sonnenbrillen. Saubere Sneaker. Oversized Strickjacken. Zartrosa. Beige. Cognac. Niemand sah alt aus. Niemand sah arm aus.

Wie konnten die sich das leisten? War die Frau mit dem überlangen Pony eine Taschendiebin? Betrog der Mann mit dem Einstecktuch nebenbei Anleger um ihr Geld? Brach der sportliche Typ mit der Mütze in Villen ein? Leonie konnte sich gar nicht mehr vorstellen, dass jemand in einem normalen Job genug Geld verdiente.

»Das ist eben das Glockenbachviertel«, sagte Nam.

Nach einer knappen Stunde erreichten sie Thalkirchen und fanden ein Café mit steifen braunen Sesseln. Die Schwarzwälder Kirschtorte stand so stolz und stabil auf dem Teller, als wolle sie für den Stadtrat kandidieren.

Nams Schultern waren zwar wirklich sehenswert. Ganz konnte Leonie das nicht ignorieren. Aber sie redete auch gern mit ihm. Er hatte viel zu erzählen. Und er hörte aufmerksam zu, wenn sie sprach. Das war ihr vorher gar nicht so aufgefallen.

Sie sprachen über Leonies Lieblingssängerin (Sabrina Carpenter) und Nams Lieblingsband (Depeche Mode). Erhitzte Diskussionen darüber, ob man ein richtiger Fan sein konnte, ohne jemals bei einem Konzert gewesen zu sein. Mittels Wikipedia bewies Nam, dass Depeche Mode 2023 ein Album veröffentlicht hatten. Leonie musste ihre Behauptung revidieren, die Band sei seit 2005 in Rente.

Woran man merkt, dass man im Berufsleben steht:

1. Man kann nicht mehr ausschlafen.
2. Bands können wochenlang die Charts toppen, ohne dass man es mitbekommt.

***

Rockheart wusste kein einziges Passwort seiner Ex. Er hatte auch keine Ahnung, ob sie überall dasselbe benutzte. Wie die Haustiere ihrer Familie hießen, als sie ein Kind war. Wann ihre beste Freundin Geburtstag hatte.

Was ist mit Zalando, fragte Leonie. *Hat sie da mal was bestellt?*

Bestimmt irgendwann, antwortete er. Andere Online-Shops konnte er ihr nicht nennen. Allmählich fragte sich Leonie, ob er überhaupt etwas über sie wusste.

Kombinationen mit ihrem Geburtstag scheiterten. Mit seinem auch.

Sie kam nicht weiter.

»Überleg dir halt was anderes«, sagte Kim.

»Aber es wäre perfekt gewesen. Eine Mail von ihrer Dienstadresse, fertig.«

Sie saßen in einem koreanischen Restaurant in Schwabing. Leonie kannte sich mit dem Essen nicht aus und hatte sicherheitshalber einen Berg Glasnudeln mit Gemüse bestellt, während Yasmin mit leuchtenden Augen Schweinebauch wählte und Geneviève »Ddukbaegi Bibimbap« sagte, als sei sie gestern erst aus Seoul zurückgekehrt.

»Wie wärst du denn überhaupt in ihr Mailsystem gekommen?«, fragte Kim.

»Ich hätte den Empfang angerufen, mich zum IT-Service durchstellen lassen und so getan, als würde ich da arbeiten und hätte den Link zum Outlook Web Access vergessen.«

»Es ist eh total unwahrscheinlich, dass sie da dasselbe Passwort hat. Sei kreativ!«

»Ich hätte mir was suchen sollen, was nach Schema F läuft.«

»So wie ich, meinst du?«, fragte Geneviève.

Es war doch keine Gürtelrose gewesen. Nur eine leichte Allergie gegen den Duftstoff ihres neuen Body Scrubs.

»Na ja, du musst immerhin nichts dafür tun, dass die Typen fremdbumsen.«

»Aber ich muss Beweise sammeln. Das ist jedes Mal anders. Bei Yasmin läuft es wirklich nach Schema F!«

»Na, vielen Dank, das ist ja nett«, sagte Yasmin.

»Du musst die Wohnungen auf AirBnB finden, okay. Und die Exposés zusammenstellen. Aber sonst ist es doch immer dasselbe.«

»Jenny. Die Leonie weiß nicht, was ich mache.«

»Jetzt schon«, sagte Kim. »Hey, und wir haben uns doch eh alle gegenseitig in der Hand.«

»Moment, *du* bist die schöne Immobilienbetrügerin?«

»*Exotische Schönheit mit professionellem Auftreten*, um ganz genau zu sein.«

»Natürlich. Entschuldigung. Wie oft machst du das?«

»Öfter, als es in der Zeitung steht. Die meisten gehen nicht mal zur Polizei. Es ist schon eine spezielle Klientel, die größere Anzahlungen gern in bar macht.«

»Kriminelle?«

»Darüber würde ich niemals urteilen.«

»Hast du keine Angst vor denen?«

»Ich bin vorsichtig. Ein bisserl Angst ist nix Schlechtes. Und Angst ist immer noch besser als Armut. Ich muss das mit den Immobilien machen. Die Drogen reichen nicht.«

»Du nimmst Drogen?«

Geneviève begann zu lachen.

»Yasmin wird schon von Zigaretten schlecht«, sagte sie. »Und das eine Mal, als ich sie zu ein bisschen Koks überredet habe …«

»Ich verkaufe sie nur. Ich nehme sie nicht. Keine harten Drogen, natürlich.«

»Du wirkst ein bisschen überfahren, Leonie«, sagte Kim nicht unfreundlich.

»Sie ist nicht überfahren, sie ist beeindruckt«, sagte Geneviève.

»Ich bin wirklich beeindruckt. Ich krieche auf Autos rum, eure Nebenjobs sind viel cooler.«

»Du fängst ja gerade erst an.«

»Was machst du denn, Kim?«

»Das erzähl ich nächstes Mal.«

Kim stand auf.

»Ich muss los.«

»Dann verpasst du alles, was ich noch Aufregendes zu erzählen habe«, sagte Geneviève.

»Oh. Okay. Erzähl!«

Kim setzte sich wieder.

»Die Musikerin ist wieder aufgetaucht!«

Es klang bedeutsam. Leonie hatte keine Ahnung, worum es ging. Aber die anderen reagierten sofort: Sie redeten durcheinander.

»Nein, Jenny.«

»Aus! Pfui!«

»Wir hatten doch darüber gesprochen.«

»Was ist los mit dir?«

»Du sollst fei überhaupt keine Musikerinnen mehr daten.«

»Und das weißt du genau!«

»Und wenn du unbedingt eine Musikerin daten willst, dann nicht die.«

»Wir daten ja nicht«, verkündete Geneviève.

»Ach«, sagte Kim. »Dann war es wieder nur ein *booty call* und du hast danach geheult?«

»Ich war nicht traurig, ich war nur emotional!«

»Ich hasse die Frau!«, schrie Yasmin dazwischen.

»Sie ist jetzt wieder in Australien bei ihrer Band. Sie war nur eine Woche hier.«

»Und in der Woche hatte sie nix Besseres zu tun, als dich zum Heulen zu bringen!«

Leonie saß schweigend dazwischen und blickte von einer zur anderen. Kim schaute und sprach, als würde sie gerade ein Kind bitten, nicht mehr mit Edding die Wand anzumalen. Yasmin hatte ihre Hände auf der Tischplatte zu Fäusten geballt. Geneviève hatte sich zurückgelehnt und die Arme verschränkt.

»Euch erzähl ich nichts mehr.«

»Doch! Erzähl uns alles«, sagte Yasmin. »Sonst können wir dich nicht rechtzeitig aufhalten.«

»Es ist ekelhaft mit euch. Ihr seid so lange glücklich verheiratet, ihr wisst nicht mehr, wie hart es früher war.«

»Oh, ich weiß schon noch, wie hart es früher war«, sagte Kim und kicherte.

»Danke, Kim, wie hilfreich.«

»Es muss ja nicht die große Liebe sein. Aber die Musikerin ist verboten. Schau dir Leonie an! Die ist auch Single und schläft trotzdem nicht mit narzisstischen Bassistinnen.«

»Das stimmt«, sagte Leonie.

»Glaub mir, du würdest auch mit ihr schlafen«, sagte Geneviève. »Sie ist wahnsinnig heiß.«

»Wie lange ist sie in Australien?«

»Ein halbes Jahr.«

»Ich mach mir eine Erinnerung im Kalender«, sagte Kim und holte ihr Telefon aus der Tasche.

»Wozu denn?«

»Damit wir dich engmaschig kontrollieren können, wenn sie wieder in der Stadt ist.«

»Ich könnte die Jenny auch einfach unter Drogen setzen, Kim, dann ist sie leichter zu beaufsichtigen.«

»Hör nicht auf die beiden, Leonie. Ich hab alles total im Griff …«

»… sagte sie und fuhr direkt in die Leitplanke. So, jetzt muss ich aber wirklich gehen.«

Kim verteilte Wangenküsschen. Auch an Leonie.

17

Sie hieß Alina und sie telefonierte gern beim Gehen. Leonie folgte ihr auf dem Heimweg von der S-Bahn. Nach drei Tagen wusste sie genug.

Die Firma saß in Unterhaching, achtzehn Minuten ab Hauptbahnhof bis Fasanenpark mit der S3 Richtung Holzkirchen. Keine Zeit zu verlieren.

Am Tag der »wichtigsten Präsentation ever« stieg Leonie mit ihr ein. Die S-Bahn war ziemlich voll. Alina saß am Fenster und telefonierte schon wieder oder immer noch. Neben ihr thronte ihre hellblaue Lederhandtasche auf dem Gangplatz.

Es war halb neun. Die meisten Fahrgäste schienen auf dem Weg zur Arbeit zu sein. Leonie hielt sich an einer Metallstange fest. Neben ihr standen drei Jugendliche und spielten auf einem Smartphone laut Deutschrap ab. Sie trugen alle denselben Haarschnitt mit einrasierten Blitzen an der Seite. Zwischen zwölf und vierzehn, schätzte Leonie. Definitiv schulpflichtig. Definitiv nicht zum ersten Mal unentschuldigt abwesend.

Die S-Bahn hielt am Marienplatz. Es wurde laut. Leonie beugte sich zu den Halbwüchsigen hinüber und sprach denjenigen an, den sie für den Anführer hielt. Als wieder Ruhe einkehrte, hatte einer der Jungs fünfzig Euro in der Tasche. Er hatte nicht mal nachgefragt.

Leonie ging ein Stück in Alinas Richtung. Stachus. Ostbahnhof. Alle Haltestellen wurden pünktlich erreicht. St.-Martin-Straße. Giesing. Die S-Bahn fuhr wieder an. Nach wenigen Sekunden machte sie eine Vollbremsung. Sie hatte gerade das Gleis hinter sich gelassen.

Alina drehte sich zum Fenster und drückte ihre Airpods fester in die Ohren.

»Jetzt haben wir schon wieder angehalten«, sagte sie. »Ich seh keinen Grund dafür. Also, zurück zu deiner Gehaltsverhandlung. Ich finde, du gehst völlig falsch an die Sache ran. Chefs interessieren sich nur für Erfolge, das ist ja auch richtig so. Du solltest besser …«

Leonie konnte nicht mehr hören, was sie sagte. Sie hatte soeben mit Alinas Smartphone das Ende des Waggons erreicht, es ausgeschaltet und aus dem Fenster gleiten lassen.

Ein Passagier stand an der Notbremse und schrie durch das Mikrofon den Lokführer an, er solle weiterfahren. Es sei ja nichts. Der Lokführer bestand darauf, auf die Polizei zu warten.

Die meisten Fahrgäste schauten resigniert in ihre Telefone oder glotzten vor sich hin. Niemand interessierte sich für Alinas Aufschrei, als sie nach zwei Minuten merkte, dass die Verbindung unterbrochen war, und das Handy vergeblich in ihrer Handtasche suchte. Sie machte auf dem Boden weiter und forderte die Menschen in der Nähe auf, ihre Füße zu heben.

Drei schrille Töne schreckten alle auf. Sogar Alina brachten sie zum Schweigen.

»Verehrte Fahrgäste«, sagte der Lokführer durch die Lautsprecher. »Wegen eines Lausbubenstreichs …«

Nein, er könne nicht zurück ans Gleis fahren. Nein, niemand dürfe auf freier Strecke aussteigen. Man werde nun auf die Polizei warten. Es koste im Übrigen 200 Euro, grundlos die Notbremse zu ziehen.

Die Jugendlichen waren am Ende des Waggons angekommen. Unauffällig waren sie nicht gerade. Sie hatten nicht mal die Musik ausgemacht. Leonie steckte ihnen den zweiten Fünfziger zu.

Aus der Mitte des Wagens hörte Leonie eine Frauenstimme brüllen: »Geben Sie mir Ihr iPhone! Ich muss telefonieren! Ich verpasse eine entscheidende Präsentation!«

Sie nahm das Geschrei auf und schickte es an ihren Auftraggeber.

Die Polizei brauchte eine halbe Stunde. Die rechtschaffenen Fahrgäste, die sich an der gezogenen Notbremse versammelt hatten, ließen ein erleichtertes Raunen vernehmen, sobald sie Uniformen sahen. Sie brauchten nur zwei Sekunden, um die Jugendlichen zu beschuldigen. Es platzte förmlich aus ihnen heraus. Zwei von ihnen, ein Mann mit dünner Metallbrille und eine Frau im großgeblümten Kleid, führten die Polizisten sogar zu ihnen.

Leonie sah sie kommen und öffnete die Sudoku-App auf ihrem Handy. Bestimmt gehörte links oben eine Zwei hin.

»Jetzt macht's erst mal die Musik aus«, sagte einer der Polizisten mit demonstrativer Gutmütigkeit.

Die Umstehenden reckten die Hälse.

»Einer von den Burschen war es«, sagte die Geblümte.

»Und welcher?«

»Der mit den Blitzen in den Haaren.«

Die Jungs versuchten, ernst zu schauen. Leonie korrigierte die Zwei und trug eine Sieben ein.

»Und welcher?«, wiederholte der Polizist.

Niemand antwortete.

»Wer von euch hat denn die Notbremse gezogen?«, fragte er.

»Er«, sagte einer, deutete auf seinen Freund und lachte schrill.

Der Freund schlug seine Hand weg.

»Er war's!«

Er deutete auf den dritten. Der wieder auf den ersten. Das Ganze wirkte wie eine eingespielte Choreografie.

»Müsstet ihr nicht in der Schule sein?«, fragte der Polizist. »Ich kann euch fei alle mitnehmen auf die Wache.«

»Okay, er war's«, sagte der zweite und deutete auch auf den ersten. Es stand nun zwei gegen einen.

»Sie war's«, sagte der dritte und deutete auf Leonie, die entgeistert von ihrem Sudoku aufschaute.

Der Polizist drehte sich zu ihr um.

»Das stimmt nicht«, sagte Leonie. Ihre Stimme klang piepsig.

Auf ihrer Oberlippe bildeten sich feine Schweißtropfen.

»Aber sie hat mir Geld gegeben, damit ich es mache«, sagte der zweite. »Ich hab's aber nicht gemacht.«

»Sie hat dir Geld gegeben«, wiederholte der Polizist.

»Hundert Euro!«

»Sicher.«

Der Polizist drehte sich wieder weg.

»Wissen eure Eltern, wo ihr seid?«

»Ich hab ein Attest, ich muss nicht in die Schule.«

»Ich auch!«

Erst zur Mittagspause schlich Leonie an ihren Arbeitsplatz. Niemand hatte sie vermisst. Nur die Libellen starrten sie stumm aus ihren Facettenaugen an.

***

Einer der Schleimpilze hatte sich für die Weintraube entschieden. Leonie legte ihm eine frische hin. Gegenüber ein Gummibärchen, das sie in Wasser eingeweicht hatte. Sie benutzte eine Pinzette, um das wabbelige Ding nicht anfassen zu müssen. Es sah aus, als sollte es dringend das Kortison absetzen.

Die Silberfischchen wurden weniger. Wenn sie nachts das Licht anschaltete, sah sie nur noch selten eines davonrennen. Sie ging jetzt öfter barfuß. Nicht dass sie je auf ein Silberfischchen getreten wäre. Dafür waren die doch zu schnell. Aber man weiß ja nie.

Manchmal ging sie sogar nachts im Dunkeln aufs Klo, sorglos. Ein bisschen Licht fiel durch den Flur ins Badezimmer. So saß sie im Zwielicht auf der Toilette und hasste die Wohnung still vor sich hin.

***

Die Mail ging an alle Mitarbeitenden der Zoologischen Staatssammlung: außerordentliche Betriebsversammlung um 14 Uhr am selben Tag. In der Kantine setzte Leonie sich zu den Säugetieren. Die wussten auch nicht, worum es ging. Trotzdem waren alle aufgeregt. Als es zum letzten Mal eine außerordentliche Betriebsversammlung gegeben hatte, habe der stellvertretende Direktor wegen Plagiatsvorwürfen gehen müssen. Und beim vorletzten Mal seien die Förderungen für das Institut gekürzt worden.

In Leonies altem Job tat der Chef bei solchen Versammlungen immer, als verkünde er etwas Bahnbrechendes. Gerste, die sich selbst erntet, mindestens. Drei Urlaubstage extra für alle. Und am Ende war es dann doch nur die Eröffnung eines neuen Labors in Bulgarien.

Eine Minute vor Beginn spazierte sie in den Versammlungsraum. Fast alle Stühle waren schon besetzt. Die Belegschaft raunte leise, wie in einer Kirche kurz vor Beginn der Andacht. Sie musste sich fast direkt vors Rednerpult setzen.

Gelangweilt ließ sie den Blick schweifen. Nur an einer Wand gab es Fenster. Die anderen waren vom Boden bis zur Decke vertäfelt. An einer Stelle hatte das Holz eine Maserung, die einem Schiff ähnelte, wenn man die Augen zukniff. Es fuhr die Wand hinauf.

Der Direktor räusperte sich ins Mikrofon. Leonie fuhr zusammen und verließ das Schiff.

Er danke ihnen für das zahlreiche Erscheinen. Es sei nun nötig geworden, sie alle zusammenzurufen, sagte der Direktor, da es zu Unregelmäßigkeiten gekommen sei. Unregelmäßigkeiten, die sie alle beträfen und auch das Institut als Ganzes. Und zwar fehlten Stücke aus der Sammlung.

Leonie drehte sich um. Alle schauten, als sähen sie gerade zum ersten Mal *Mission Impossible*. Manche rissen die Augen auf. Manche sogar den Mund.

Man wisse nicht, wie viele Stücke abhandengekommen seien, fuhr er fort. Bisher seien zwanzig aufgefallen.

Zwanzig Exponate. Zwanzig von mehreren Millionen. Wie hatten sie das überhaupt bemerkt, wenn gleichzeitig regelmäßig Tiere auftauchten, von denen niemand wusste? Leonie unterdrückte ein Kichern, aber ein leises Wimmern stieg doch aus ihrer Kehle. Ihre Sitznachbarin, eine ältere Frau mit blonden Locken aus der Personalabteilung, schaute sie voll Mitgefühl an. Wimmern war offenbar die richtige Reaktion.

Er bitte deshalb nun alle Mitarbeiter um besondere Aufmerksamkeit. Wenn etwas fehle, müsse das sofort gemeldet werden.

Jemand hob die Hand und fragte, welche Exponate denn fehlten und ob es eine Theorie gebe, wie sie verschwunden seien.

Jetzt schaute auch der Direktor drein, als spiele er die Hauptrolle in *Mission Impossible*.

Zu beidem könne er leider nichts sagen. Die Polizei habe aus ermittlungstaktischen Gründen eine Informationssperre verhängt.

»Was war das denn«, sagte Leonie später zu Nam, der mit sorgenvollem Gesicht auf ihrem Schreibtisch saß. »Und warum guckst du jetzt auch so? Es gibt Millionen Exponate, manchmal taucht eins überraschend auf wie dieser Riesenalk, und manchmal findet man halt was gerade nicht. Das ist doch offensichtlich nur Chaos. Ich finde hier jede Woche Viecher, von denen die Kartei nicht mal weiß, dass wir sie haben.«

»Wegen irgendwelchen Sumpfmücken hätten sie uns bestimmt nicht zusammengerufen. Es muss schon was Wichtigeres fehlen. Und es fängt immer klein an. Hast du nicht mitgekriegt, vor ein paar Jahren, da hat das British Museum gemeldet, dass ihnen nach und nach 2000 Stücke aus dem Lager geklaut wurden. Der Direktor ist zurückgetreten.«

»Okay, aber das war antiker Schmuck, oder? Dafür gibt es einen Markt. Haben wir hier überhaupt was Wertvolles?«

»Wenn etwas alt genug ist, gibt es immer Sammler dafür.«

»Außer bei Frauen.«

»Alt und selten.«

»Schön. Und was passiert jetzt?«

»Wahrscheinlich kontrollieren sie in Zukunft unsere Taschen, wenn wir rausgehen.«

»Wer, sie? Herr Schubert?«

Klaus Schubert war der Pförtner. Ein gemütlicher Mann.

»Sonst ist ja keiner da.«

»Danke für den Tipp.«

»Wieso? Klaust du hier manchmal was?«

»Ich? Nee.«

Das war nicht ganz korrekt. Aber sie konnte ihr Klopapier schon auch selbst kaufen.

18

Sie schrie laut und hoch. Aber das schien die Kakerlake nicht zu beeindrucken, die in ihrer Teekanne saß. Hingebungsvoll süffelte sie den Rest vom Vorabend, Maracujatee mit extra viel Zucker. Eigentlich hatte Leonie Lust auf Gummibärchen gehabt, aber ihr letztes lag aufgeweicht neben dem Schleimpilz. Süßer Tee kam am nächsten dran.

Instinktiv hatte Leonie zwei Schritte nach hinten gemacht. Jetzt trat sie nach vorne, setzte den Deckel wieder auf die Kanne und riss ein Stück Küchenrolle ab. Sie rollte es zusammen und steckte es fest in die Tülle. Sie spürte die Kakerlake in der Kanne herumkrabbeln und hatte eine Idee.

Den Deckel klebte sie mit Panzertape fest. Sie fand ihn zwar relativ schwer für ein Insekt. Aber man weiß ja nie.

Dann schnitt sie sich eine Banane in ihr Müsli.

Die Frau von der Wohnungsverwaltung nannte ihr einen Kammerjäger, ohne auch nur die Stimme zu heben. Es sei auf jeden Fall gut, dass sie angerufen habe. Wo eine Kakerlake sei, seien immer mehrere. Leonie widerstand der Versuchung, sie über ihren Universitätsabschluss in Biologie zu informieren. Sie schrieb die Nummer des Kammerjägers mit und sagte alle zwei Zahlen artig: »Mhm.«

Er kam noch am selben Tag. Leonie hatte sich vorgestellt, dass er merkwürdige Gerätschaften am Kopf oder am Körper tragen würde. Wie die Ghostbusters. Oder wenigstens einen Blaumann. Aber der Kammerjäger trug Jeans und ein T-Shirt mit enganliegenden Ärmeln. Das zumindest leuchtete ihr sofort ein. Sie fand ihn ein bisschen heiß. Obwohl er Dirk hieß.

»Können Kakerlaken hören?«, fragte sie ihn.

»Sie haben keine Ohren, aber sie können hören.«

»Wie das?«

»Es ist wie ein Trommelfell, das direkt in einer Öffnung im Körper liegt. Darüber nehmen sie Vibrationen wahr, also zum Beispiel menschliche Schritte.«

»Ich hab gekreischt, aber sie hat nicht mal gezuckt.«

»Ja, hohe Frequenzen hören sie nicht. Unsere Stimmen sind zu hoch.«

»Faszinierend.«

»Wohin ist sie denn verschwunden?«

Er wies suchend auf ihre Küchenzeile.

»Nirgends hin. Ich hab sie gefangen und dann zum Fenster rausfallen lassen.«

»Warum?«

»Weil ich das mit Spinnen immer mache.«

»Kann ich bei Kakerlaken nicht empfehlen. Die kommen wieder rein.«

»Was soll ich denn dann machen?«

»Am besten zerquetschen und im Klo runterspülen.«

***

Ihr Exfreund hatte Bluebird30 nicht nur betrogen, sondern warf sie nun auch aus der gemeinsamen Wohnung, die sie ohne seine Hilfe gesucht und gefunden hatte. Leonie ließ sich den Schlüssel zur Wohnung geben.

Am Tag vor dem Auszug von Bluebird30 meldete sie sich krank und kaufte bei Lidl eine Tüte Milch. Fettreduziert. Aus Gewohnheit.

In der Küche hob sie mit einem Schraubenzieher vorsichtig das Lüftungsgitter an, das hinten in die Arbeitsplatte über dem Kühlschrank eingesetzt war. Sie hinterließ einen kleinen Kratzer, aber der fiel kaum auf. Langsam goss sie die Milch hinter die Küchenzeile. Sie ließ sie auch etwas an die Wand schwappen und nach rechts und links.

Mit der freien Hand filmte sie für Bluebird30.

Der Kiesgarten sei ihr ganzer Stolz, sagte HomerSampson über seine Ex. Entsprechend lang war die Anfahrt. Erst am späten Abend kam Leonie mit ihrem gemieteten VW Sharan in Weiden in der Oberpfalz an.

Das Neubaugebiet lag in völliger Stille. Man ging wohl früh schlafen.

Das Haus war leicht zu finden. Alle anderen hatten zumindest ein paar Büsche im Vorgarten. Nur eines lag hinter einem Meer aus Grau, in dessen Mitte ein einsames Essigbäumchen stand. Seine roten Blätter waren von der Sonne ausgebleicht.

Sie arbeitete drei Stunden in absoluter Stille. Danach tat ihr alles weh. Aber der Vorgarten war nicht wiederzuerkennen. Gleichmäßig war der Mulch verteilt, in den sie vorher Blumensamen gemischt hatte.

Fast zu schön für eine Strafe, fand Leonie. Immerhin: Rettet die Bienen.

***

Er führte ein Café. Das war Leonie grundsätzlich sympathisch, bis sie die zweihundert Whatsapp-Nachrichten erhielt, in denen er seine Exfreundin Noranoran beschimpft hatte. Kein Wunder, dass die Frau sich in ein Liebeskummerforum geflüchtet hatte. Sie sei jetzt in Therapie, schrieb Noranoran dazu. *Gut,* schrieb Leonie zurück.

Sie setzte sich weit weg vom Fenster in eine ziemlich dunkle Ecke. Der Käsekuchen mit Karamellüberzug war ganz hervorragend. Der Cappuccino hätte wärmer sein können. Leonie nippte gemütlich davon, tippte auf ihrem Handy herum und beobachtete zwischendurch den Ex hinterm Tresen.

Er wirkte ganz nett. Locker. Seine Haare trug er in einem hohen Man-Bun. Gelegentlich lächelte er zu ihr rüber, obwohl das Café ziemlich voll war. Leonie lächelte zurück und kippte ein ganzes Päckchen Zucker in ihre fast leere Tasse.

Die Kakerlake wollte nicht aus der dunklen Teekanne kriechen. Leonie musste sie rausschütteln. Dann steckte sie die Kanne wieder in ihren Rucksack und winkte dem Ex im Rausgehen zu. Sie hielt einem Paar mit Baby im Tragetuch die Tür auf, das direkt auf ihren verlassenen Tisch zustrebte.

Von der Straßenecke aus filmte sie, wie die Gäste fluchtartig das Café verließen.

***

Leonie hatte sich bei Bumble angemeldet. Wenn sie Insta leer gescrollt hatte, schaute sie Männer an. Auffallend viele von ihnen hielten Katzen auf dem Arm. Es war ihr fast zu metaphorisch. Aber die Tiere waren meist signifikant hübscher als die Männer und schienen auch mehr Wert auf Körperpflege zu legen. Irgendwann schaute Leonie mehr auf die Katzen als auf die Männer. Sie seufzte glücklich, wenn jemand ein besonders dickes rotes Exemplar präsentierte. Sie war wegen der Männer gekommen, aber sie blieb wegen der Katzen.

19

Dirk kam noch mal vorbei. Er wies Leonie an, ihn in der Küche allein zu lassen. Danach riss er das Fenster auf und erklärte, sie dürfe die Küche übers Wochenende nicht betreten.

Am Samstagmorgen überprüfte Leonie ihren Kontostand und bestellte einen Lachsbagel, frisch gepressten Orangensaft, eine Acai-Bowl und Waffeln zum Frühstück. Eine so hohe vierstellige Zahl hatte sie in ihrem Online-Banking lange nicht mehr gesehen.

Der Schleimpilz hatte das Gummibärchen verschmäht. Kurz erwog sie, es selbst zu essen. Sie war hungrig. Es war ausgetrocknet und gar nicht mehr so wabbelig. Der Lieferfahrer klingelte gerade rechtzeitig.

***

Die Frauen waren stolz auf sie. Nicht wegen Bumble, wegen der Racheaktionen. Sie saßen in einer Tagesbar in der Innenstadt, die für ihre Zwecke einen entscheidenden Vorteil hatte: Es war so laut, dass niemand hören konnte, was am Nebentisch gesprochen wurde. Alle fünf Minuten fuhr auch noch eine Straßenbahn direkt am Fenster vorbei. Geneviève bestellte bei einem blasiert blickenden Kellner eine Flasche

Crémant und erklärte, sie wolle das Wort Kakerlake ab sofort nie wieder hören.

Leonie erzählte von den gestohlenen Exponaten aus der Staatssammlung. Ihre Tasche war jetzt schon zwei Mal durchsucht worden. Obwohl Herr Schubert beim ersten Mal in ein angebissenes Bounty gegriffen hatte.

»Wie spannend«, sagte Yasmin. »Ich hab noch nie was geklaut.«

»Echt nicht?«

»Ich hab gelernt, dass man Packerl unter fünfundzwanzig Euro an Amazon zurückschicken kann und keiner schaut, was drin ist. Ist das schon Klauen?« Yasmin schaute drein wie die personifizierte Unschuld.

»Ja klar«, sagte Leonie. »Warum musste ich Dreißig werden, um davon zu erfahren? Machst du das öfter?«

»Manchmal? Es ist Amazon, das passt schon. Ich hab kein schlechtes Gewissen. Amazon schadet mehr Menschen als ich.«

»Wieso?«

»Ich nehme nur ihr Geld. Amazon bezahlt seine Leute scheiße und lässt ihnen kaum Zeit, aufs Klo zu gehen.«

»Wäre es dann nicht das Beste, da gar nicht zu bestellen?«

»Doch. Das ist unsolidarisch von mir. *Deswegen* hab ich ein schlechtes Gewissen! Aber die liefern so schnell. Und sie haben alles.«

»Auf dem Rücken der Arbeiterklasse«, sagte Geneviève.

»Du hast es grad nötig, Prinzessin. Neulich hast du gesagt, Fair Trade wär ein Scam.«

»Aber ich gebe immer dreißig Prozent Trinkgeld. Ich bin quasi Robin Hood.«

»Das interessiert die Menschen auf den Kaffeeplantagen in Äthiopien bestimmt brennend.«

»Es ist doch egal, was wir machen, oder? An irgendeiner Stelle trifft es immer Unschuldige. Kim, du bist so still, bitte sag jetzt nicht, du bist moralischer als wir.«

»Nee. Alle unsere Handtücher sind von Motel One«, sagte Kim. »Ich nehm jedes Mal eins mit. Die merken das nicht. Wenn du das oft genug machst, hast du einen kompletten Satz.«

»Die sind sehr schwer und flauschig«, sagte Geneviève. »Gute Qualität.«

»Was ist mit dir, Jenny?«

»Ich hatte als Studentin einen Mantel mit kaputten Taschen. Alle kleinen Sachen, die mir zu teuer waren, landeten im Innenfutter. Ich hatte immer gutes Make-up.«

»Wie hast du das aus dem Futter wieder rausgekriegt?«

»Das hat tatsächlich manchmal eine Weile gedauert. Ich hab mir die Sachen sozusagen nachträglich verdient!«

»Konntest du nicht einfach billiges Make-up kaufen?«

»Darum geht es nicht. Ich habe aus Überzeugung geklaut. Wir leben in einer Stadt, in der Menschen mit normalen Jobs die Lebenshaltungskosten nicht decken können. Und politisch interessiert das niemanden. Da ist Klauen doch für viele die einzige Lösung.«

»Oder Wegziehen«, sagte Leonie.

»Wegziehen ist ein kapitalistischer Verdrängungsprozess. Reiche Menschen verdrängen arme Menschen. Wenn die sich was zurückholen durchs Klauen, ist es nichts weiter als praktische Umverteilung. Viele große Firmen zahlen Überstunden nicht aus, lassen ihre Leute in den Pausen weiterarbeiten. Die machen ihren Gewinn auf Kosten der Menschen, die für sie arbeiten.«

»Aber wir brauchen doch alle Jobs.«

»Du verkaufst deiner Firma deine Arbeitskraft und schuldest ihr darüber hinaus keine Loyalität. Es ist sogar gefährlich, Loyalität für den Arbeitgeber zu empfinden. Weil es dich in ein patriarchales Abhängigkeitsverhältnis führt, in dem dein Arbeitgeber ein netter, väterlicher Freund ist, der dir Blumen ans Krankenbett schickt, nachdem du dich für ihn kaputt gearbeitet hast.«

»Heißt das, ich sollte bei meinem Arbeitgeber klauen?«

»Klar, wenn ich für Siemens arbeiten würde, würde ich alles mitgehen lassen. Bei Yasmin im inhabergeführten Buchladen eher nicht. Aber ich glaube, dass man sehr wohl ethisch klauen kann. Es ist die größte Lüge des Kapitalismus, dass man so tut, als wäre Diebstahl ein Problem. Dabei ist eigentlich für alle klar, welcher Diebstahl okay ist und welcher nicht. Diese Tabuisierung hilft nur reichen Leuten. Sie stabilisiert die komplett ungerechte Verteilung von Wohlstand. Deshalb bin ich fürs Klauen.«

»Hm«, sagte Leonie. »Wahrscheinlich kratzt es Rossmann wirklich nicht, ob du deine Mascara bezahlst.«

»Ich hab kein Make-up von Rossmann geklaut. Ich war bei Douglas.«

»Natürlich. Habt ihr es jemals bereut?«

Keine sagte etwas. Es war plötzlich so ruhig am Tisch, dass Leonie hören konnte, wie Yasmin neben ihr eine Olive zerkaute.

»Reue«, sagte sie schließlich. »Ich glaub, ich kenn das Gefühl gar nicht.«

»Das ist wie schlechtes Gewissen, aber katholischer«, sagte Kim.

»Hast du das?«

»Nicht genau das. Aber es fühlt sich ähnlich an, wenn jemand nach einer OP stirbt, bei der ich assistiert habe. Oder direkt auf dem Tisch.«

»Woher weißt du, dass das kein schlechtes Gewissen ist?«

»Ich operiere ja nicht mal selbst. Ich kann nichts dafür.«

»Warum fühlst du dich dann trotzdem schlecht?«, fragte Leonie.

»Weil wir versucht haben, jemanden zu retten, und es nicht geklappt hat.«

»Also bist du frustriert?«

»Frustriert! Ja, das könnte es sein.«

»Ich hab manchmal Migräne, gilt das auch?«, sagte Geneviève.

»Nur wenn du so katholisch bist, dass du den Schmerz durchleidest, statt Ibuprofen zu nehmen.«

»Niemand sollte so katholisch sein. Apropos, ich bin endlich aus der Kirche ausgetreten.«

»Ich dachte, du wärst gläubig«, sagte Kim.

»Oh, ich glaube an Gott. Ich will nur nichts mit ihm zu tun haben. Ich bin extrem unzufrieden mit Gott. Schau dich um.«

»Ich sehe fünfzig Menschen in einer Bar mit orangenen Wänden.«

»Schau dich in der Welt um! Gott ist entweder ein richtiges Arschloch oder faul und schlampig.«

»Was fändest du schlimmer?«

»Beides wäre schlimm. Stellt euch das mal vor, Gott will alles richtig machen, kommt aber morgens nicht aus dem Bett.«

»Vielleicht ist Gott depressiv. Das könnte man doch verstehen. Die ganze Verantwortung für so viel Elend.«

»Machst du mir jetzt ein schlechtes Gewissen, weil ich kein Verständnis für seine Mental Health Struggles habe? Ich erwarte, dass Gott seinen verdammten Job macht.«

»So wie du?«

»Ich bin eine sehr sorgfältige und tüchtige Erpresserin. Wir können nicht alle täglich im OP Leben retten.«

***

Nam hatte ausgesprochen spezifische Meinungen zu den Männern auf Bumble. Leonie hatte ihm einen gezeigt, der eine Schlange um den Hals trug, und wollte danach mehr von seinen harschen Urteilen hören.

Über den Schlangenmann hatte er gesagt: »Der hat bestimmt Fußpilz.«

Leonie fragte nicht, wie er auf den Gedanken kam. Dass irgendjemand das beim Anblick des Mannes dachte, genügte ihr. Sie wischte den Schlangenmann al funghi weg.

Der nächste stand mit einem Cuba Libre in einer Rooftop Bar. Im Hintergrund war etwas zu sehen, was Leonie als Bangkok zu erkennen glaubte.

Nam brauchte nur eine Sekunde. »Sextourist«, sagte er.

»Und was ist mit dem?«, fragte Leonie.

Der Kandidat trug ein kariertes Flanellhemd, stand zwischen zwei ausgesprochen schönen Frauen und lächelte in die Kamera.

»Komm, das weißt du doch selber«, sagte Nam. »Der ist schwul und will es nicht wahrhaben.«

Sie hörten erst auf, als Frau Vogt herangetrippelt kam und fragte, was denn so lustig sei. Darauf hatte Leonie keine Antwort. Lustig war es ja eigentlich nicht.

Nam ging wieder, aber Leonie hatte keine Lust zu arbeiten. Der nächste Typ hatte eine berechnend dreinblickende Bulldogge auf dem Arm. Sie machte so lange weiter, bis sie einen Mann fand, der langweilig, aber geduscht aussah.

20

Es sei nun bald Oktoberfest, erklärten ihr die Frauen, *Wiesn*, wie Einheimische das korrekt nannten, und da gehe man hin. Auch sie, Leonie, werde da hingehen, und zwar am Mittwoch um vier, denn da habe Yasmin einen Tisch im Käfer bekommen. Die Wiesn gehöre einfach zu München, wie der Eiffelturm zu Paris. »Es wird dir gefallen, du magst doch Bier«, sagte Kim, als sie Leonies Skepsis sah.

Leonie hatte da so ihre Zweifel. Andererseits war bisher keine einzige Empfehlung der Frauen schlecht gewesen. Also beschloss sie, keine Fragen zu stellen und einfach mitzuspielen. Sie wusste nicht, was *der Käfer* war, obwohl sie sich mit Käfern doch inzwischen gut auskannte. Sie stellte sich ein Lokal in Form eines riesigen Marienkäfers vor. Wie in einem Freizeitpark. Neben der Achterbahn. Für Kinder.

Sie kannte die Gertrudiskirmes Wattenscheid (fünf Fahrgeschäfte, Anfang März, immer Regen) und das Volksfest an den Grummer Teichen. Dort hatte sie als Zehnjährige einen Jonglage-Workshop besucht und danach so lange mit Aprikosen zu Hause geübt, bis ein neuer Wohnzimmerteppich gekauft werden musste.

Für nichts davon musste man sich speziell anziehen. Theoretisch hätte sie für die Gertrudiskirmes wenigstens ein Glitzertop angezogen. Aber ihre Mutter hatte darauf bestanden, dass sie eine Regenjacke drüber trug. Da lohnte es sich nicht. Das Glitzertop hätte man von Hand waschen müssen.

Sie werde ihr ein Dirndl leihen, erklärte Geneviève. Aus ihrer Sammlung. Sie habe bestimmt auch was in ihrer Größe. Die beiden anderen nickten.

»Kann man nicht in Zivil hingehen?«, fragte Leonie.

»Nein«, sagte Kim.

Damit war das erledigt.

Das Dirndl war schokoladenbraun und seidig. Dazu überreichte Geneviève ihr eine dünne cremefarbene Bluse mit leichten Puffärmeln und eine glänzende karamellfarbene Schürze. Nichts davon sah aus, als dürfe es in Kontakt mit Wasser kommen. Oder mit Bier.

Leonie schaffte es im zweiten Versuch, alles in der richtigen Reihenfolge und Richtung anzuziehen, fühlte sich dabei aber wie eine Idiotin. Vor allem, als Geneviève sie fragte, ob sie die Hasenohren-Technik kenne, und ihre Schürzenbänder zu einer perfekten Schleife band.

Wenigstens ihre Schuhe durfte sie selbst binden.

Der Käfer war *das Käfer*, stellte sich heraus. Das Käfer-Zelt. Benannt nach dem Feinkostladen, nicht nach dem Gliederfüßer. Durchaus in Sichtweite der Achterbahn, aber die war so hoch, dass man sie vom ganzen riesigen Festgelände sehen konnte.

Der September gab alles. Es war sonnig und trocken. Leonie ging langsam. Sie wollte auf keinen Fall das Dirndl vollschwitzen. Die Reinigung war sicher teuer.

Das Zelt sah nicht aus wie ein Zelt, sondern wie eine Skihütte. Mit dunklem Holz und grünen Girlanden.

Yasmin wartete am Eingang mit grünen Bändchen fürs Handgelenk. Leonie hatte keinen besonderen Sinn für Ästhetik. Aber sie fand, dass das Bändchen nicht zum Dirndl passte.

Auch drinnen: alles Holz. Die Decke, die Säulen, die Tische, abgegrenzt in einzelne Boxen. Leonie verstand nicht recht, warum man sich verkleiden und Wochen im Voraus einen Tisch buchen musste, um auf einer Holzbank zu sitzen. Aber alle wirkten ausgesprochen fröhlich. Geneviève hatte noch zwei Paare mitgebracht, die gleich mit großer Geste eine Flasche Champagner orderten. Leonie bekam eine Maß Bier vorgesetzt und hielt sich mit beiden Händen daran fest.

Eine Band spielte *Im Wagen vor mir.* Mit gerecktem Kopf konnte Leonie vier Männer und eine Frau erkennen, die mit ihren Instrumenten auf etwa fünf Quadratmetern eingepfercht waren. Das seien Hubsi und die Käferbande, erklärte einer der Männer am Tisch. Sie sei doch später sicher auch bei einer Polonaise dabei?

Das Bier war stärker, als sie es gewohnt war. Aber nicht stark genug, um zu nicken.

»Soll ich grad für dich mitbestellen?«, fragte Yasmin und strich ihr leicht über den Rücken.

»Ja, gerne.«

Nach Ente und Gurkensalat wippte ihr Fuß leicht beim *Knallroten Gummiboot* mit.

Alle redeten von ihren vergangenen Wiesn-Besuchen. Leonie hörte nur zu.

Das eine Mal, als Mats Hummels am Nebentisch saß.

Früher, als man noch ins Augustiner ging, ohne Reservierung, und den ganzen Tag blieb.

Dass bei den großen Zelten manchmal das Kondenswasser von der Decke tropft.

Von den Besuchen *mit der Arbeit,* wenn die Firma alles bezahlte.

Wie der Martin mal beim Tanzen vom Tisch gefallen ist, direkt auf die Kellnerin.

Direkt nach Corona, als man überall einen Platz bekam.

Dass Geneviève mal mit auf die Wache musste, weil jemand sie in den Hintern gekniffen und plötzlich ihre Faust im Gesicht hatte.

»Wie eine Amazone hat sie ausgeschaut«, sagte Yasmin verträumt.

»Danke. Sonst höre ich eher Wikingerin.«

»Was hat die Polizei gesagt?«, fragte Leonie.

»Sie haben den Typen ausgelacht, ihm ein Kühlpad in die Hand gedrückt und mich zurück ins Zelt geschickt.«

»Kannst du mir beibringen, wie man das macht?«

»Ich hab keine Technik. Ich bin eine große Frau und war sehr wütend. Dir würde ich das gar nicht raten. Er hätte auch zurückschlagen können.«

»Das ist das Schöne an Giftmord«, sagte Kim. »Da können sie nicht zurückschlagen.«

»So wütend war ich jetzt auch nicht.«

»Ich philosophiere nur.«

In den Gängen wurde getanzt. Am Tisch geschunkelt. Die Kellner sangen mit, während sie Tabletts voller Haxen trugen.

Leonie fühlte sich wie in einem Fiebertraum. Sie drehte den Kopf zur Band. Das Bild rückte verlangsamt nach. Zwei Liter Bier.

»Ich glaube, ich geh mal an die frische Luft.«

»Wir müssen den Tisch eh in einer halben Stunde abgeben«, sagte Yasmin. »Aber wir würden schauen, ob wir einen Platz im Biergarten finden. Und Kim wollte eh heim.«

»Ich will noch ein bisschen rumlaufen und mir alles anschauen. Ich war ja noch nie hier.«

»Ach so, klar. Aber du willst jetzt nimmer Achterbahn fahren, oder?«

»Auf keinen Fall.«

»Gut. Wenn du ein bisserl in Ruhe dasitzen und dich amüsieren willst, geh ins Teufelsrad. Das ist nett da.«

»Das klingt gar nicht nett.«

»Schmarrn. Es ist harmlos, echt.«

Der Himmel war dunkel, als sie das Zelt verließ. Das Festgelände lag unter einer Kuppel aus Licht und Wärme, ausgestrahlt von Lichtern und Menschen. Es roch nach gebrannten Mandeln und Bratfett.

Wo das Teufelsrad war oder wie es aussehen sollte, wusste sie nicht. Sie entschied sich willkürlich für einen der Gänge und versuchte, extra gerade zu laufen. Es strengte sie an. Sowieso war es klüger, in Schlangenlinien zu gehen, stellte sie nach einer Weile fest. Dann wurde man nicht so häufig angerempelt.

Eine Weile blieb sie unter der Achterbahn stehen und schaute zu. Dann kotzte jemand in der Luft. Eilig brachte sie das Dirndl und sich selbst in Sicherheit.

Warst du schon mal auf dem Oktoberfest?, schrieb sie Nam.

Ja. Kein großer Fan. Bist du da?!

Stehe vor einer Geisterbahn und lausche den Schreien.

Natürlich. Trägst du etwa Tracht?

Sie schickte ihm ein Selfie, auf dem nur eins ihrer Augen eindeutig in die Kamera blickte. Das fiel ihr auf. Aber es war ihr egal.

Wow. Sieht aus, als wäre es was Ernstes mit dir und München, schrieb er.

München ist ein Fuckboy.

Nam klebte einen Daumen an ihre Nachricht.

Sie fand das Teufelsrad und bezahlte Eintritt. Wofür, wusste sie noch nicht. Das Zelt war um eine Art Manege gebaut. In der Mitte: eine große Drehscheibe aus Metall. Rechts und links türmten sich hölzerne Tribünen auf.

Leonie suchte sich einen Platz. Ein paar Familien mit Teenagern waren da, Paare, Gruppen. Alle schauten auf die Scheibe, in deren Mitte zwei junge Frauen saßen und versuchten, nicht abzurutschen. Die Scheibe drehte sich ziemlich schnell. Zwei Männer warfen routiniert dicke Seile in Richtung ihrer Füße, um sie aus der Mitte zu ziehen. Aber die beiden halfen sich gegenseitig. Johlen ging durch die Zuschauerränge, als sie einen weiteren Angriff abwehrten, sich Rücken an Rücken setzten und beieinander einhakten.

»Was gewinnt man denn, wenn man die Letzte ist?«, fragte Leonie die ältere Frau neben ihr.

»Na, nix!«

»Einfach nur so?«

»Aus Spaß an der Freud.«

»Aha. Danke.«

»So, jetzt kommt unser bester Mitarbeiter«, sagte der Mann am Mikrofon. Eine Art Abrissbirne aus Plüsch, die an einem Seil unter der Decke hing, wurde gelockert und auf die beiden fallen gelassen.

Leonie verfolgte das Rückzugsgefecht interessiert. Als nur noch eine übrig geblieben war, brandete Applaus auf. Dann wickelte ein Seil sich so um ihren Knöchel, dass sie schwungvoll abrutschte und in der gepolsterten Umrandung landete.

Die Tribünen wirkten auf einmal angespannter als zuvor. Als hielten alle die Luft an.

»Jetzt einmal alle Jugendlichen zwischen zwölf und achtzehn!«, sagte der Moderator.

Zwei Sekunden später konnte Leonie die Scheibe nicht

mehr sehen. Etwa zwanzig Teenager drängten sich um den besten Platz.

»Na, wer bist du denn«, sagte der Moderator. »Im blauen Hemd! Du bist doch keine achtzehn.«

Ein junger Mann stand grinsend auf und setzte sich unter Gelächter wieder zu seinen Freunden.

»Wer nicht wagt, der nicht gewinnt!«, rief er.

»So ein Hundling«, sagte die ältere Frau. Es klang eindeutig anerkennend. Wenn Dreistigkeit und Tricksen zum Münchner Lokalkolorit gehörten, dachte Leonie, konnte sie hier noch einiges lernen.

21

Yasmin schrieb ihr, was der Wiesn-Ausflug pro Person gekostet hatte. Ein absurder Betrag für ein paar Bier, eine halbe Ente und einen Kaiserschmarrn. Es schmerzte, das Geld von ihrem Konto verschwinden zu sehen. Immerhin musste sie keine Reinigung bezahlen: Das Dirndl war unverletzt. Ihr Menschenbild nicht.

Auf dem Heimweg hatte sie den schlimmsten Ort durchquert, an dem sie jemals gewesen war. Weder Wattenscheid noch Bangkok hatten sie darauf vorbereitet. Es war ein Ort des Schreckens. Überall Besoffene. Man hatte sie sich selbst überlassen. Sie lagen oder saßen auf dem Gras. Manche hatten die Augen offen. Bei anderen war es unmöglich zu erkennen, ob sie überhaupt bei Bewusstsein waren. Und es roch fürchterlich.

Ah, du hast den Kotzhügel entdeckt, antwortete Kim auf ihre entgeisterte Nachricht im Gruppenchat.

***

Steffen hasste Telefonieren. Aber er wusste nicht, wie man ein Telefonat beendete. Also redeten sie zwei Stunden.

Seine Freundin lebte seit wenigen Wochen vegetarisch, und er hatte den Anlass genutzt, um ihr eine seiner Thesen darzulegen: Fleisch zu essen sei ethischer, als Haustiere zu halten. Vielleicht starben seinetwegen Tiere, aber immerhin mache er sie nicht von ihm abhängig und zwinge sie damit, ihn zu lieben. Jetzt befürchtete er, Franzi werde ihn durch einen Hund ersetzen. Dabei hatte er zum Zeichen seines guten Willens sofort nach dem Streit aufgehört, Beef Jerky zu kaufen und zu essen.

Leonie erkundigte sich, wie es mit Tieren sei, die ihre Menschen nicht liebten. Fische etwa. Fische in einem Aquarium zu halten, sei sowieso indiskutabel, erklärte Steffen. Sie müsse jetzt auch gar nicht mit Massentierhaltung kommen. Es mache einen Unterschied, ob man Tiere halte, um sie zu essen, oder ob man sie aus Sympathie einsperre. Das erste sei eventuell herzlos. Das zweite sei garantiert dumm.

Er habe auf jeden Fall Glück, dass seine Freundin eher dumm als herzlos sei, sagte Leonie. Sie empfahl ihm dringend, diese Theorie schnellstens zu vergessen oder zumindest nie wieder zu äußern. Und einen Blumenstrauß zu kaufen. Einen großen. Aus einem richtigen Blumenladen.

Danach wollte sie Bumble eigentlich löschen. Wenn sogar Steffen als Partner so nervig war, taugten andere Männer wahrscheinlich auch nichts. Aber sie öffnete die App doch noch ein letztes Mal. Der langweilig aussehende Mann hatte ihr geantwortet. Was er schrieb, war gar nicht so schlimm langweilig. Er hatte immerhin eine Idee für ihr erstes Date, die Leonie witzig fand.

***

Mit dem Fahrrad brauchte sie eine halbe Stunde nach Freimann im Münchner Norden. Sie nutzte die Zeit, um sich auszumalen, was ihre neuen Freundinnen dazu sagen würden. Ihre Freundinnen … Seit wann nannte sie sie so? Wohl seit sie Leonie in den Gruppenchat aufgenommen hatten. Es hatte sich angefühlt wie ein Ritterschlag, aber die drei hatten keine große Sache daraus gemacht, und Leonie hatte deshalb auch ganz cool getan.

Zumindest würden sie sagen: Man geht nicht auf Dates außerhalb des Mittleren Rings.

Und schon gar nicht zu Mömax.

Lukas wartete unter dem riesigen apfelgrünen Schild am Eingang. Er war Germanist. Blaue Augen. Weiches Kinn. Herzliches Lächeln. Sie begrüßten sich mittelmäßig verkrampft.

»Kommst du öfter her?«, fragte Leonie.

»Nein. Wir können uns beide ganz der neuen Erfahrung hingeben.«

Es war Samstag, das Möbelhaus voll. Mit der Masse schoben sie sich durch die Gänge. Ab und zu blieb Leonie stehen und deutete auf etwas, um seine Reaktion zu testen.

Lukas redete viel. Aber sobald sie Luft holte und den Mund öffnete, hörte er auf. Wie ein Wasserhahn, den man nach Belieben auf- und zudrehen konnte.

»Was hältst du von Schlafsofa Claudio?«, fragte er.

Sie betrachtete das schmucklose graue Sofa.

»Ich finde es okay«, antwortete sie.

»Du nimmst das nicht ernst genug«, sagte er. »Stell dir vor, wir würden wirklich zusammenziehen, und ich schlag dir dieses Sofa vor.«

»Na gut. Du hast wirklich überhaupt keinen Geschmack! Ich will Schlafsofa Ben, da drüben, das kostet auch dreihundert Euro weniger.«

»Sehr gut. Wieso sind die eigentlich alle grau? Es sieht hier aus wie ein Friedhof voller Grabplatten.«

»Da ist ein blaues.« Leonie wies auf die nächste Sitzlandschaft.

»Aus Samt«, sagte Lukas. »Wie dekadent.«

»Ich hab mich mal mit einer Wärmflasche auf ein Samtsofa gelegt. Wusstest du, dass die Fasern dann zusammenschmelzen und der Bezug erneuert werden muss?«

»Ich besitze keine Wärmflasche«, sagte er. »Und kein Samtsofa.«

Neben ihnen entbrannte ein Streit um Schlafsofa Nelly. Ein Mann um die Vierzig zischte seiner Frau zu, wenn sie schon alle anderen Möbel ausgesucht habe, dürfe er ja wohl wenigstens beim Sofa entscheiden. Sie sah das anders.

»Ich fühl mich wie in der Kirche«, sagte Leonie. »Alle empfinden was, und wir tun nur so, als ob.«

»Würdest du lieber was empfinden?«

»Niemals.«

Sie zogen weiter und diskutierten das Für und Wider von Couchtischen aus Glas. Lukas erwärmte sich für einen, der nur aus scharfen Kanten zu bestehen schien. Leonie fragte ihn, ob er Kinder wolle. Er war ähnlich unentschlossen wie sie.

Zehn Minuten später lagen sie probeweise nebeneinander auf einer Matratze. Leonie fand es sehr bequem.

Sie hatten sich bereits auf ein Sofa, ein Bett und einen Esstisch geeinigt. Ohne zu streiten. Das war mehr Harmonie, als sie aus ihren vergangenen Beziehungen kannte.

Sie fand eine kleine Kommode aus hellem Holz, die ihr gefiel. Ausgeschlossen, die noch in ihre Wohnung zu quetschen. Lukas schien ein ähnliches Problem zu haben: Er wohnte immer noch in seiner WG aus Studienzeiten. Nur dass einer ausgezogen war und die drei übrigen nun ein gemeinsames Wohnzimmer hatten.

»Was machst du eigentlich beruflich?«, fragte sie.

»Ich bin an der Uni.«

»Du bist seit zehn Jahren in derselben Wohnung *und* an derselben Uni?«

»Genau. Ich hab eine Postdoc-Stelle.«

»Das sind die, aus denen man irgendwann einfach rausgeschmissen wird, wenn man nicht Professor wird?«

»Im Grunde ja.«

»Dann kriegen wir besser keine Kinder.«

»Klingt vernünftig.«

Er legte den Arm um ihre Schultern beim Weitergehen. Es fühlte sich noch ein bisschen fremd an, aber es gefiel ihr.

Es gab kein Restaurant. Leonie war empört. Sie hatte auf Pommes gehofft. Am Ausgang kaufte er ihr eine Pepsi und ging eine Weile neben ihr her in Richtung Süden. Sie schob ihr Fahrrad. Zu Fuß dauerte es eine Stunde in die Innenstadt. Leonie hatte schon schlechtere Stunden verbracht.

***

Das Liebeskummerforum blühte jeden Tag neu auf. Hier ein Betrug. Dort seelische Grausamkeit. Manchmal war Leonie fast gerührt davon, wie die Mitglieder einander trösteten. Der Club der gebrochenen Herzen. Eine Goldgrube. Das einzige Problem: Menschen, die ihre Sorgen in Liebeskummerforen schrieben, waren üblicherweise nicht reich. Die Reichen konnten sich wahrscheinlich private Therapeut:innen leisten, die sie trösteten.

Sie passte ihre Preise daran an, wie wohlhabend die Auftraggeber:innen wirkten. Haus in Wolfratshausen? Teuer. Wohnung in Moosach? Erschwinglich. Sowieso schienen alle bereit zu sein, viel Geld auszugeben. Etwa ein Netto-Monatseinkommen. Sie bedankten sich auch noch überschwänglich.

Sisibille01 hatte ihr vier Wochen nach dem Auftrag geschrieben. Jeden Tag schaue sie das Video des überfluteten Autos an. Wenn sie traurig sei, mache es ihr sofort gute Laune. Wenn sie gut drauf sei, lache sie inzwischen manchmal Tränen dabei. Und diese guten Tage kämen jetzt immer öfter vor.

Für Leonie ließ das nur einen Schluss zu: Die Rache half wirklich. Wie Therapie, nur schneller.

Sie setzte ihre Gedanken Geneviève auseinander und erntete Spott.

»Hältst du dich jetzt für eine Wohltäterin? Erin Brockovich? Albert Schweitzer?«

»War Schweitzer nicht Rassist«, sagte Leonie.

»Jeanne d'Arc?«

»Besser.«

Am nächsten Tag schrieb Geneviève ihr. Sie habe nachgedacht. Sie kenne ein paar Frauen, die sich bestimmt für Leonies Portfolio interessieren würden. Die nämlich, deren Männer sie eigentlich hatte erpressen wollen. Was sich dann erledigt hatte, weil die Frauen selbst hinter die Affären gekommen waren.

Sie hatte wirklich *Portfolio* geschrieben.

Leonies Einverständnis vorausgesetzt, fuhr sie fort, würde sie ihr Kundinnen vermitteln. Gegen zwanzig Prozent Vermittlungshonorar.

Sie einigten sich auf fünfzehn. Geneviève lieferte Dossiers mit.

Und die hast du alle zweifelsfrei nachgewiesen?, fragte Leonie.

Mit Fotos!

Fall 1

Zwanzig Jahre verheiratet, zwei Kinder. Gemeinsame Firma, in der sie Software-Lösungen für Logistikunternehmen entwickeln. Sie wurde misstrauisch, weil er immer zum Joggen ging, aber nicht so richtig erschöpft zurückkam. Also schaute sie in sein Handy. Da war nichts zu finden, er hatte alle Fotos und Nachrichtenverläufe gelöscht.

Die Frau ist Programmiererin. Er hatte nicht den Hauch einer Chance. Es stellte sich also heraus, dass er seit einem Jahr seine Jugendliebe datete. Er war sogar mit ihr im Urlaub. Seiner Frau hatte er erzählt, er ginge zum Klassentreffen. Na ja, stimmte ja auch irgendwie.

Die Jugendliebe wusste von seiner Frau. Er hat ihr erzählt, sie hätten eine offene Ehe. Don't ask, don't tell. Sie hat es geglaubt. Aber sie war offenbar auch seit zwanzig Jahren unverändert in ihn verliebt und konnte ihr Glück kaum fassen.

Jedenfalls hat seine Frau ihn rausgeworfen. Er ist bei der Jugendliebe eingezogen und hat nach drei Monaten festgestellt, dass jetzt das Verbotene fehlt. Und die Kinder wollten nicht mehr mit ihm reden. Er hat dann eine Weile versucht, seine Frau zurückzugewinnen, und ist ernsthaft wütend, weil das nicht geklappt hat.

Jetzt lebt er allein. Das mit den Kindern haben sie irgendwie hingekriegt, aber er streitet mit ihr, wie es mit der Firma weitergehen soll. Sein letzter Vorschlag war, halt dich fest, dass er der alleinige Geschäftsführer wird, aber sie anstellt, aus steuerlichen Gründen oder so, und damit sie kaum noch miteinander reden müssen. Er hat das sogar schon bei einer Betriebsversammlung verkündet, obwohl sie natürlich nicht einverstanden ist und nicht zustimmen wird.

Sie überlegt noch, womit man ihn wohl am besten treffen könnte. Vor allem möchte sie, dass er sich mal so richtig ärgert, denn, ich zitiere, »der Arsch wirkt immer noch ganz schön selbstzufrieden«.

Fall 2

Ihre Familie ist reich, sie hat das Geld. Er ist einer von diesen Versicherungsmaklern, die entweder wahnsinnig viel verdienen oder gerade so klarkommen. Er gehört zur zweiten Sorte, aber wenn du ihn reden hörst, denkst du, er trifft Bill Gates zum Lunch und King Charles zum Tee.

Die beiden haben recht schnell geheiratet, es war wohl alles sehr romantisch. Er hat ihr in Monte Carlo, der sicher überschätztesten Stadt der Welt, einen Heiratsantrag gemacht. Im Japanischen Garten, warum auch immer.

Sie sind beide sehr attraktiv, aber er weiß es und sie nicht. Sie dachte offenbar, dass sich nie wieder so ein aufregender Mann für sie erwärmen würde. Er dachte wahrscheinlich: Sie ist schön und reich und nicht besonders selbstbewusst, perfekte Mischung.

Aber er hat trotzdem nach ein paar Jahren Komplexe entwickelt. Ihr Bruder hat ihn wohl mal den Prinzgemahl *genannt, er ist fast ausgeflippt deshalb. Diese schreckliche Zumutung gleicht er also seitdem aus, indem er jede Frau bumst, die er dazu überreden kann. Manchmal auch Männer.*

Seine Frau hat gar nicht vor, sich von ihm zu trennen. Sie ist die Bekannte einer Freundin von mir, der sie sagte: »Alle Ehefrauen hassen doch ihre Männer, oder? Das ist ganz normal.« *Ehrlich, ich weiß auch manchmal nicht, was mit den Leuten los ist.*

Es würde sie allerdings freuen, wenn einem seiner weltlichen Besitztümer etwas zustieße. Davon gibt es reichlich, die meisten hat sie finanziert. Oder wenn er sich mal so richtig vor einer seiner Affären blamieren würde. Dir fällt schon was ein.

Fall 3

Es ist seine dritte Ehe, ihre erste. Achtzehn Jahre Altersunterschied. Sie sieht aus wie Margot Robbie, und er – weißt du, wer Gottlieb Wendehals war? Google den mal. Sie ist außerdem sehr lustig. Life of the party. *Das scheint ihn allerdings nicht so zu begeistern.*

Sie hatten ein Dauerstreit-Thema: Sie wollte ein Kind, er nicht (er hat schon drei aus erster Ehe). Sie sagt, er hat es ihr versprochen, bevor sie geheiratet haben. Er sagt, sie denkt sich das aus und will nur eine Garantie, dass er ihr immer Geld zahlen muss.

Deshalb sind sie zur Paarberatung gegangen. Und nach einer Weile merkt die Frau, dass er zwar jede Woche mit ihr da hin trottelt, aber irgendwie unbeteiligt wirkt. Sie spricht das zweimal in der Therapie an, woraufhin er ihr versichert, dass sie sich das einbildet oder sogar projiziert.

Dann kommt sie einmal früher von einem Ausflug nach

Hause, und er ist nicht da. Sie geht nach oben und sieht durchs Fenster, dass er im Garten der Nachbarn steht. Die Nachbarn sind aber im Urlaub. Sie will schon das Fenster aufmachen und ihn fragen, was er da treibt, als die Tochter der Nachbarn durch die Terrassentür kommt und die beiden anfangen zu knutschen.

Von ihrem Garten aus hätte sie das nie gesehen, da sind dichte Hecken. Wer weiß also, wie lange der Typ schon Ehefrau Nummer vier gescoutet hat. Ach ja, die Nachbarstochter ist 26. Frag mich bitte nicht, warum die sich jetzt für Gottlieb Wendehals erwärmt. Er muss irgendwie Charme haben. Das Geld allein kann es nicht sein, bei der Frisur.

Seine Ex ist wie gesagt sehr witzig, aber fuchsteufelswild. Sie hat sich gleich zwei Scheidungsanwälte genommen. Jedenfalls möchte sie, dass ihm etwas zustößt, über das sie sich auch amüsieren kann. Sie dachte selbst an sowas wie ein singendes Telegramm, das ihm vor einem Geschäftspartner all seine Verfehlungen auflistet, aber das war ihr dann doch zu harmlos. Ein bisschen gemeiner darfst du schon sein.

22

Sie rief ihre Eltern an und hörte ihnen je eine Viertelstunde dabei zu, wie sie übereinander herzogen. Es gab irgendwelchen Ärger mit der Waschküche, und *jemand*, wie ihre Mutter sagte, hatte versäumt, sich um Lufttrockner zu kümmern. Leonie fragte sich, warum ihre Eltern sich eigentlich nicht so spektakulär trennten wie Margot Robbie und Gottlieb Wendehals. Oder einfach überhaupt trennten. Dann moderierte sie die Gespräche ab. In letzter Sekunde fiel ihrem Vater noch die Frage ein, wie es ihr ginge. »Gut«, sagte sie.

***

Kim fuhr einen SUV in der Farbe von Cappuccino. Leonie kletterte auf das beige Leder des Beifahrersitzes und sagte Kims Töchtern auf dem Rücksitz Hallo. Maja und Stella reagierten nicht. Kim schaltete die Musik aus, drehte sich langsam um und sah die beiden wortlos an, bis sie zurückgrüßten. Dann fuhr sie aus der Stadt raus. Nach Nordwesten.

Als Kim erwähnt hatte, dass sie und ihre Töchter regelmäßig zum Reiten fuhren, wollte Leonie sofort mitkommen – obwohl sie Kim immer noch ein bisschen einschüchternd fand. Nicht, dass Kim ihr dazu jemals einen Anlass gegeben hätte. Sie wirkte einfach nur noch cooler und souveräner auf Leonie als die anderen. Immer kam sie gerade irgendwoher oder ging danach noch irgendwohin.

Leonie hatte immer reiten wollen. Eine ihrer Freundinnen in der Grundschule durfte reiten. Ihre Eltern sagten ihr, das sei ein elitäres Hobby. Leonie wusste bis dahin nicht, was elitär bedeutete. Ihre Mutter erklärte es ihr, indem sie die *Gala* aufschlug und auf ein Bild vom Pferderennen in Ascot tippte.

Der Vater der reitenden Freundin war der Wurstkönig von Herne. Er fuhr einen gelben Audi und wirkte nicht sonderlich blaublütig. Aber Leonie verstand früh, dass es verschiedene Arten von Elite gibt.

Der Verkehr war dicht. Dazu sang Taylor Swift *Cruel Summer*. Leonie versuchte sich mit den Mädchen zu unterhalten, damit Kim sich auf die Straße konzentrieren konnte, aber die gaben nur einsilbige Antworten.

»Okay«, sagte Kim nach drei Minuten. »Du hast es versucht. Unterhalt dich lieber mit mir.«

»Wenn dich das nicht ablenkt?«

»Ich bin froh, wenn sich jemand mit mir unterhält ... vor allem, wenn du über was anderes reden willst als über süße Jungs.«

»Süße Jungs? Interessiert sie das schon?«

»Nur theoretisch natürlich. Also, hoffe ich.«

Von der Rückbank kam kein Laut. Leonie drehte sich erstaunt um. Maja und Stella hatten Airpods in den Ohren und wippten zu ihrer eigenen Musik.

»Ist das schon die Präpubertät?«

»Bei der Großen ja. Aber ich lass die Kleine im Prinzip auch machen, was sie will. Und sie will immer dasselbe wie ihre Schwester.«

»Ich hätte nicht erwartet, dass du antiautoritär erziehst.«

»Wirke ich so streng?«, fragte Kim und lachte.

»Nein, aber so ... aufgeräumt. Souverän. Strukturiert.«

»Meine Eltern waren streng. Und ziemlich neurotisch. Ich bin mit tausend Verboten aufgewachsen und ich kriege sie nie ganz aus mir raus. Für meine Kinder wünsche ich mir was anderes.«

»Es gibt keine Verbote bei euch?«

»Doch, klar. Lügen ist verboten. Mit Feuer spielen. Auf dem Balkongeländer balancieren. Andere Leute piesacken. Und sie müssen höflich sein. Wir wollen uns ja nicht mit ihnen blamieren. Aber wann sie ins Bett gehen und wo sie ihre Schultaschen abstellen ... das ist mir wirklich so egal.«

»Wissen sie das zu schätzen?«

»Ich weiß nicht genau«, sagte Kim. Sie schaute in den Innenspiegel und lächelte. »Ich finde, sie sehen immerhin ganz zufrieden aus.«

Als die Türen aufgingen, stieg Leonie sofort der Geruch von Heu, Tier und Leder in die Nase. Die Mädchen schossen voraus. Sie hatten rosa Plastikboxen mit Bürsten und ein paar merkwürdigen Gerätschaften in den Händen. Kim trug ihnen die Helme hinterher.

Leonie hatte sich angezogen, wie ihre Mutter es ihr für einen Tag in einem Stall nahegelegt hätte: Jeans, alte Turnschuhe, oben eine Fleecejacke gegen den Herbstwind. Kim trug Lederstiefel mit Absatz, einen knielangen Rock und eine karierte Wolljacke. Genau wie zwei andere Mütter, die plaudernd neben der Reithalle standen. Und eine an der Koppel. Und eine in der Stallgasse.

»Ist das die Uniform hier?«, fragte Leonie.

Kim zog eine Grimasse. »Es ist jedenfalls nur was für Profis«, sagte sie. »Man muss nämlich wissen, welche Pferde sabbern. Pferdesabber aus Wolle rauszuwaschen ist kein Spaß.«

Die Mädchen bekamen ihre Pferde zugewiesen. Maja

hatte offenbar den Liebling aller erwischt. Stella trug mit leidendem Gesicht einen Sattel durch die Stallgasse und setzte ihn vor einem kurzbeinigen Fuchs ab.

»Meinst du, ich darf es mal streicheln?«, fragte Leonie.

»Weiß nicht«, sagte Stella. »Es beißt manchmal.«

»Was muss man machen, damit es nicht beißt?«

»Glück haben?«

Unschlüssig blieb Leonie vor der Box stehen. Stella holte ein paar Utensilien aus ihrer Plastikbox und begann das Pferd zu striegeln. Es schien ihm zu gefallen. Es lehnte sich richtig gegen ihre Bürste.

»Du kannst auch reinkommen!«

Vorsichtig trat Leonie neben das Pferd, hob die Hand und streichelte seinen Hals. Sie hatte sich nicht vorgestellt, dass das Fell sich so glatt anfühlen würde. Nach einer Weile traute sie sich sogar, die seidigen, warmen Nüstern zu streicheln. Freundlich stupste das Pferd ihre Hand an. Leonie legte ihre Wange an seinen Hals, schloss die Augen und atmete tief ein. Dabei streichelte sie seine Schulter.

»Okay, jetzt geh zur Seite«, kommandierte Stella.

Die Bürstenmassage war beendet, die Hufe waren ausgekratzt. Stella hob den Sattel an, der schwerer aussah als sie selbst, und wuchtete ihn auf das Pferd.

Es trippelte etwas von rechts nach links. Aber erst als das Zaumzeug angelegt wurde, erkannte sogar Leonie: Dieses Pferd hatte überhaupt keine Lust. Es verdrehte die Augen und stampfte durch seine Box.

Leonie zog sich zurück und beobachtete aus der Stallgasse, wie vierzig Kilo Kind vierhundert Kilo Pferd dazu brachten, die Trense in den Mund zu nehmen. Anschließend marschierten die beiden an ihr vorbei zum Ausgang. Das Pferd trottete langsam hinter seiner Reiterin her und drehte den Kopf zu Leonie. Sie hätte es gern weiter gestreichelt. Die zarten Nüstern kamen auf sie zu. Dann biss es sie kurz und fest in den Unterarm.

Leonie schrie leise. Niemand beachtete sie. Alle Kinder verließen gerade mit ihren Pferden die Boxen. Die Hufeisen klapperten auf dem Betonboden.

Sie rieb sich den Unterarm. Immerhin kein Sabber.

Kim war verschwunden. Ihre Stimme drang aus der Sattelkammer, als Leonie an der Tür vorbeiging.

»Im Wald? Warum muss es immer im Wald sein ... Ja, ich weiß, dass es dort einsam ist. Aber es wird im Herbst früh dunkel, das ist unpraktisch ... Wollen die wirklich so eine Sauerei? Und was ist mit den Fesseln?«

Leonie war kurz stehen geblieben. Jetzt folgte sie den Pferden in die Reithalle. Von ein paar erhöhten Sitzbänken aus verfolgte sie mit ein paar Müttern, wie die Kinder im Kreis ritten. Nach ein paar Minuten setzte Kim sich dazu.

»Na, wie findest du es? Willst du mal ne Anfängerstunde nehmen?«

»Nee«, sagte Leonie. Ihr Unterarm schmerzte immer noch. »Ich glaube, meine Eltern hatten recht.«

»Die sind alle ganz nett, die anderen Mütter.«

»Weil du genauso angezogen bist wie sie.«

»*Sink or swim.* Außerdem hast du eh Reithosen an, wenn du reitest.«

In der Halle ging ein Pferd durch, galoppierte einmal allein im Kreis und lief dann auf das hinterste Pferd der Gruppe auf, das sofort auskeilte. Das Kind hielt sich im Sattel. Sein Gesicht war knallrot vor Anstrengung.

»Nee«, sagte Leonie. »Keine Reitstunden für mich. Das ist irgendwie vorbei.«

Nach der Stunde trafen sich alle in einem Raum, der halb Kaffeeküche, halb Büro zu sein schien. Es gab Apfelkuchen und Filterkaffee. Nach und nach trudelten die Kinder ein. Kims Töchter waren die letzten, die über den Hof kamen.

Maja kletterte auf Kims Schoß. Stella sagte, sie bräuchten noch eine neue Zehnerkarte für die nächste Reitstunde. Kim griff nach ihrer Handtasche und zog ihr Portemonnaie heraus. Es war voller großer Scheine. Fünf Hunderter und einen Fünfziger zählte Kim ab und drückte sie ihrer Tochter in die Hand. Leonie versuchte diskret wegzusehen, aber es gelang ihr nicht. Stella ging damit zur Kasse und kam mit einer Quittung und zwei Flaschen Zitronenlimonade zurück.

»Dein Pferd hat mich gebissen«, sagte Leonie.

»Ich hab's ja gesagt.«

***

Das ganze Institut redete über nichts anderes als den Diebstahl. Niemand wusste, was fehlte. Aber alle schienen zu hoffen, dass es zu ihrem Fachbereich gehörte. Als würde es das Forschungsfeld adeln, wenn ein Gegenstand daraus wichtig genug war, um gestohlen zu werden.

Leonie und Nam hatten anfangs mitgerätselt. Bald waren sie dazu übergegangen, sich zu mokieren. Sie führten eine Liste mit Titeln für eine Verfilmung des Vorfalls.

Nams Favorit: *Die drei Doktoranden und die verschwundenen Tierteile*

Leonies Favorit: *Ey Mann, wo is' mein Exponat?*

Nur Alfred Mayer nahm die Sache noch weniger ernst als Leonie. Sie war der Meinung, die Stücke würden wieder auftauchen. Er ging davon aus, dass sie gestohlen wurden. Er schien nur nichts Schlimmes daran zu finden. Sie erzählte ihm bei seinem nächsten Besuch jedes Detail aus der Versammlung. Er lachte kollernd. Wie der Weihnachtsmann.

»Dann gibt es ein paar Exponate weniger«, sagte er. »Wen interessiert das schon? Es sind doch Millionen, viele davon sogar doppelt. Die meisten braucht niemand.«

»Das sagen Sie nur, weil man so einen Rhinozeros-Knochen nicht einfach in die Hosentasche stecken kann.«

»Touché. Allerdings wissen wir nicht, ob sie in Hosentaschen geschmuggelt wurden.«

»Wie denn sonst?«

»Ich vermute eine großangelegte Aktion. Wie in einem Film, wissen Sie. Die Geschirrtücher aus der Kantine sollen zur Wäscherei gebracht werden ... aber sie kommen dort niemals an.«

»Und dann?«

»Jemand erinnert sich, dass der Wagen von der Wäscherei in dieser Woche anders aussah. Der Fahrer sagte, er sei die Urlaubsvertretung.«

»Was wurde aus dem echten Fahrer?«

»Jemand hatte ihm die Reifen zerstochen.«

»Sie haben das ganz schön genau durchdacht.«

»Kennen Sie *Ocean's Eleven*? Mit George Clooney und Julia Roberts? Unwahrscheinlich toller Film.«

»Ja. Ich glaube, jeder kennt den. Aber lohnt sich die Mühe für ein paar zoologische Exponate? Warum nicht gleich ein Diamantenraub?«

»Es hat nicht jeder Kontakt zu Diamantenhehlern. Aber vielleicht zu Sammlern dieser Exponate.«

23

Sie solle zu Beck am Rathauseck gehen, hatten ihre Freundinnen ihr gesagt. Da sei es *nicht so abgehoben*.

Leonie dachte über diese Formulierung nach, während sie eine Gucci-Handtasche betrachtete. Sie war flauschig und irre hässlich. Wie ein zu groß geratener Mützenbommel. Sie hätte sie gern geöffnet, um den Preis zu sehen, der für ihre Verhältnisse garantiert abgehoben war, wahrscheinlich sogar astronomisch. Aber sie befürchtete, damit eine Verkäuferin anzulocken.

Sie landete in einer riesigen Hutabteilung. Zwei Hüte setzte sie auf. Dann beschloss sie, ihren fehlenden Glamour besser nicht durch dramatische Übertreibung auszugleichen. Und eigentlich wollte sie Hosen. Richtige Hosen. Keine Jeans.

Immer wenn sie sich in den vergangenen Wochen gefragt hatte, warum sie neben den anderen aussah, als wollte sie den Garten umgraben, war die Antwort gewesen: Jeans. Sie trug als einzige Jeans.

Sie fand vier passable Hosen und nahm sie mit in die Kabine. Die erste war zu weit an den Unterschenkeln. Die zweite ließ ihren Hintern aussehen, als habe ihn jemand mit einem Nudelholz ausgerollt. Die dritte kostete zweihundert Euro.

»Wie schaut sie denn aus?«, fragte die Verkäuferin durch

den Vorhang. Sie hatte sich keinen Zentimeter von der Umkleidekabine wegbewegt.

Leonie antwortete nicht. Im Spiegel sah sie eine Frau, die eben noch den Garten umgegraben hatte und nun die abgelegte Hose ihrer reichen Cousine auftrug.

»Ich weiß nicht«, sagte sie. »Ich glaube, sie steht mir nicht.«

Es war nicht weit zu H&M. Einmal quer über den Marienplatz und die Kaufingerstraße entlang. Dann saugte das Geschäft sie auf wie eine alte Vertraute.

Im Eingang stapelten sich Mützen und Schals für zehn Euro. Es roch entweder nach Raumduft oder nach Mottenschutzmittel. So genau war das nicht auszumachen.

Die Hosen waren da, wo sie immer waren. Auch die Schülerinnen waren da, wo sie immer waren: überall. Kichernd wichen sie Leonie aus. Vielleicht kicherten sie ihretwegen. Vielleicht kicherten sie einfach so.

Leonie ließ ihre Hand über die Hosen gleiten. Der Stoff war dünner und rauer. Dafür kosteten sie nur fünfzig Euro.

»Entschuldigen Sie«, sagte ein Mädchen und fasste an ihr vorbei nach demselben Stapel.

»Kein Problem.«

Gesiezt. Die hatte sie gesiezt.

In *München.* Wo man nicht mal im Restaurant gesiezt wurde.

Sie hatte ihr Fahrrad am Rindermarkt abgestellt. Auf dem Weg dorthin kam sie am ehemaligen Schreibwarenladen vorbei. Er stand immer noch leer.

»Ein Hosengeschäft wäre gut«, murmelte sie.

Geneviève: *Du hättest immer noch zu S.Oliver gehen können.*

Yasmin: *Fies!*
Leonie: *Danke. Ich hab dann online drei Paar bestellt.*
Geneviève: *Bei S.Oliver?*
Leonie: *Nein.*

Bei Galeria. Aber das hätte sie Geneviève niemals gesagt.

***

Der Arsch wirkt immer noch ganz schön selbstzufrieden. Den Satz hatte Leonie sich gemerkt und ausführlich darüber nachgedacht. Ein bisschen hatte sie auch mit der betrogenen Ehefrau gechattet, die es offenkundig hasste, weiterhin mit ihrem Ex zusammen ein Unternehmen führen zu müssen.

Am meisten würde ihn demütigen, wie eine Witzfigur dazustehen, schrieb sie. *In der Firma oder vor einer Frau.*

Oder beides?, fragte Leonie.

Oder beides!

Es war nicht schwer, sich in seinen Tinder-Account zu hacken. Es reichte das Passwort, und das war der Name des Familienhundes. Die Zwei-Faktor-Authentifizierung übernahm ihre Auftraggeberin, die umfassenden Zugriff auf seine Dienstgeräte hatte. Entspannt verfolgte Leonie ein paar Tage lang, wie er eine Frau umgarnte. Er hatte sich zu diesem Zweck fünf Jahre jünger gemacht. Auf Tinder war er 43. Immerhin verschwieg er seine Kinder nicht. In seinem Profil stand: *Proud Dad.*

Sie kaufte Glitter und ein paar stabile Glückwunschkarten zum 50. Geburtstag. Aus alten Kugelschreibern nahm sie die Sprungfedern. Vorsichtig zog sie die einzelnen Lagen von Kleenex auseinander. Dann begann sie ihre Testreihe. Sie brauchte zwei ganze Abende.

Am Ende explodierte der Glitter beim Öffnen der Karte perfekt in ihr Gesicht und auf ihren Pullover. Sie war extra in die Badewanne gestiegen. Mit einem Handbesen kehrte sie alles wieder auf. Sie wollte kein Mikroplastik ins Abwasser spülen.

Das Date war für Donnerstag verabredet. Diesmal schickte sie ihrer Auftraggeberin kein Video. Stattdessen bekam Leonie eine Audiodatei von ihr. Sie hörte einen Mann brüllen. Im Hintergrund verhaltenes Gelächter. Wenn er den erwische, der das getan habe, brüllte der Mann, dann wäre der aber sofort seinen Job los! Niemand habe hier zu lachen!

Danach schickte die Auftraggeberin Fotos, die ein Mitarbeiter gemacht hatte. Um Beweismittel zu sichern, wie er sagte. Sicher nicht zum Spaß. Das sei doch sicher illegal, nicht wahr.

Leonie sah einen gut aussehenden, wenn auch etwas fleischigen Mann in einem dunkelblauen Hemd. Er hatte nicht mehr viele Haare. Dafür war er über und über mit Glitter bedeckt.

Je mehr er vor Wut schwitzte, desto besser klebten die Partikel.

Sie war so angetan von ihrem Erfolg, dass sie spontan einen Tisch im Café reservierte. Sie erkannte ihn sofort. Er sah spektakulär aus. Mit einem Buch saß sie ein paar Meter entfernt, während er seinem Date zu erklären versuchte, was passiert war. Er wirkte immer noch unglaublich wütend.

Als sie ihren Kaffee getrunken hatte, klappte sie ihr Buch zusammen, nahm ihr Handy und bestellte mehr Glitter.

Du solltest das als Business aufziehen, schrieb ihr Steffen. *Es muss nicht immer so individuell sein. Geh jetzt in die Massenproduktion!*

Und wie soll ich das machen?

Ich bau dir eine Website. Da können Leute bestellen, dass du an jemanden so eine Karte schickst. 20 Euro.

Ist das nicht illegal?

Es ist keine Körperverletzung und keine Sachbeschädigung. Das ist das Geniale, es ist genau richtig gemein!

Ich überleg's mir, ja? Vielleicht muss sich das vorher doch ein Anwalt anschauen.

***

In der Marsstraße wurde wieder Bier gebraut. Es roch, als würde sie mit dem Fahrrad in eine Brotsuppe fahren. Würzig und warm.

Für Leonie war das der typischste München-Geruch geworden, neben den Steckerlfischen im Biergarten und den gebrannten Mandeln, die es das ganze Jahr über am Marienplatz gab.

Die Stadt regte ihren Appetit an.

»Den Geruch magst du?«, sagte Lukas. »Das ist Maische. Gewöhn dich nicht zu sehr dran.«

Sie lagen in ihrem Bett und tranken das Weißbier danach. Lukas hatte sie davon überzeugt, dass das ein Ding sein sollte.

»Wieso?«, fragte sie.

»Die wollen die Produktion aus der Stadt verlagern. Einmal darfst du raten, was sie dann mit dem Areal machen würden?«

»Luxuswohnungen!«

»Sehr gut.«

Es war ihr drittes Date. Sie hatten sich im Cadu getroffen, was, wie Leonie erfuhr, für *Café an der Uni* stand und hauptsächlich von Student:innen bevölkert war. Sie saßen im überdachten Hof und aßen Pizza, während neben ihnen eine Lerngruppe über die Nikomachische Ethik diskutierte. Die Umgebung fühlte sich nicht nach einem sehr erwachsenen Date an. Eher wie eine Zeitreise in ihr viertes Semester, in dem sie in solchen Cafés grundsätzlich Ofenkartoffel mit Salat bestellt hatte, weil es das Billigste auf der Karte war.

Lukas war auch mit dem Fahrrad da. Es bot sich geradezu an, am Fahrradständer zu knutschen und dann bei ihr zu Hause weiterzumachen. Es war jedenfalls viel besser als die Alternative:

- Weiter keinen Sex haben
- Seine Mitbewohner kennenlernen

Er fühlte sich fast überall weich an. Er küsste gut. Und er konnte ein paar Tricks mit seinen Fingern. Leonie war zufrieden.

Nur ganz kurz dachte sie zwischendurch, dass jetzt hoffentlich keine Kakerlake über ihre Ikea-Bettwäsche krabbelte.

»Willst du eigentlich mal aus deiner WG ausziehen?«, fragte sie.

»Ich würde schon. Aber eigentlich mag ich die Wohnung.«

»Hast du gerne Mitbewohner?«

»Gott, nein. Das ist das einzige Problem dabei. Ich will lieber meine Ruhe, zwei Zimmer und offene Dachbalken. Aber das ist unrealistisch. Und mein Vertrag an der Uni geht noch anderthalb Jahre. Keine Ahnung, was ich dann mache.«

»Ärgert dich das nicht? Das ist doch ne Zumutung.«

»Nicht wirklich. Das ist eben das Wissenschaftszeitvertragsgesetz.«

»Und das ist in Stein gemeißelt?«

»Nein, vor einer Weile wurde es sogar reformiert. Seitdem ist es noch restriktiver! Das war wirklich ganze Arbeit.«

»Ist es denn so toll, an der Uni zu arbeiten?«

Sie musste ihm sein Bierglas aus der Hand nehmen, weil er anfing zu lachen.

»Wenn du gerne da arbeiten möchtest, wo die Chefs sich alles rausnehmen können, weil sie auf Lebenszeit bei grotesken Bezügen verbeamtet sind und es so was wie einen Betriebsrat natürlich nicht gibt, dann ist es das Paradies!«

»Soll ich jemanden für dich verprügeln?«, sagte Leonie.

»Nein. Aber danke, dass du fragst.«

Er küsste sie und nahm ihr sein Glas wieder ab.

Sie hatte es als Scherz gemeint. Aber als er ging, spürte Leonie: Sie hätte sofort einen alternden Germanistikprof, Forschungsschwerpunkt Lyrik des 18. Jahrhunderts, für ihn verprügelt.

Vielleicht war das schon Verliebtheit.

»Bist du bekloppt?«, fragte Kim. »Natürlich erzählst du ihm nichts.«

»Aber warum nicht? Ihr habt mir auch erzählt, was ihr macht.«

»Weil wir eine verwandte Seele in dir entdeckt haben«, sagte Yasmin. »Lukas klingt wie einer, der sich selbst bei der Polizei anzeigt, weil er dreißig Minuten im Parkverbot stand.«

»Ich glaube nicht, dass er mich verpfeifen würde.«

»Ah, noch einmal Dreißig sein und von Hormonen überschwemmt werden!«, sagte Geneviève und verdrehte die Augen. »Wir wissen Bescheid, dein bester Freund weiß Bescheid, das reicht. Mehr Gesprächspartner dazu brauchst du nicht.«

»Wissen eure Männer Bescheid?«

»Meiner ja«, sagte Yasmin.

»Meiner kennt … keine Details«, sagte Kim. »Ich muss jetzt leider heim. Die Kinder zum Sport fahren.«

Leonie wartete, bis sie weg war.

»Sagt ihr mir bitte endlich, was Kim macht?«, fragte sie. »Ich trau mich nicht mehr, sie selbst zu fragen, aber ich hab eine Theorie.«

Die beiden wechselten einen Blick.

»Das ist geheim«, sagte Geneviève.

»Jenny meint damit: Wir wissen es auch nicht. Sie geht immer gleich weg, wenn wir was in die Richtung fragen.«

»Sie verschwindet auch oft, wenn ein Anruf kommt.«

»Habt ihr denn eine Theorie?«

»Ich schon.«

Geneviève senkte die Stimme.

»Ich glaube, sie ist Profikillerin.«

»O mein Gott! Das glaube ich auch!«, rief Leonie.

»Ihr seid deppert!« Yasmin lachte. »Profikillerin? Die Kim, die ich kenne?«

»Sie war noch nie besonders feinfühlig. Come on. Und sie kann als OP-Schwester Blut sehen.«

»Ich kann auch Blut sehen. Das mach ich jeden Monat. Deshalb bin ich noch keine Profikillerin!«

»Sie führt auch immer so komische Telefonate«, sagte Leonie.

»Genau! Das hab ich neulich auch gedacht! Ich hab vergessen, was sie gesagt hat, aber es klang nicht nach einem normalen Job.«

»Mit normal meinst du …«

»Normal kriminell!«

»Das ist so ein Schmarrn. Sagt ihr bloß nix davon. Ich glaub, die wäre richtig sauer.«

»Ich hab doch keine Angst vor Kim«, sagte Geneviève.

»Wenn du echt glaubst, dass sie eine Killerin ist, hast du besser Angst. Wollt ihr weiter Schmarrn reden oder kann ich was anderes erzählen?«

»Leg los.«

»Ich hab mir eine Kameraausrüstung gekauft!«

»Oh«, sagte Leonie. »Ich wusste nicht, dass du fotografierst. Was für eine Kamera?«

»Eine Leica M11-P. Die werden aus einem soliden Block Messing gefräst, die gehen nie kaputt. Es gibt Ersatzteile für alle Modelle, auch für die ältesten. Sie hat kaum Elektronik, man muss alles mit der Hand einstellen. Die meisten Kameras verschönern selber das Bild. Mit der Leica muss man richtig was können, die beschönigt gar nix.«

»Das klingt anstrengend«, sagte Leonie. »Gibt es sie wenigstens in verschiedenen Farben?«

»Die Kamera nicht. Aber die Hüllen und die Gurte bestellt man beim Luigi in Rom, der hat die schlimmste Website der Welt, ich hab ewig gebraucht! Und man braucht den Daumenhalter für den optimalen Griff. Der ist auch aus Messing gefräst. Außerdem hab ich zwei Objektive gekauft. 35 Millimeter und das neue 50er Summilux mit 45 Zentimeter Nahfokusgrenze. Und eine Kameratasche. Billingham Hadley Pro. Die einzig akzeptable Kameratasche.«

»Und was fotografierst du damit?«, fragte Leonie.

»Na ja. Früher hab ich viel Straßenfotografie gemacht. Aber jetzt … Ehrlich gesagt: die Kinder.«

24

Zu Hause googelte Leonie Kameraausrüstungen und überschlug, was das alles gekostet haben musste. Bei 15.000 Euro hörte sie auf.

Sie loggte sich in ihr Online-Banking ein und betrachtete ihren Kontostand. Er sah gut aus. Um genau zu sein, hatte er noch nie so gut ausgesehen. So fünfstellig. In manchen Monaten verdiente sie mehr mit ihrem Nebenjob als im Institut.

Leonie lebte immer noch sparsam. Sie hatte eine klare Vorstellung davon, was Dinge kosten sollten, und 15.000 Euro für eine Kameraausrüstung überstieg diese Vorstellung etwa ums Zehnfache. Das Einzige, was Leonie wirklich wollte, war eine andere Wohnung. Sie hatte eine Suchanfrage bei Immoscout gespeichert und bekam alle paar Wochen eine Mail zu einer neu eingestellten Wohnung. Mehr Passendes gab es nicht. Die Mängel dieser Wohnungen fielen meist sofort ins Auge:

- Der Vormieter wollte sehr viel Ablöse für sehr hässliche Möbel
- Der Schimmel im Badezimmer war auf niedrig aufgelösten Fotos tadellos erkennbar
- Ein Fußboden müsste vom neuen Mieter selbst verlegt werden
- Alle Fenster gingen direkt auf eine Hauptverkehrsstraße

Leonie war entschlossen zu warten. Einstweilen überlegte sie, wofür sie eigentlich noch Geld ausgeben könnte. Sie verlangte inzwischen bis tausend Euro pro Auftrag, je nach Aufwand. Sie war noch lange nicht reich, aber sie hätte sich mehr gönnen können.

Allerdings hatte sie kaum mittelgroße Wünsche. Uhren oder Schmuck bedeuteten ihr nichts. Sie verstand auch nichts davon. Möbel kaufen und in die Mietwohnung stellen wollte sie nicht. Eigentlich träumte sie nur davon, einem Makler eine kleine Wohnung in Schwabing abzukaufen. In ihrer Vorstellung war sie dabei in eine Parfümwolke gehüllt und trug einen Kaschmirmantel in Rosé. Sie sah ein wenig älter aus als jetzt. Aber nicht so viel älter.

***

Die Glitterbombe hatte eine tiefgreifende Veränderung bei Rache Inc. bewirkt: Leonie war neuerdings darauf bedacht, Ideen zu entwickeln, die in die Massenproduktion gehen konnten. Sie schrieb sogar ein Konzeptpapier. *Zweite Phase* stand darüber.

Die individuellen Lösungen wollte sie für höheres Honorar weiter anbieten. Wer es günstiger haben wollte, sollte in Zukunft aus drei bis fünf Optionen wählen können. Die musste sie allerdings noch ausprobieren. Da kam ihr Bellinda aus dem Liebeskummerforum gerade recht.

Nach fünf Jahren Ehe hat mein Mann mir plötzlich ein Kind präsentiert. Das wäre sein Sohn. Er wäre halt mal fremdgegangen, als ich mit unserer Tochter schwanger war, aber danach hätte er sich nie gekümmert, und die Frau hätte ihn auch in Ruhe gelassen. Aber jetzt ist sie gestorben, das Kind muss irgendwo hin, und er findet, ich sollte es mit aufziehen.

Seid ihr jetzt noch zusammen?, schrieb Leonie ihr. *Und wo ist das Kind?*

Das Kind ist bei seinen Großeltern. Und mein Mann wohnt jetzt allein. Ich hab ihn rausgeschmissen.

Bellinda lieferte seitenweise Whatsapp-Nachrichten und juristische Dokumente zur Elternschaft. Leonie las alles fasziniert durch. Dieser Mann hatte wirklich Nerven. Ein Arsch, ja, schon. Aber einer, von dem man lernen konnte. Noch am Abend entwarf Leonie eine Annonce.

Zwei Tage später erschien sie. Sogar in der *Abendzeitung* hatte Leonie sie drucken lassen. Online sowieso.

Schon früh am Samstagmorgen bezog Leonie Stellung. Der Mann war in eine Erdgeschosswohnung in Trudering gezogen. Dort war üblicherweise nicht sehr viel los. Außer an diesem Tag. Eine ganze Schlange von Menschen stand vor seinem Haus. Die meisten hatten ihr Handy am Ohr und versuchten parallel anzurufen. Jemand klingelte Sturm. Offenbar nicht zum ersten Mal.

Sie stellte sich an und plauderte mit dem Paar vor ihr. Ja, sie seien auch wegen dem ausgebauten Campingbus da, der hier verschenkt werde. Der Mann habe wohl vorhin einmal geöffnet, erzählte man sich, sei dann aber wütend geworden und habe die Tür zugeschlagen. Seitdem habe man nichts mehr von ihm gesehen oder gehört. Sie überlegten zu gehen. Sicherheitshalber hatten sie ihm schon je zwanzig Mails an seine private und an seine dienstliche Adresse geschickt.

»Falls das am Ende wie eine Lotterie ist, weil da so viele Mails kommen, erhöht das ja dann unsere Chancen«, sagte die Frau.

***

Sie war mit Lukas im Univiertel verabredet. Das Univiertel zeichnete sich dadurch aus, dass dort das Hauptgebäude der Uni lag. Besonders studentisch war es nicht. Schon lange nicht mehr, wie Lukas sagte. Ein paar Kneipen von damals hatten überlebt. Daneben: eine schicke Osteria, eine Herrenboutique, eine Kunstgalerie.

»Findest du das nicht schade?«, fragte Leonie.

»Doch, klar. Aber so ist das eben.«

Allmählich gewann sie den Eindruck, das könnte sein Lieblingssatz sein.

»Was ist das denn?«

Leonie deutete auf ein Geschäft auf der anderen Straßenseite.

»Ein Feinkostladen, oder? Einer von Tausenden.«

»Dachte ich auch zuerst, aber warum heißt er dann Babyhund?«

»Weil ...«, Lukas kniff die wasserblauen Augen zusammen. »Oh. Weil es ein Hundefutterladen ist.«

»Du verarschst mich.«

Leonie ließ seine Hand los und marschierte über die Straße direkt auf den Eingang zu. Sie hatte den Laden gerade erst betreten, als Lukas schon wieder neben ihr stand und ihre Hand nahm. Gemeinsam betrachteten sie winzige Gläschen mit witzigen Namen. Es gab nicht mal Preisschilder. Wie in einer Nobelboutique.

»Du weißt schon«, sagte Lukas leise, »dass wir gar keinen Hund haben.« Freundlich lächelte er über Leonies Schulter hinweg der Verkäuferin zu.

»Vielleicht will ich ja einen Hund.«

»Ich dachte, du wärst eher der Katzentyp.«

»Ich bin eigentlich eher der Schleimpilztyp.«

»Was?«

»Ach, nichts.«

Leonie wandte sich an die Verkäuferin und erkundigte sich nach einem Flyer. Sie hatten keinen Flyer. Sie hatten eine dreifach gefaltete Informationsbroschüre mit sehr viel Text. Und ein paar stilisierten Abdrücken von Hundepfoten. Leonie bedankte sich herzlich.

»Es ist super, hör dir das an«, sagte sie, als sie beide große Tassen Kaffee vor sich stehen hatten. »*Wir sind die nahbare Hundefutter-Manufaktur.* Ich wusste nicht, dass die meisten Hundefutter-Manufakturen unnahbar sind.«

»Das ist linguistisch der einzig mögliche Schluss, so verstehe ich es auch.«

»So ein ordinärer Schäferhund bekommt da übrigens nichts. Hier steht, das Futter ist speziell für kleine Hunde gedacht. Denn es ist extra fein gewolft. Was für ein Bodyshaming. Unglaublich.«

»Was ist da drin? Nektar? Ambrosia?«

»Du stellst die Frage völlig zu Recht, denn wie wir aus diesem Flyer erfahren, trägt jedes Glas *ein kleines Highlight* in sich. Dafür kostet es auch drei Euro dreißig pro hundert Gramm. Alter, sind die irre? Drei Euro dreißig? Welches Stadium des Kapitalismus ist das denn?«

»Was fressen dann eigentlich die großen Hunde?«, fragte Lukas gedankenverloren.

»Im Kapitalismus? Kleine Hunde.«

Er lachte gutmütig.

»Du bist lustig.«

»Es ist nicht lustig. Stell dir mal vor, hier läuft garantiert jeden Tag ein Student vorbei, der den Bafög-Höchstsatz bekommt und das später alles wieder zurückzahlen muss. Davon kann er sich ein winziges WG-Zimmer irgendwo in Giesing leisten. Und hier kaufen Leute Hipp-Gläschen für Hunde, die mehr kosten als das Tagesgericht, das er mittags in der Mensa isst.«

»Ich weiß ja.« Jetzt versuchte er offenbar betrübt zu schauen. »Aber so …«

»… ist es nun mal. Ich weiß.«

Es breitete sich eine unbehagliche Minute Stille zwischen ihnen aus.

»Ich war als Student mal Containern«, sagte Lukas schließlich.

»Und, wie war's?«

»Wir haben ein paar geschlossene Packungen Brot gefunden. Aber dann ging in der Nähe eine Sirene los, und ich bin weggelaufen.«

Sie schaute ihn wortlos an.

»Ich bin Germanist«, sagte er, »kein Gangster.«

25

Nach den Libellen kamen die Heuschrecken. Leonie war enttäuscht. Sie hatte sich gerade erst richtig mit ihnen angefreundet, und schon verschwanden die schillernden Panzer und zarten Flügel aus ihrem Leben. Stattdessen bekam sie: plumpe Körper. Überlange Beine. Gierige kleine Augen statt großer Kuppeln, in denen die Welt sich spiegelte. Verfressene Schwärme statt eleganter Jägerinnen.

Es gab 28.000 Arten. Und eine gleichnamige Panzerhaubitze mit drehbarem Geschützturm.

»Lass mich bloß nicht mit denen allein«, sagte sie zu Nam, als er den ersten Kasten brachte, auf dessen Holzrahmen *Orthoptera* stand. Ganz oben in der Mitte war ein Tier aufgespießt, das eher aussah wie ein winziger Krebs. Oder eine sehr dicke Ameise.

»Willst du lieber Spinnen?«, fragte er.

»Ich liebe alle Tiere. Außer Kakerlaken und Krähen. Kakerlaken … na ja, aus offensichtlichen Gründen. Und Krähen, weil sie zu intelligent sind.«

»Kann man zu intelligent sein?«, fragte er.

»Krähen können schon fliegen, das reicht als Superkraft. Sie sollten dann wenigstens nicht so schlau sein.«

»Ich hoffe, *zu intelligent* ist kein Ausschlusskriterium bei deiner Partnerwahl. Aber ich schau mir das gerne selbst an. Du könntest mir Lukas mal vorstellen.«

»Ich überleg's mir.«

Tatsächlich war Nam wahrscheinlich ein ganz guter Anfang. Steffen war zu weit weg. Und ihre Münchner Freundinnen etwas zu lebhaft und schlagfertig für den Anfang.

Ihre Vermutung, dass Apps nicht 28.000 Arten von Heuschrecken in der Datenbank hatten, stellte sich als korrekt heraus. Auf der Leiter wankte sie unter der Last der Bestimmungsbücher.

Zwei Stunden später kannte sie immerhin die wichtigsten Unterordnungen und Überfamilien. Eine weitere Stunde später hatte sie die dicke Ameise bestimmt: ein Männchen der *Cooloola propator.* Bisher ausschließlich wohnhaft in einem bestimmten australischen Nationalpark, wo sie jede Menge feuchten, sandigen Boden vorfindet. Lebt räuberisch. Verbringt nahezu ihr ganzes Leben unter der Erde. Gibt keinen Laut von sich. Hört auch nichts. Leonie konnte sich genau vorstellen, wie ein bärtiger Insektenforscher sich im Nationalpark auf die Lauer legte, dieses Viech bei einem seiner seltenen Ausflüge an die Erdoberfläche einfing und begeistert auf ein Stück Holz spießte.

Nur ein merkwürdiger neuer Ehrgeiz hielt sie davon ab, die am schwierigsten zu bestimmenden Heuschrecken einfach in den Papiermüll zu werfen und dem Direktor als gestohlen zu melden.

***

München triefte vom endlosen Herbstregen. Es war zu nass für Softshell und zu warm für Regenjacken. Das schien weite Teile der Stadtbevölkerung aus dem Konzept zu bringen. Die älteren schützten sich mit Schirmen. Die jüngeren liefen mit

Flipflops durch die Pfützen. Die mittelalten kleideten ihre Kinder in Kaschmir und setzten ihnen große Regenhüte auf, um sie trocken zu halten. Wenn der Regen stark war, sahen die Kinder aus wie Wasserpilze im Spaßbad.

Leonie zog Gummistiefel an und öffnete den Schirm, den sie ein paar Tage zuvor in einer Bar im Lehel mitgenommen hatte. Er hatte ein weißblaues Rautenmuster, aber einen schönen Holzgriff. Im Nymphenburger Park sammelte sie Rindenstücke, auf denen sich Schleimpilze angesiedelt hatten. Zu Hause setzte sie sie in Tupperware und versuchte, ihre kulinarischen Vorlieben herauszufinden. Wenn Lukas abends am Telefon fragte, was sie so gemacht habe, sagte sie: Ich war spazieren. Die Luft riecht so gut nach Erde.

Sie kam sich ziemlich romantisch dabei vor.

Gummistiefel und Schirm hatten nichts genutzt: Sie erkältete sich. Grippaler Infekt. Vom Bett aus googelte sie Smoothie-Rezepte und bestellte einen Standmixer. Dann schickte sie Lukas eine Einkaufsliste voller Gemüse.

Bist du sicher, dass du das trinken willst, schrieb er zurück. *Ich kann dir einfach nen Döner und Ayran bringen.*

Sie erklärte ihm, Gemüse sei anerkanntermaßen ein Immunbooster. Lukas brachte ihr alles vorbei. Er umarmte sie mit angehaltenem Atem, küsste sie vorsichtig auf die Stirn und verschwand sofort wieder. Leonie war es recht. Sie war mit ihren Nebenhöhlen ausreichend beschäftigt.

Die ersten zwei Spinat-Smoothies mixte sie unfallfrei. Der dritte verteilte sich recht gleichmäßig über die Wand und das Fenster. Er klebte überraschend gut. Es sah aus, als wachse Moos aus der Wand.

Leonie betrachtete ihr Werk und ging wieder ins Bett. Den Rest der Woche trank sie Orangensaft. Direkt aus der Packung.

Der Smoothie hatte die Wand grün gefärbt. Sie entfernte die eingetrockneten Reste und fing an, die Wand um das Fenster zu überstreichen. Der Putz schien geradezu darauf gewartet zu haben. Er wellte sich unter der Feuchtigkeit und zerbrach wie eine dünne Schicht Eis. Zwischen den Pinselborsten blieben Krümel hängen. Leonie versuchte, die größeren Stücke mit der Wandfarbe wieder anzukleben. Es haftete nicht halb so gut wie der Smoothie. Leonie bekam weiße Finger, weiße Haare, weiße Wangen.

Sie nahm alles von der Wand, was unbedingt abfallen wollte, und warf es in den Mülleimer. Zurück blieb eine Mondlandschaft. Sie überstrich sie mit extra viel Farbe und probte dabei im Kopf schon, was sie bei der Wohnungsübergabe sagen würde, wenn sie endlich, irgendwann, ausziehen könnte:

- »Ach so, nein, das war schon so.«
- »Was meinen Sie? Ich sehe nichts.«
- »Ist ja nicht meine Schuld, dass hier der Putz von der Wand fällt.«
- »Das ist nicht kaputt, das ist Rauputz.«
- »Dann behalten Sie die Scheißkaution eben.«

Danach betrachtete sie das Ergebnis kritisch und war zum ersten Mal froh, dass die Küche ohnehin dunkel war. Wenn der Deckenstrahler nicht draufleuchtete, konnte man es kaum sehen. Aber sie musste wirklich was Neues finden, ehe diese Wohnung um sie herum auseinanderfiel.

***

Die Zeit der Biergärten und Dachterrassen war vorbei. Nun traf man sich im Wirtshaus und saß zwischen Vertäfelung und Kachelofen. Sogar Kim, die immer draußen sitzen wollte, musste es einsehen. Wenn sie einen Anruf bekam, ging sie nun meist zur Toilette.

Leonie hatte nicht vor, sie zu belauschen. Sie musste. Es gab nur zwei Kabinen. Aus der rechten hörte sie Kims Stimme. Sie machte nur Mhms und Ahas. Erst als Leonie den Wasserhahn aufdrehte, sprach Kim.

»Ich mag es nicht, wenn Kinder in der Nähe sind«, sagte sie und lachte. »Das ist das letzte bisschen Skrupel, das ich habe.«

26

Bellinda hatte gezahlt. Zwei Wochen später kam eine Nachricht von ihr, in der sie sich ausführlich bedankte. Ihr Ex habe seine Telefonnummer und seine Mailadresse wechseln müssen. Allen anderen gehe es gut. Auch dem unehelichen Kind.

Meine Tochter hat nun doch alles mitbekommen und gefragt, ob sie ihre Schwester mal kennenlernen darf. Das werden wir bald mal angehen. Vielleicht ist das ja gut für beide.

Leonie antwortete höflich, dass sie das freue. Alles Gute.

Erst eine Stunde später durchfuhr es sie wie ein Schlag. Sie las die früheren Nachrichten noch mal. Aber sie irrte sich nicht. Bellinda hatte von einem Sohn geschrieben.

Eine Weile konnte sie nur atmen. Gab es eine logische Erklärung dafür? Sie verwarf alle Optionen als unwahrscheinlich, denn sie hatten eins gemeinsam: Bellinda hätte sie erwähnt.

Sie öffnete den Ordner mit den Nachweisen, die Bellinda ihr geschickt hatte. Die Briefe der Behörden sagten ihr nach wie vor nichts. Sahen die üblicherweise so aus? Waren sie korrekt formuliert? Leonie hatte noch nie mit dem Jugendamt zu tun gehabt. Auch die Chatprotokolle sahen für sie aus wie echte Chatprotokolle.

Steffen, ich brauch dringend deine Hilfe. Kannst du eine digitale Fälschung erkennen?

Wenn sie sehr offensichtlich ist ... Was ist es denn?

Whatsapp-Protokolle und Behördenbriefe.

Schick mal.

Steffen brauchte nur fünf Minuten. Dann rief er sie an.

»Die Chats hab ich ignoriert«, sagte er, »die kann jedes Kind mit zwei Handys fälschen. Aber zu den Briefen: Die Schriftarten passen nicht zusammen.«

»Und was heißt das?«

»Es sieht aus, als hätte jemand den Briefkopf vom Jugendamt übernommen und für das Anschreiben eine ähnliche Schrift gesucht, die aber nicht ganz passt.«

»Woran sieht man das?«

»Schau dir mal die Ms und die Hs an. Wenn man darauf achtet, ist es nicht zu übersehen.«

»Du hast recht. Scheiße. Das ist eine Katastrophe.«

»Was ist passiert?«

»Eine Auftraggeberin hat mich angelogen. Ich hab wahrscheinlich jemanden bestraft, der gar nichts falsch gemacht hat.«

»Scheiße. Was hast du gemacht, war es schlimm?«

»Er hatte ein paar sehr stressige Tage, würde ich sagen. Und hat sich wahrscheinlich total aufgeregt. Mann, stell dir mal vor, vielleicht hat der hohen Blutdruck, der hätte einen Herzinfarkt kriegen können! Und ich wäre schuld!«

»Jetzt mach mal halblang. Man kriegt mit hohem Blutdruck nicht gleich nen Herzinfarkt, wenn man sich ärgert. Und du weißt gar nichts über seinen Blutdruck.«

»Es ist trotzdem meine Schuld. Ich hätte das alles besser überprüfen müssen. Ich bin drauf reingefallen wie ne blutige Anfängerin!«

»Du *bist* ne Anfängerin.«

»Ja, danke.«

»Es ist doch so. Du hast nen Fehler gemacht, na und? Niemandem ist was Schlimmes passiert. Weißt du noch, in meiner ersten Woche im Job hab ich ein Plakat mit einem Rechtschreibfehler drauf freigegeben.«

»Ich weiß. Aber das hat nur dir geschadet.«

»Und meiner Chefin.«

»Hmmm.«

»Stress dich nicht so. Es ist passiert, nächstes Mal passt du besser auf.«

»Hat das deine Chefin damals auch zu dir gesagt?«

»Nee. Die hätte mich fast rausgeschmissen. Aber du bist deine eigene Chefin. Du kannst dich ja nicht selbst rausschmeißen.«

***

Sie saß allein in der Kantine. Am Nebentisch war eine erregte Debatte um das Mondnagelkänguru entbrannt. Ausgestorben Mitte des zwanzigsten Jahrhunderts. Leonie hörte zu, obwohl sie nur die Hälfte verstand. Wenn man allein aß, war die Mittagspause sehr kurz. Normalerweise musste sie nur fünf Minuten anstehen, weitere zehn Minuten später hatte sie meist aufgegessen. Sie wollte nicht sofort wieder an den Schreibtisch. Also schob sie die sechs Erbsen, die sie liegengelassen hatte, auf ihrem Teller von links nach rechts. Dann von rechts nach links. Darüber vergingen immerhin ein paar weitere Minuten.

Sie schlurfte durch die Gänge. Zurück in die Bibliothek. Als sie nach der Türklinke griff, hörte sie durch das dicke alte Holz Geschrei.

Sie zögerte. Dann drückte sie die Klinke herunter.

Eine Frauenstimme gellte durch den Raum. Nicht mal die

Regale voller Bücher konnten sie dämpfen. Sie schlingerte in Spiralen nach oben und brach an der Spitze. Die Worte verstand Leonie kaum.

Schnell näherte sie sich dem Epizentrum. Sie sah den zitternden Rücken von Frau Vogt vor sich, der von ihren Schreien zu vibrieren schien. Ihr gegenüber stand Alfred Mayer in einem seiner gemusterten Wollpullover, mit wutverzerrtem Gesicht und geballten Fäusten.

»Dass du dich überhaupt noch hierher traust«, brüllte Frau Vogt, »ist das Allerletzte!«

»Ich *arbeite* hier!«, brüllte er zurück.

»Nicht mehr! Wer hat dich hier reingelassen? Der wird sofort entlassen!«

»Du bist eine rachsüchtige Kuh!«

»Und du bist ein Dieb!«

Mayer bückte sich nach seiner Tasche. Langsam richtete er sich wieder auf. Leonie konnte fast das Knacken in seiner Wirbelsäule hören. Dann streifte er Leonie mit einem kalten Blick, drehte sich um und ging.

Der zarte Rücken zitterte immer noch. Leonie räusperte sich. Aber Frau Vogt drehte sich nicht mal zu ihr um.

»Aalfred sollte der heißen«, zischte sie. »Flutscht einem immer durch die Finger.«

»Möchten Sie ein Glas Wasser?«

»Nein.«

Aber reden wollte sie. Ausführlich. Als hätte ihre geballte Wut sich in die Länge gezogen und bräuchte nun mehr Zeit, ihren Körper zu verlassen. Sie schrie nicht mehr. Dafür schienen die Wörter alle am Stück aus ihr herauszukommen, wie ein Podcast auf doppelter Geschwindigkeit.

»DiesemKerlkannmannichttrauen«, sagte sie. Sie kenne Alfred Mayer schon lange. Er sei immer ein Tunichtgut gewesen. Sie würde ihre Rente darauf verwetten, dass er die Exponate gestohlen hat. Ob der etwa häufiger hier sei. Wie oft Leonie ihn schon gesehen hätte.

Sie wartete nicht auf eine Antwort. Leonie hätte auch nur äußerst ungern berichtet, dass Alfred Mayer ihr manchmal Quarkbällchen mitbrachte.

Bestimmt habe der seine Einlasskarte einfach nicht abgegeben damals. Dabei sei der doch jetzt schon seit drei Jahren in Rente. Wie so etwas überhaupt sein könne. Wer da geschlafen habe in der Verwaltung. Sie werde sich um all das kümmern. *Dieser Aalfred* sei heute zum letzten Mal im Gebäude gewesen. Und wenn der Klaus an der Pforte ihn immer reingelassen hatte, werde sie dem was erzählen. Vielleicht sollte sie auch direkt die Polizei informieren. Für eine Hausdurchsuchung. Falls das Diebesgut nicht schon verkauft sei. Irgendwas würden die ja bestimmt finden. Wenn die ihr nur glauben würden.

Allmählich ebbte der Redefluss ab. Leonie nickte noch ein paar Mal verständnisvoll und versuchte zum Ende hin ein aufmunterndes Lächeln.

Dann kehrte sie zurück an ihren Schreibtisch voller Kurzfühlerschrecken. Sie schob den Kasten beiseite und schrieb Nam eine einzeilige Mail:

Wenn du Gossip willst, komm vorbei.

27

Bellinda hatte ihren echten Namen und ihre echte Adresse im Briefkopf gelassen. Leonie brauchte trotzdem zwei Wochen, um ihre Identität zu verifizieren. Sie wollte keine Fehler mehr machen. Am Ende hatte sie Gewissheit. Sie ließ ihren Mantel, ihre Tasche und ihre Turnschuhe im Mietauto liegen. Mit Hausschuhen an den Füßen und Stift und Zettel in der Hand klingelte sie bei Bellinda.

Die dunkelhaarige Frau im Sweatshirt, die ihr öffnete, wirkte ein bisschen angespannt. Ihre Mundwinkel zeigten zum Boden. Aber sie war nett. Sie gab der neuen Nachbarin, die gerade eingezogen und von der Telekom im Stich gelassen worden war, sofort bereitwillig das Passwort zu ihrem WLAN.

Nur ein paar Stunden musste Leonie auf der Straße im Auto verbringen. Dann hatte sie alles, was sie brauchte.

Am Sonntag fand Bellinda beim Aufwachen Mails vor, dass ein unbekanntes Gerät sich mit ihrem Account bei Insta und Facebook angemeldet hatte. Gleichzeitig erhielt sie aufgeregte Nachrichten ihrer besten Freundin. Sie hatte auch Screenshots mitgeschickt.

Acht Stunden zuvor, als sie gerade die Nachttischlampe ausgeknipst hatte, waren auf beiden Plattformen öffentliche

Beichten erschienen, in denen sie sich ausdrücklich bei ihrem Ex entschuldigte. Sie löschte die Posts sofort, aber es war zu spät. Viele ihrer Bekannten hatten schon reagiert. Den Kommentaren nach zu urteilen, kam die Sache nicht besonders gut an.

***

Die Frauen hatten beschlossen, *eine richtige Münchnerin* aus Leonie zu machen. Ihre Frage, was das alles umfasse, wurde nicht abschließend beantwortet. Die Leute wären viel netter zu ihr, wenn sie nicht wie eine Zugereiste wirke, sagte Geneviève. Verkäufer:innen. Kellner:innen. Handwerker:innen. Behördenmitarbeiter:innen. Also alle, auf die es im Alltag wirklich ankomme. Das Oktoberfest war offenbar nur der Anfang gewesen. Bald müsse sie mitkommen zum Wandern, verkündete Yasmin. Aber vorher trat Geneviève in Aktion.

Noch nie hatte Leonie jemanden gesehen, der so schick Lebensmittel einkaufen ging: braune Stiefel, messingfarbenes Kaschmirkleid, passender Mantel. Sie selbst trug immerhin ihre neuen Stoffhosen und ebenfalls neue Chelsea Boots. Sie kannte Dallmayr natürlich. Aus der Fernsehwerbung. Sie erwartete eine Art Edel-Eduscho.

Was sie nicht erwartet hatte: eine Markthalle, die ausschließlich aus Feinkost zu bestehen schien. Verkäufer:innen in blauen Kleidern und gestärkten weißen Schürzen, die Bänder über dem Rücken gekreuzt. Die wahrscheinlich teuersten Pfirsiche der Bundesrepublik. Den Trüffelduft. Den Brunnen, in den zwei steinerne Putten aus einem Meter Höhe Wasser gossen. Die Flusskrebse, die durch das Becken krabbelten.

Das Café im ersten Stock war überraschend leer. Großtantencharme. Sehr schokoladige Törtchen. Durch das Fenster sah Leonie die Türme der Frauenkirche. Die ältere Dame am Nebentisch rührte Kondensmilch in ihren Kaffee.

Sie bestellten Aperol Spritz, denn es war schon Nachmittag, und sie hatten beide frei. Leonie baute Überstunden ab, die sie auf Heuschrecken starrend aufgebaut hatte. Geneviève hatte sich selbst freigegeben. Manchmal fragte Leonie sich, ob sie irgendwann auch ihren Job im Institut kündigen könnte, um in Vollzeit kriminell zu sein. Geneviève ließ es so einfach wirken. Geradezu selbstverständlich.

»So«, sagte sie. »Und jetzt erkläre ich dir das mit der Zeit, damit du bald als Münchnerin durchgehst.«

»Das hab ich aber beim letzten Mal schon nicht verstanden.«

»Da waren wir alle betrunken. Also!«

Sie platzierte einen Löffel und ein Zuckertütchen auf ihrer Untertasse und drehte sie zu Leonie.

»Wie spät ist es?«

»Viertel nach elf.«

»In Bochum vielleicht. Wie spät ist es in München?«

»Viertel elf?«

»Nein! Viertel zwölf. Und jetzt?«

»Viertel vor zwölf.«

»In München!«

»Dreiviertel elf?«

»Wie kann man das nicht kapieren?«

»Es ist das dritte Viertel der zwölften Stunde!«, sagte die Dame am Nebentisch mit einer gewissen Vehemenz.

»Richtig. Vielen Dank.«

Geneviève nickte zu ihr hinüber.

»Also ist es wie spät?«

»Dreiviertel zwölf?«

»Sehr gut. Und jetzt?«

»Viertel vor zwei.«

»Leonie.«

»Dreiviertel eins?«, fragte Leonie. Sie hatte sich das Mentoring anders vorgestellt. Mehr Krimi, weniger Kita. Aber sie wollte sich dem Proseminar in bayerischer Zeitrechnung nicht verschließen.

»Okay, pass auf.« Mit spitzen Fingern nahm Geneviève die Orangenscheibe von ihrem Glasrand und hielt sie in die Luft.

»Jetzt stell dir das mal als vier Viertel vor. Und diese vier Viertel sind ein Uhr.«

»Das ist doch viel zu kompliziert«, sagte die ältere Dame. »Das versteht sie nie.«

»Ich glaube an meine Lehrmethoden. Also?«

»Es sind alle vier Viertel da, dann ist es ein Uhr. Und wie viel Uhr ist meine Orangenscheibe?«

»Bitte zwing mich jetzt nicht, ein Viertel hiervon abzubeißen.«

»Ich zwing dich zu gar nichts, Jenny, *du* bist der Meinung, ich kann die Uhr nicht richtig lesen!«

»Da hat sie recht«, sagte die Dame. »Wo kommen Sie denn her?«

»Aus dem Ruhrgebiet.«

»Ach Gott.«

Die Dame winkte nach der Rechnung. Als sei Leonies Nähe unbedingt zu meiden, falls man keinen Kohlestaub einatmen wollte.

»Da hinten sitzt jemand, den ich kenne«, sagte Geneviève. »Dreh dich nicht um!«

Leonie hatte bereits den Kopf gedreht und einen Mann mittleren Alters gesehen. Er sah aus, als würde er die Lodenjacke nicht mal beim Sex ablegen.

»Wer ist das?«

»Stellvertretender Vorsitzender im Rotary-Club. Hält sich

für Münchner Adel, weil sein Vater einen eigenen Bierkrug im Hofbräuhaus hat.«

»Das gibt es?«

»Du musst noch viel lernen.«

»Eigentlich bräuchte ich mal Urlaub.«

»Aber dann mach doch Urlaub. Du kannst dir ja jetzt ein schönes Hotel leisten. Willst du den langweiligen Germanisten mitnehmen?«

»Nee, eher nicht.«

»Passt nicht so richtig, oder?«

»Wir sind erst seit ein paar Wochen zusammen. Da muss man ja nicht gleich zusammen in den Urlaub fahren.«

»Nein. Aber man würde eigentlich widersprechen, wenn ihn jemand als langweilig bezeichnet.«

Leonie schwieg betreten. Auf dem Weg zum Ausgang kaufte sie eine Ananas. Für zehn Euro.

***

Leonie googelte Artikel zu Schwarmplagen. Diese vertrockneten Viecher vor ihr hatten vielleicht mal mit einer Milliarde Artgenossen ein Feld kahlgefressen. In einem Artikel im *National Geographic* wurde die Wüstenheuschrecke als mysteriöses Tier mit Doppelleben bezeichnet. Einerseits: ein Einzelgänger, der unter schwierigen Bedingungen ums Überleben kämpft. Andererseits: Unter bestimmten Bedingungen ändern Wüstenheuschrecken ihre Lebensweise. Sie schließen sich zusammen und fliegen. Bis zu 130 Kilometer am Tag. Sie verändern sogar ihr Aussehen dabei. Und sie fressen alles kahl.

Manchmal sind Heuschrecken sogar eine doppelte Plage. 1784 schwärmten mehr als 300 Milliarden in Südafrika und fraßen jeden Tag 600.000 Tonnen Pflanzen. Irgendwann wehte der Wind den ganzen Schwarm aufs Meer hinaus. Aber sie kamen zurück: Das Meer schwemmte ihre Leichen an. 300 Milliarden tote Heuschrecken, in hüfthohen Bergen am Strand aufgetürmt. Über eine Länge von achtzig Kilometern. Leonie war fasziniert.

Als sie es Lukas berichtete, wirkte er nicht sonderlich beeindruckt. Aber er hörte zu. Höflich. Sie musste daran denken, dass er kürzlich gesagt hatte, er sei ein Höflichkeitsknutscher. Wenn er einer Frau anmerke, dass sie knutschen wolle, lehne er nicht ab. Deswegen habe er schon sehr viele Frauen geküsst.

Damals hatte ihr das nicht gefallen. Sie wollte sich nicht beim Knutschen fragen müssen, ob er das nun wirklich wollte oder geduldig wartete, bis es vorbei war. Aber er war in der Tat ein herausragender Knutscher, das musste Leonie zugeben. Und ein guter Zuhörer. Wenn auch nur aus Höflichkeit.

Sie hatte Lukas eingeladen, um feierlich die Zehn-Euro-Ananas zu essen. Er griff nach dem großen Messer und säbelte damit an der Frucht herum. Sie nahm es ihm aus der Hand, als es so aussah, als gewänne die Ananas. Ein blutender Germanist war das Letzte, was sie brauchte. Die Ananas schmeckte gut. Wie eine reife Ananas eben.

Sie schauten einen Schwarz-Weiß-Film mit Katharine Hepburn, der zufällig gerade auf Arte kam. Offenbar einer von Lukas Lieblingsfilmen. Parallel lief *The Masked Singer*. Das wäre Leonies Wahl gewesen. Aber sie wollte vor Lukas nicht wirken, als würde sie nur lustige Shows gucken und Fix&Foxi lesen. Er hatte auch gar nicht gefragt, ob sie lieber etwas anderes schauen wollte. Als sie merkte, dass es auf Arte nicht mal Werbepausen gab, in denen sie hätte umschalten können, öffnete sie eine Tüte Chips und aß sie besonders geräuschvoll.

28

Leonie, bist du das?«

»Natürlich bin ich das. Du hast bei mir angerufen.«

»Jetzt sei doch nicht so schnippisch. Das hast du auch von deinem Vater.«

»Auch? Was denn noch?«

»Die Verschlossenheit.«

»Ich finde ihn eigentlich ziemlich gesprächig.«

»Ja, mit dir redet er! Manchmal denke ich, er redet mit allen lieber als mit mir.«

Leonie hasste es, wenn ihre Mutter in dieser Verfassung bei ihr anrief. Es fühlte sich an, wie auf offener Straße in eine Schlägerei zu geraten. Leonie wusste nicht mal, warum oder auf wen genau Marianne wütend war. Einen großen Unterschied hätte dieses Wissen allerdings nicht gemacht. Wenn sie in der Schusslinie stand, bekam auch sie Kugeln ab.

»Und warum rufst du an?«, fragte sie vorsichtig.

»Darf ich nicht mal meine Tochter anrufen und fragen, wie es ihr geht?«

»Klar. Aber du hast noch gar nicht gefragt.«

»Wie geht es dir? Du wirkst ein bisschen angespannt.«

»Es ist ziemlich viel los in der Arbeit«, sagte Leonie gedehnt. Bis zu diesem Telefonat war sie eigentlich gar nicht angespannt gewesen. »Und wie geht's euch?«, fragte sie.

»Wir hatten einen Wasserschaden im Keller.«

»Oh. Ist es schlimm?«

»Es geht, wir haben jetzt Lufttrockner, und dein Vater musste endlich das ganze Zeug aussortieren, worum ich ihn seit Jahren bitte ... Das meiste hat er eh weggeschmissen.«

»Was hatte er denn im Keller?«

»Kabel. Vor allem Kabel. Und noch alles Mögliche aus seinem Elternhaus.«

»Oma und Opa sind seit acht Jahren tot.«

»Ich weiß das.«

»Sind da auch noch Sachen von mir?«

»Das wollte ich gerade sagen. Da stehen drei Kartons von dir.«

»Drei? Was ist denn da alles drin?«

»Das meiste sind Unterlagen aus der Schule und dem Studium. Ein paar Bücher. Spielzeug.«

»Wir haben noch mein uraltes Spielzeug?«

»Könntest du mal zu Besuch kommen und das aussortieren? Da könnten wichtige Unterlagen dabei sein. Hast du eigentlich dein Abizeugnis?«

»Bestimmt. Irgendwo.«

»Also wirklich. Du brauchst doch dein Abizeugnis.«

»Ich hab das eingescannt.«

»Das ist nicht beglaubigt.«

»Ich hab einen Hochschulabschluss. Da fragt doch niemand mehr nach dem Abizeugnis.«

»Und wo ist das Zeugnis vom Hochschulabschluss?«

»Eingescannt.«

»Komm vorbei, sortier deine Sachen aus. Ich überlege, eine Sauna in den Keller zu bauen. Dafür muss alles raus.«

»Mach doch einen Pool draus. Da stört die Feuchtigkeit nicht so.«

»Das hat dein Vater auch gesagt.«

Sie kaufte Wanderstiefel und ging eine ganze Woche lang in ihnen zur Arbeit. Das mache man so, hatten die Frauen ihr versichert. Zum Einlaufen. Sie glaubte es erst nach drei Tagen, in denen niemand auch nur eine Bemerkung zu ihren Schuhen gemacht hatte. Es kamen zwar nicht sehr viele infrage, eigentlich nur Nam und Alfred Mayer, der sich irgendwie wieder ins Haus geschlichen hatte, während Frau Vogt im Urlaub war. Aber die beiden hatten getan, als wäre es vollkommen normal, dass Leonie in Wanderstiefeln arbeitete. Ihre Füße kochten. Die Bibliothek war gut geheizt.

Es freute sie immer, wenn die Namen der Heuschrecken zu ihrem Aussehen passten. Wie bei *phyllium elegans*: ein Wandelndes Blatt mit roten Akzenten. Das Weibchen auf ihrem Schreibtisch sah aus, als trüge es in beiden Händen rote Fächer. Wie eine Flamencotänzerin. Und bei *phyllium giganteum*: fast so groß wie Leonies Hand. Die Weibchen in Gefangenschaft pflanzen sich mangels männlicher Gesellschaft meist durch Parthenogenese fort. Sie legen bis zu zehn Eier am Tag. So viele alleinerziehende Mütter. Leonie war schon bei der Vorstellung gestresst.

***

Das Auto war voll. Leonie quetschte sich in der Mitte der Rückbank zwischen die Kindersitze. Yasmin fuhr, Torsten saß daneben. In regelmäßigen Abständen reichte er Haferkekse nach hinten. Auch für Leonie. Sie waren extra früh losgefahren. Genau wie alle anderen Münchner, mit denen sie nun im Stau standen, auf dem Weg in die Berge.

Ester wollte diskutieren, ob sie mit sieben Jahren nicht zu alt war für einen Kindersitz, und bezeichnete ihren zwei Jahre jüngeren Bruder als Baby. Max quittierte das mit einem gar nicht babyhaften Versuch, sie an Leonie vorbei zu schlagen. Nach einem kurzen Anschiss von Yasmin, die eher keine Vertreterin antiautoritärer Erziehung war, spielten sie *Ich sehe was, was du nicht siehst.* Max hatte zumeist Laster gesehen, die sie Minuten zuvor überholt hatten. Ester hielt das für Mogelei. Es gab viel Streit. Leonie hielt sich raus. Sie hatte ihre Lektion bei Kims Kindern gelernt: Sie war Dreißig, das war alt, und was alte Leute zu sagen hatten, interessierte auf der Rückbank eines Autos niemanden.

Nach einer Stunde löste sich der Stau auf. Sie fanden einen kleinen Parkplatz am Waldrand bei Benediktbeuern und marschierten eine ganze Weile am Fluss entlang. Es ging nur sacht bergauf. Leonie war erleichtert. Dann bogen sie nach rechts ab. Der Weg wurde steinig und steil. Wie eine langgezogene Badewanne lag er zwischen halbhohen Böschungen. Über ihm schlossen sich dunkle Baumkronen. Vom letzten Regen am Vortag lief ihnen konstant Wasser entgegen, das seinen Weg ins Tal suchte.

Die Steine kamen ihr scharfkantig und glitschig vor. Sie setzte ihre Füße wie ein Rehkitz. Die Kinder rasten an ihr vorbei. Von unten nach oben. Von oben nach unten. Dann wieder zurück. Wie kleine Hütehunde. Torsten hatte lange Beine und ging schnell voraus. Hin und wieder blieb er stehen, um einen Farn zu betrachten. Leonie hätte auch gern Farne betrachtet. Aber sobald Yasmin und sie zu ihm aufgeschlossen hatten, ging er weiter. Er wirkte ausgesprochen gut gelaunt dabei.

»Ich bin so froh, dass du dabei bist«, sagte Yasmin. »Der Torsten rennt gern schweigend durch den Wald. Wie so ein Feldwebel. Meine Eltern lachen immer, wenn ich mich darüber beschwere. Sie sagen, wenn ich einen netten türkischen Burschen geheiratet hätte, wär das nicht passiert.«

»Hatten sie schon jemanden im Auge für dich?«

»Nee. Die haben sich das nur so ausgemalt, glaub ich. Und

dann bin ich mit dem blonden Musikstudenten heimgekommen.«

»Mochten sie ihn trotzdem?«

»Zwei Monate hat er gebraucht, bis er Guten Tag, Bitte und Danke auf Türkisch sagen konnte. Dann war's gut.«

»Ich hab seit Ewigkeiten niemanden mehr mit nach Hause gebracht.«

»Hast du dich für die Männer geschämt oder für deine Eltern?«

»Gute Frage. Irgendwie ... beides?«

»Was ist mit dem Lukas, würdest du den deinen Eltern vorstellen?«

»Sie fänden ihn bestimmt ganz toll.«

»Du sagst das, als wär's was Schlechtes.«

»Er ist eben so ein richtiger Schwiegersohn. Gesprächig, freundlich, trinkt auch mal einen mit deinem Vater und sagt ihm nach vier Bier, dass er wirklich ehrenwerte Absichten hat.«

»Und du willst lieber einen *Bad Boy*.«

»Urgs, sagt man das überhaupt noch? Das ist so Neunziger.«

»Wie ich!«, sagte Yasmin. »Wie würdest du es denn nennen?«

»Ich will keinen *Bad Boy*. Aber er könnte ... ein bisschen verwegener sein.«

»Verwegen!« Yasmin lachte. »Das klingt, als wolltest du einen Raubritter daten.«

»Lukas ist kein Raubritter. Weder ein Räuber noch ein Ritter.«

»Du findest ihn also ein bisserl fad.«

»Wir haben wirklich gute Gespräche!«

»Und schlechten Sex?«

»Der Sex ist nicht schlecht!«

»Also auch nicht gut.«

»Er ist okay.«

»Du musst das fei überhaupt nicht verteidigen. Du datest, wen du willst. Und wenn du ihn fad findest, was soll's? Vielleicht kannst du ein bisserl Langeweile ja grad gut brauchen.«

»Du meinst, weil mein Leben so aufregend ist?«

»Klar. Dein Nebenjob ist doch aufregend.«

Leonie hatte sich nie als jemand mit einem aufregenden Leben gesehen. Aber sie musste zugeben, dass es jetzt stimmte.

Yasmin grüßte alle, die ihnen begegneten. Leonie fand das sehr höflich, aber auch etwas provinziell. Nicht mal in Wattenscheid grüßte man auf der Straße. Yasmin erklärte ihr, erstens machte man das so am Berg, und zweitens wären da nun schon ihr Friseur, ihr Nachbar und eine Ex-Kollegin dabei gewesen.

»Es ist Sonntag«, sagte sie. »Halb München ist am Berg.«

Als sie die Hütte erreichten, hatte Torsten schon einen Platz auf der Terrasse erobert und Käsespätzle für alle bestellt. Leonie stürzte sich genauso darauf wie die Kinder. Sie spürte ihren ganzen Körper, aber es war angenehm. Ihre Beine hatten sie den ganzen Berg hochgetragen. Sie fühlten sich warm und stark an. Von ihrem Platz auf der Bierbank blickte Leonie direkt auf die riesige graue Steilwand des benachbarten Berges. Sie konnte kaum die Augen abwenden.

»Ich glaube, Wandern ist mein Ding«, verkündete sie, als ihr Teller leer war. »Ich will das öfter machen.«

»Sehr gut«, sagte Yasmin. »Jetzt haben wir dich erfolgreich assimiliert.«

29

Frau Vogt war aus dem Urlaub zurück. Leonie verabredete sich mit ihr zum Mittagessen. Sie wollte herausfinden, woher dieser Wutanfall gegenüber Alfred Mayer gekommen war. Fast gegen ihren Willen mochte sie den Mann inzwischen, mitsamt seinen komischen Pullovern. Wie konnte jemand Alfred Mayer hassen? Er musste etwas Schreckliches getan haben. Und dieser Gedanke machte ihn ihr eigentlich noch sympathischer.

Mehrmals versuchte sie das Thema anzuschneiden. Frau Vogt ließ sie routiniert abblitzen. Sie wollte lieber über aktuelle bayerische Politik sprechen. Vor allem über Wissenschaftsförderung. Sie wirkte alles andere als dement.

Nam gelobte, er werde herausfinden, woher die Feindseligkeit gegenüber Mayer kam. Er kannte ein paar ältere Kollegen, die er ausquetschen wollte. Dann brachte er ihr noch mehr Heuschrecken.

»Wie viele sind das denn noch?«, fragte Leonie lustlos.

»Viele. Aber die schönsten Tiere kommen noch. Wusstest du, dass wir mehr als zehn Millionen Schmetterlinge haben?«

»Wusste ich nicht.«

»Du wirkst nicht so begeistert.«

»Schmetterlinge sind toll. Der Gedanke an zehn Millionen erschlägt mich.«

»Du musst das als Prozess betrachten, nicht als Projekt.«

»Wo ist der Unterschied?«

»Ein Projekt schließt man ab. Ein Prozess kann ewig weitergehen.«

»Hast du auch einen Abschluss in Business-Philosophie?«

»Nein, aber beim Crossfit sind viele Unternehmensberater.«

»Hot.«

»Ich würde dich ja mal mitnehmen, aber ich weiß, wie ungern du dich körperlich anstrengst.«

»Ich gehe immerhin manchmal joggen. Und ich war Wandern! Ich fand es cool!«

»Fandest du das Wandern cool oder die Käsespätzle auf der Hütte? Beim Crossfit gibt es nichts zu essen.«

»Ach so. Ja, dann vergessen wir das lieber.«

»Wir könnten zum Bouldern gehen, da gibt es Pizza. Und wolltest du mir nicht mal Lukas vorstellen?«

Wollte sie? Sie hatte noch nicht mit Lukas darüber gesprochen, wie fest das zwischen ihnen war. Sie ging davon aus, dass sie exklusiv waren. Vor allem, weil sie ihn für zu träge hielt, sich noch jemanden für Sex zu suchen. Sie selbst steckte diese Energie lieber in ihren Nebenjob. Das war auch befriedigend.

Sie fragte Steffen, wie man mit jemandem Schluss machte, mit dem man eigentlich nicht richtig zusammen war. Hypothetisch. Sie versuchte, es wie eine grundsätzliche Frage klingen zu lassen, mit der sie sich gerade beschäftigte. Ohne Anlass.

Echt jetzt?, schrieb Steffen zurück. *Du hast ihn auf Bumble kennengelernt. Ghoste ihn einfach.*

Wie kommst du darauf, dass es um Lukas geht?

Geht es nicht um Lukas?

Doch. Aber ich weiß noch nicht genau. Und Ghosten ist scheiße.

Die Alternative ist ein offenes Gespräch unter Erwachsenen, falls du darauf mehr Bock hast ...

Null.

Siehst du.

Nach diesem Gespräch schob sie alle unangenehmen Zweifel weg. Es war nett mit Lukas. Er war freundlich und zuverlässig. Dass sie nicht in ihn verliebt war, war ja nicht seine Schuld.

***

Schleimpilze hassen Salz. Um einen Schleimpilz einzuhegen, muss man einen Ring aus Salz um ihn ziehen. Er wird ihn nicht überschreiten. Es sei denn, er ist verzweifelt.

Leonie schob das Salz um einen ihrer Schleimpilze herum zu einem Wall zusammen. Außerhalb des Walls platzierte sie eine Haferflocke. Das Experiment war nicht neu. Sie wusste, dass der Schleimpilz das Salz überschreiten würde, weil der Hunger ihn dazu zwang. Sie wusste nur nicht, wie lange es dauern würde. Im Moment war er etwa fünf Quadratzentimeter groß. Ohne Futter würde er bald schrumpfen.

Seit sie zum ersten Mal von diesem Experiment und seinem Ausgang gelesen hatte, sah sie die Menschheit anders. Vernunft und freier Wille: Darauf durfte man sich nun wirklich nichts einbilden. Sogar ein Einzeller war dazu fähig. Was hatte die Menschheit sonst schon groß zu bieten? Ihre herausragende Intelligenz führte am Ende dazu, dass sie ihren eigenen Lebensraum gefährdete. Deshalb konnte man diese Intelligenz nicht gelten lassen, fand Leonie. Schleimpilze hatten sogar ein Zeitgefühl. Wenn man sie einmal pro Stunde von der Seite föhnte, zogen sie sich nach ein paar Wiederholungen zurück. Nicht permanent. Pünktlich zum Angriff. Danach breiteten sie sich wieder aus.

Für Leonie waren Pflanzen die Krone der Schöpfung. Sie ließen Früchte aus Blüten wachsen, damit Tiere sie aßen und die Samen verbreiteten. Das fand Leonie intelligent. Bei Mosweti war sie daran beteiligt gewesen, Früchten durch Genmanipulation die Samen wegzuzüchten. Es fühlte sich an wie Betrug an der Flora. Seitdem fragte sie sich, ob die Pflanzen nicht demnächst einen Weg finden würden, sich der Menschheit komplett zu entledigen. Schließlich nahm sie nur noch und gab den Pflanzen nichts mehr zurück. Mutation zu giftigen Früchten wäre ein Weg. Oder bei der Photosynthese keinen Sauerstoff mehr abzugeben. Dann würde die Menschheit ersticken. In Stickstoff. Ein Name wie eine selbsterfüllende Prophezeiung.

Sie schob den Schleimpilz zurück in den Schrank und bestellte eine Pizza Peperoni.

***

Aus einer Laune heraus kaufte sie ein Whiteboard und hängte es in ihre Wohnung. Das gefiel ihr besser als das Notizbuch, in dem sie ihre Pläne bisher entwickelt hatte. Einmal fragte Lukas, was ihre Notizen bedeuteten:

Annonce. Küche zu verkaufen? Campingbus? Welche Telefonnummern? Mailadresse? Perfekter Zeitpunkt?

Sie erklärte ihm, sie versuche beim *Tatort* und anderen Fernsehkrimis immer mitzuraten. Das fand er allerliebst. Jetzt grübelte sie über den zweiten Fall, den Geneviève ihr vermittelt hatte.

Der Prinzgemahl. Affären. Was hat sie ihm alles gekauft?

Boot. City-Apartment. Skihütte. Spaß verderben. Ihn fernhalten? Kalender checken!

»Was war das denn für ein Krimi?«, fragte Lukas. Sie saßen gerade beim Frühstück. Er hatte Semmeln geholt und ein Croissant für sie.

»Äh … er spielte in einem kleinen Fürstentum. Angelehnt an Monaco.«

»Verstehe. Deshalb das Boot.«

»Genau! Deshalb das Boot.«

»Und die Fürstin wurde umgebracht?«

»Wieso denkst du das?«

»Weil du auf den Prinzgemahl getippt hast.«

»Nein, ihr älterer Bruder wurde umgebracht.«

»Ihr jüngerer Bruder.«

»Was?«

»Es muss ihr jüngerer Bruder gewesen sein. Sonst wäre er ja selbst der Fürst gewesen und nicht sie die Fürstin.«

»Ach so. Klar.«

»Was war das Motiv?«

»Na, das wusste man eben nicht.«

»Aber jetzt weißt du es doch.«

»Natürlich.«

»Und?«

»Also, es war der Mann der Fürstin. Weil sein Schwager von seinen Affären wusste.«

»Und dann hat er ihm den Spaß verdorben? Oder was soll das heißen?«

»Dachte ich. Also das hab ich geraten.«

»Gibt es Skihütten in den französischen Alpen?«

»Du stellst Fragen.«

»Du hast den Krimi doch gesehen.«

»Das Fürstentum war nur fiktional!«

»Fiktiv. Fiktional war der Film.«

»Was?«

»Fiktiv und fiktional. Das wird wirklich oft verwechselt. Das Werk ist fiktional, aber die Personen darin fiktiv.«

»Ich weiß nicht, ob ich mir das merken kann.«

»War der Krimi gut?«

»Nee. Würde ihn dir nicht empfehlen. Und jetzt hab ich dir ja eh schon alles verraten.«

30

Die Skihütte war im Winter nur mit dem Sessellift erreichbar. Von der Bergstation aus musste man eine Viertelstunde laufen. Es war Anfang November. Sie hätte noch mit einem Auto fahren können. Aber sie zog es vor, ohne Nummernschild unterwegs zu sein.

Mit ihren neuen Wanderstiefeln stieg sie frühmorgens in die Bayerische Oberlandbahn. Sie trug einen großen, fast leeren Rucksack, den Yasmin ihr geliehen hatte. Ab acht Uhr wurden um sie herum hartgekochte Eier, Brezeln und Bergkäse ausgepackt. Es roch nach Kaffee, der handgemahlen und porzellangefiltert worden war, um dann eine Stunde in einer Thermoskanne zu verbittern. Leonie aß ein Zimt-Wuppi vom Bahnhof.

Von der Station aus lief sie zwanzig Minuten zum Sessellift. Weitere zehn Minuten verbrachte sie damit, sich einzureden, dass sie keine Höhenangst hatte. Als sie sich an der Bergstation von der Sitzfläche abstieß und ihre Füße auf die blaue Matte setzte, glaubte sie es fast. Es war sonnig, aber kalt. Außer ihr waren nur ein paar ältere Paare unterwegs. Alle trugen Daunenjacken in Blau oder Grün.

Die Hütte lag an einem Wäldchen. Zur Talseite ging es steil bergab. Sie selbst sei seit fünf Jahren nicht mehr in der Hütte gewesen, hatte die Auftraggeberin gesagt. Seit ihr Mann dort seine Affären für kuschelige Wochenenden hinbrachte. Aber die Hütte sei wirklich nett. Urig. Leonie wusste nicht, was das heißen sollte. Offenbar protzig-rustikal. Solche Hütten konnte man also bekommen, indem man eine reiche Frau heiratete. Mit Jacuzzi auf der Terrasse.

Sie schloss die dicke Holztür auf. Im Windfang standen etliche Stiefel und Skischuhe. Stöcke und Skier lehnten an der Wand. Sie ließ die Schuhe an und ging weiter ins Wohnzimmer. Zu ihrer Rechten stand ein Esstisch aus hellem Holz, umrahmt von einer Eckbank. Durch das große Fenster sah man direkt ins Tal. Links ging es ins Badezimmer und in die zwei kleinen Schlafzimmer.

Leonie hatte rot-weiß karierte Bettwäsche erwartet. Stattdessen: schwarzer Satin. Kondome und Massageöl in der Nachttischschublade. Im Küchenschrank standen vier Flaschen Champagner. Leonie nahm eine in die Hand und überlegte kurz. Aber ihr Rucksack würde schon voll genug sein auf der Heimreise.

Sie packte das Werkzeug aus. Mit einem schmalen Schraubenzieher hebelte sie die Metalltür des Kachelofens aus dem oberen Scharnier. Ein Stück Metall brach. Das zweite Scharnier war zäher. Leonie zog ihre warme Jacke aus, als ihr der Schweiß ausbrach. Schließlich wickelte sie die völlig verbogene Tür in eine Mülltüte und schob sie in den Rucksack.

Mit Schraubenzieher und Rohrzange ging sie ins Bad. Sie drehte das Wasser auf, aber es kam nichts. Ordnungsgemäß bei der Abfahrt abgestellt. Genau wie ihre Auftraggeberin gesagt hatte.

Neben der Dusche hing der Boiler für die ganze Hütte. Sie zog das Stromkabel und öffnete mit der Rohrzange die Muttern. Dann löste sie die Schrauben aus der Wand. Der Boiler war klobig, aber überraschend leicht. Mit der Ofentür füllte er den Rucksack perfekt aus.

Leonie zog ihre Jacke wieder an. Rechtzeitig zum Mittagessen würde sie zurück im Tal sein. Nur einen ganz kurzen Moment dachte sie darüber nach, den Metallschrott einfach einen steilen Abhang hinuntergleiten zu lassen. Dann schulterte sie mit einem leisen Seufzen den Rucksack. Die Wanderung war immerhin eintausend Euro wert.

Lass uns Urlaub buchen, schrieb sie Steffen. *Ich bin gerade ziemlich reich.*

Nice. Lädst du mich auf die Malediven ein?

Sorry. Aber es reicht für ein halbes Hotelzimmer auf den Kanaren.

Welche Insel?

Mir egal, ich will einfach Sonne. Hier ist es arschkalt. Und alle sagen, das bleibt bis April so.

Komm zurück ins Ruhrgebiet! 9 Monate grau, 3 Monate heiß.

Du brauchst also auch Urlaub.

Dringend.

Jenny hat mir ein Hotel empfohlen, aber das ist so pervers teuer, wir finden bestimmt was anderes.

ICH finde was anderes. DU machst gar nichts.

Immer noch wegen New York? Du bist so nachtragend.

Ich mag keine Tiere in meinem Bett.

Prinzessin.

Hippie.

***

Der Schleimpilz im Salzrand war deutlich geschrumpft. An mehreren Stellen hatte er seine Adern ausgestreckt. Am Salz endeten sie. Er machte keine Anstalten, es zu überschreiten.

Leonie betrachtete ihre Versuchsanordnung. Sie fragte

sich, ob sie ihren Einzeller quälte. Wie ein Kind, das Fliegen Beine ausreißt. Andererseits würde er es ja unbeschadet überleben. Er musste sich nur entschließen, das Salz zu überschreiten. Draußen wartete schon eine Haferflocke auf ihn.

Es beschäftigte sie nur ein leiser Zweifel. Vielleicht traute er sich nicht. Vielleicht ging er in diesem Salzkreis zugrunde. Vielleicht hatte er Panikattacken. Und sie konnte ihn nicht verstehen, weil sie nicht in Vibrationen sprach.

Noch zwei Tage, entschied sie. Wenn er es dann nicht aus dem Salzgefängnis geschafft hatte, würde sie ihn begnadigen.

Wegen der Kälte verlegten die Frauen die meisten ihrer Treffen in die Sauna. Als Kim das vorschlug, war Leonie verwirrt. Sie redeten doch immer stundenlang, das konnte sie sich in der Sauna nicht vorstellen.

Dann stand sie im Saunabereich vor den Duschen. Ihre Freundinnen schlugen alle zielsicher dieselbe Richtung ein. Ohne Diskussion. Sie folgte ihnen. Über der Glastür, auf die sie zusteuerten, stand:

Schwätzen & Schwitzen
65°

Der Geräuschpegel war kaum niedriger als in den Bars, in die sie sonst gingen. Allerdings musste man die Gespräche gelegentlich unterbrechen: abduschen, Wasser trinken. Nur Yasmin verkündete, 65° seien ihre Wohlfühltemperatur, sie könne den ganzen Abend sitzen bleiben. Sie kam aber doch mit in den Saunapausen. Wegen Fomo. Denn es gab auch einen Ruheraum, in dem man sich unterhalten durfte. Und Geneviève erzählte ausführlich von ihrem dritten Date mit einer Frau, deren beste Eigenschaft war, dass sie sich kein bisschen wie die Musikerin verhielt. Stattdessen brachte sie ihr Pfirsichringe mit. Weil Geneviève beim zweiten Date erwähnt hatte, dass sie die als Kind mochte. Aber sie brachte ihr nicht einfach die Tüte mit, sondern eine hübsche Glasdose mit Deckel, in die sie die Pfirsichringe gefüllt hatte.

»Ihr schaut so beeindruckt«, sagte Geneviève. »Man merkt echt, dass ihr immer nur Männer gedatet habt.«

»Ich wär auch nie drauf gekommen, die Dinger umzufüllen«, sagte Kim. »Bei uns ist Markus fürs Essen zuständig. Und für Deko.«

»Würde er sie umfüllen?«

»Auf jeden Fall. Er hat einen Haufen Glaszylinder mit Bambusdeckeln gekauft und freut sich immer, wenn er die nachfüllen kann. Kichererbsen oder Couscous oder Reis oder so. Unsere Speisekammer sieht aus wie ein Unverpackt-Laden.«

»Der Torsten hat in seinem Leben noch nix umgefüllt«, sagte Yasmin. »Aber er trägt alles die Stiegen hoch und macht jeden Morgen Frühstück.«

»Und was macht Lukas so?«, fragte Kim.

»Er holt am Wochenende Semmeln.«

»Okay!«

»Und er erklärt mir den Unterschied zwischen fiktional und fiktiv.«

»Das findest du hoffentlich sehr attraktiv.«

»Geht so.«

31

Steffen hatte ihr Links zu drei Hotels auf Teneriffa geschickt. Zur Auswahl. Wie ein Reisebüro. Leonie saß mit Lukas auf dem Sofa und schaute Bilder von Pools und Buffets an, als er den Blick von seinem Buch hob. Was sie mache, fragte er.

»Ich schau nach Hotels. Steffen und ich fliegen nach Teneriffa.«

»Bald?«

»Ja, *last minute.*«

»Ach so.«

Lukas senkte den Kopf in sein Buch. Minutenlang blätterte er nicht um.

»Weißt du«, sagte er dann plötzlich, »ich dachte, wir fahren vielleicht zusammen weg.«

»Wir? Wir zu zweit?«

»Du sagst das, als wäre es abwegig!«

»Das stimmt nicht!«

»Dann willst du also mit mir wegfahren?«

»Statt mit Steffen? Nein!«

»Und überhaupt?«

»Ich weiß nicht! Man muss doch nicht gleich zusammen wegfahren. Wir kennen uns noch gar nicht so lang. Wir wissen doch nicht mal, was das hier ist.«

»Wissen wir nicht?«

»Weißt du es?«

»Ich dachte, ich wüsste es. Ich hab mich wohl getäuscht.«

»Wir haben uns scheinbar missverstanden …«, setzte Leonie an.

»Anscheinend.«

»Was?«

»Anscheinend. Nicht scheinbar. Das benutzt du oft falsch.«

»Das ist dir jetzt wichtig?«

»Ja.« Lukas stand auf und marschierte auf den Flur zu.

»Warte, wo gehst du hin?«

»Nach Hause.«

»Und dann?«

»Warte ich auf deinen Anruf.«

Mit der S-Bahn fuhr sie zum Starnberger See. Die Station lag fast direkt am Wasser. Leonie musste nur durch einen Tunnel und stand dann vor dem See, in dem sich der Himmel spiegelte. Wolkenverhangen. Kein Lüftchen bewegte die Wasseroberfläche. Am Ufer hatte sich über Nacht schon eine dünne Eisschicht gebildet, die etwa dreißig Zentimeter in den See hineinragte. Es roch nach Schnee.

Ihre Finger begannen vor Kälte zu kribbeln. Sie zog ihre Wollhandschuhe an und lief am Ufer entlang. Einfach geradeaus. Nachdenken. Wenn ihr Herz schon nichts zum Thema Lukas beizutragen hatte, sollte sich wenigstens ihr Kopf beteiligen.

Weit kam sie nicht. Nach nicht mal zehn Minuten führte der Weg vom See weg, auf eine Straße in den Ort. Sie kehrte um und ging in die andere Richtung.

Eine Viertelstunde später war der Seeblick dort auch zu Ende. Der Spazierweg mündete in eine stille, kleine Straße.

Die Villen auf der Uferseite waren meist mit hohen Büschen von der Straße abgeschirmt. Manchmal erlaubten sie einen halben Blick auf den See.

Sie wollte schon umkehren, als sie an eine Badestelle kam. Eine Rasenfläche, ein paar Bäume, ein Steg. Hunde waren verboten, aber das schien im November niemanden zu interessieren. Ein Bernhardiner jagte mit heraushängender Zunge einem Tennisball nach, den sein Frauchen quer über die Wiese geworfen hatte. Neben ihr saß ein Chihuahua in einem grünen Lodenmäntelchen. Er war sich entweder zu fein zum Apportieren oder schätzte den Tennisball korrekt als zu groß für ihn ein.

Leonie ging zum Badesteg und testete vorsichtig, ob er glatt war. Sie wollte zwar etwas erleben. Aber bei fünf Grad in den Starnberger See fallen und das danach als ulkige Geschichte erzählen: Dazu fühlte sie sich doch zu erwachsen.

Der Steg war trocken und griffig. Sie lief bis ans Ende und setzte sich hin. Nur fünf Minuten hielt sie es aus, dann wurde ihr Hintern zu kalt. Aber mehr Zeit brauchte sie nicht, um einen Entschluss zu fassen. Ihr Kopf war schneller als ihr Herz.

In der S-Bahn zurück nach München googelte sie die bayerischen Seen. Sie fand mehrere Zeitungsartikel, die einen resignierten Unterton hatten. Einer zitierte die Bayerische Verfassung, Artikel 141, Absatz 3:

Staat und Gemeinde sind berechtigt und verpflichtet, der Allgemeinheit die Zugänge zu Bergen, Seen, Flüssen und sonstigen landschaftlichen Schönheiten freizuhalten und allenfalls durch Einschränkungen des Eigentumsrechts freizumachen (...).

Der Autor schrieb, das sei alles Auslegungssache. Nicht zu rütteln war allerdings an den Zahlen: Von den fast 50 Kilometern Ufer des Starnberger Sees war nur die Hälfte der Öffentlichkeit zugänglich. Alles andere im Privatbesitz. Am Tegernsee sogar nur ein knappes Drittel. Dort hatte immerhin ein Bürgermeister einen Steg gebaut, auf dem auch der Plebs 400 Meter am Stück am Wasser entlangspazieren konnte. Die größte Errungenschaft seiner zwölfjährigen Amtszeit sei dieser Steg gewesen, sagte der Bürgermeister, als er sich zur Ruhe setzte. Er musste ihn gegen den erbitterten Widerstand der Besitzer der Ufergrundstücke durchsetzen: Vom Steg aus könne man ihnen in ihre Häuser schauen, hatten sie argumentiert.

Am nächsten Tag buchte sie ihren Urlaub. Noch zehn Tage musste sie Heuschrecken begutachten. Dann, endlich: zwei Wochen am Pool.

Die Heuschrecken waren ihr einen Hauch sympathischer geworden. Ja, sie fraßen alles kahl. Aber wenn sie nun mal so hungrig waren? Und die berüchtigten Schwärme, die regelmäßig über die USA hereinbrachen, das waren biologisch gar keine Heuschrecken. Das waren Zikaden. Sie gehörten zu einer ganz anderen Ordnung. Heuschrecken: *Orthoptera*. Zikaden: *Homoptera*. Die Zikaden waren die echten Plagen, fand sie. Heuschrecken dagegen ziemlich harmlos.

Sie hob den Kasten hoch und betrachtete eine bunt gemusterte Harlekinschrecke. Über ihrem rot-weiß-schwarzen Körper trug sie eine Art grüne Weste. Nur ihre Augen waren hellbraun. Sie hatte keine Ohren, wie alle Heuschrecken. Stattdessen zwei Membrane am Bauch, die das Zirpen ihrer Artgenossen wahrnehmen konnten. Manche Arten hörten damit sogar Fledermausrufe.

»Stör ich?«, fragte Nam, der plötzlich hinter ihr stand.

Leonie erschrak so, dass sie beinahe den Kasten fallen ließ.

»Was war das denn?«, sagte er. »Hattest du einen romantischen Moment mit ner Heuschrecke?«

»Ich hatte schon schlechtere Dates.«

»Ach ja?«

»Mit dir zum Beispiel!«

»Das gilt nicht. Ich wusste ja nicht mal, dass du das als Date siehst.«

»Ja, reib's mir nur noch mal rein.«

»So war's gar nicht gemeint. Bist du so weit? Kannst du dich von deinem neuen Freund trennen?«

»Ich glaube, das ist ein Weibchen ... aber ja.«

Eine Stunde später hing Leonie wie ein nasser Sack an einer Wand. Nam sprach übers Bouldern immer, als wäre das einfach und spaßig. So fühlte es sich für sie bisher nicht an. Krampfhaft hielt sie sich fest. Es roch nach dem ollen Mattenwagen in der Schule. Und die Schuhe drückten. Die müssen drücken, hatte der Typ an der Kasse gesagt. Mit ihrem linken Fuß suchte sie den nächsten Halt. Es durfte nicht irgendeiner sein. Nam hatte ihr eingeschärft, nur die gelben zu benutzen. Gerade so, als ginge es hier um irgendwas.

»Wenn du nicht weiterkommst, spring einfach ab!«, rief Nam ihr zu.

»Auf keinen Fall!«, schrie sie zurück. Sie war zwar nur einen Meter über dem Boden. Aber sie wollte nicht schon in der Route für Anfänger versagen. Sie spürte, wie seine Hand ihren Fuß ergriff und ihn auf den nächsten Tritt setzte. Langsam kam sie weiter, Griff für Griff. Als sie oben ankam, war sie kurz stolz. Dann fiel ihr wieder ein, dass auch Kinder hier hochkamen. Das hatte Nam gesagt. Um sie zu motivieren.

»Kann ich von hier springen oder soll ich zurückklettern?«, rief sie.

»Du kannst springen, die Matte gibt ja nach!«

Entschlossen drückte sie sich von der Wand ab und drehte sich im Flug. Zur Halle hin. Dabei geriet sie allerdings etwas in Bauchlage. Die Landung fiel nicht sehr elegant aus. Nam lachte.

»Wie Simone Biles persönlich«, sagte er.

»Ich wollte nur nach oben. Ums Runterkommen hab ich mir keine Gedanken gemacht.«

»Das ist auch viel wichtiger. Ich würde hier gern mal die rote Route klettern, aber du kannst bestimmt eh ne Pause vertragen.«

Statt einer Antwort legte sie sich auf den Boden und streckte Arme und Beine aus. Aus dieser Position sah sie zu, wie Nam sich langsam und methodisch von Griff zu Griff bewegte. Als er keinen Tritt für seine Füße fand, zog er sich einfach mit der rechten Hand hoch und wechselte mit der linken den Griff. Leonie war beeindruckt. Und ein wenig neidisch.

Nam trieb sie noch fünf Mal die Wand hoch, bis sie ihn zu einer Cola überreden konnte. Im Eingangsbereich setzten sie sich auf ein laienhaft zusammengezimmertes Pressspanmöbel mit bunten Polstern und ließen die Beine herunterbaumeln. Leonies rechter Arm zitterte von der ungewohnten Anstrengung. Sie musste die Colaflasche mit beiden Händen heben, um daraus zu trinken.

»Übrigens«, sagte Nam. »Ich hab was rausgefunden über Frau Vogt und diesen Alfred Mayer.«

»Und?«

»Die hatten was miteinander.«

»*Ewww*. Wann?«

»Vor zwanzig Jahren! Aber der Funke ist scheinbar noch da.«

»Anscheinend.«

»Was?«

»Nichts. Waren sie richtig zusammen?«

»Es war ein offenes Geheimnis im Institut, meinten beide Kollegen, die ich gefragt habe.«

»Weißt du was über die Trennung?«

»Er hat wohl seine spätere Frau kennengelernt. Und sie ist nie richtig drüber weggekommen.«

»Den Eindruck hatte ich auch. Weiß nicht, ob das ein Funke war. Eher Hass.«

»Sie kann doch nicht ernsthaft denken, der alte Mayer mit seinen Wollpullovern klaut Exponate und vertickt sie im Dark Web?«

»Ich glaube, sie denkt auch, er isst kleine Kinder zum Frühstück.«

»Die haben echt viel Protein.«

Leonie prustete fast ihre Cola aus. Alfred Mayer trug wahrscheinlich jede einzelne Spinne, die sich in sein Haus verirrte, geduldig in den Garten. Er war einfach durch und durch harmlos mit den Quarkbällchen, die er ihr manchmal mitbrachte, und seinen Vorträgen darüber, warum diese oder jene Tierart so interessant war. Alle anderen Menschen, die Leonie in München kennengelernt hatte, wollte sie anfangs beeindrucken. Bei Mayer hatte sie das irgendwie vergessen. Er kam von selbst vorbei, er schien sich gern mit ihr zu unterhalten, obwohl sie manchmal nicht viel zu sagen hatte, und dann verschwand er einfach wieder. Eigentlich war er der Einzige, bei dem sie sofort sie selbst gewesen war. Und er mochte sie trotzdem. Oder deswegen. Oder beides? Darüber würde sie vielleicht mal nachdenken müssen.

»Aber wenn Alfred Mayer es nicht war«, sagte sie schließlich, »wer war es dann?«

»Keine Ahnung. Ich glaube auch nicht, dass sie das noch rausfinden. Sag mal, was ist eigentlich jetzt mit diesem Lukas? Ich hab ihn immer noch nicht kennengelernt.«

»Ach ja, das. Das ist nichts mehr. Glaube ich.«

»Glaubst du? Was heißt das?«

»Er will ne richtige Beziehung. Er wartet auf meinen Anruf, und ich rufe nicht an.«

»Warum nicht?«

Leonie zuckte mit den Schultern und sagte: »Ich will einfach nicht. Ich mag ihn, aber ich bin nicht verliebt. Und ich glaube, ich will sowieso keine Beziehung im Moment. Ich dachte das zwar, aber ich will mich eigentlich lieber auf meinen Job konzentrieren.«

»Auf deinen Job? Nimm's mir nicht übel, bitte, aber das ist jetzt nicht Ärzte ohne Grenzen, was du da im Archiv machst.«

»Äh, das stimmt«, sagte Leonie. Kurz fragte sie sich, ob sie Nam einfach einweihen sollte. Ob sie ihm sagen sollte, dass sie nebenbei ein Business aufbaute. Dass die Website für die Glitterbomben, an der Steffen in seiner Freizeit arbeitete, bald fertig war. Dann dachte sie an die Aktionen, die schwerwiegender waren als die Glitterbombe. Sachbeschädigung. Hausfriedensbruch. Üble Nachrede.

»Ich mein ja nur«, sagte sie dann. »Ich will nicht ewig im Archiv sitzen.«

Nam war rücksichtsvoll genug, nichts mehr dazu zu sagen.

32

Ihre Unterarme fühlten sich an wie Blei. Sie betrachtete ihr Whiteboard, auf dem im Moment nicht viel stand außer *Gottlieb Wendehals, Nachbarstochter* und *Margot Robbie.* Sie wollte mehr draufschreiben, aber ihre Arme und Finger machten nicht mit. In ihrem Kopf war der Plan fertig. Margot Robbie hatte Tränen darüber gelacht. Leonie hatte die beiden inzwischen gegoogelt. Warum diese kluge, hübsche, fröhliche Frau so weit über ihrer Altersklasse und unter ihrem Niveau geheiratet hatte, wollte ihr nicht in den Kopf.

Sie holte den Schleimpilz aus dem Schrank. Er hatte den Salzrand überwunden und verleibte sich bereits die Haferflocke ein. In einer Ecke, so weit vom Salz entfernt wie möglich. Ganz klein hatte er sich gemacht.

»Bist du sauer auf mich?«, fragte Leonie.

Der Schleimpilz gab keine Antwort.

»Komm, so schlimm war das auch nicht, dass du mich jetzt wieder tagelang anschweigen musst.«

Sie entfernte das Salz aus seiner Behausung. Auch den letzten Kristall. Dann gab sie ihm eine weitere Haferflocke.

»Kannst dich ja melden, wenn du reden willst«, sagte sie.

***

Gottlieb Wendehals ging immer zur selben Friseurin. Zum Nachfärben. Alle sechs Wochen. Öfter durfte man nicht, sonst ruinierte man die Haare. Seit Leonie das herausgefunden hatte, ging sie auch zu dieser Friseurin. Dreimal war sie nun dort gewesen. Sie hatten sich sofort gut verstanden. Die Friseurin war in ihrem Alter, und sie verdiente in dem Salon so wenig Geld, dass es kaum reichte. In manchen Monaten mussten ihre Eltern aushelfen. Vor zwei Wochen hatte sie gekündigt, weil sie einen besseren Job gefunden hatte. Aber der Salon bestand darauf, dass sie sich an die Kündigungsfrist hielt: drei Monate und keinen Tag kürzer.

Leonie hatte ihr zugehört, mit dem Kopf im Haarwaschbecken, aber hellwach. Sie hatte ein paar Ratschläge für sie. Und ein paar Hunderter.

Deshalb setzte sie sich an diesem Tag gegenüber in ein Café. Von dort aus fotografierte sie Gottlieb Wendehals, als er den Friseursalon verließ. Erstklassige Fotos, fand sie. Er stach ziemlich heraus. Aber das lag nicht so sehr an ihren Fotografierkünsten oder am neuen iPhone, das sie sich kürzlich geleistet hatte. Eher an seinen leuchtend pinkfarbenen Haaren, mit denen er in den nächsten sechs Wochen den sechzigsten Geburtstag eines wichtigen Geschäftsfreundes, sein dreißigjähriges Abitreffen sowie ein Wellnesswochenende mit seiner neuen Freundin wahrnehmen würde.

»Fast harmlos für deine Verhältnisse«, sagte Yasmin.

Sie lagen wieder im Ruheraum der Sauna. Leonie und Yasmin teilten sich eine extrabreite Liege für zwei und eine *Gala*. Sie hatten sich bereits leise, aber ausführlich über den Reichtum europäischer Königshäuser mit Kolonialgeschichte aufgeregt. Also über fast alle. Nur Norwegen kam gut weg.

»Meinst du, ich werde milde?«, fragte Leonie lachend.

»Kommt drauf an. Was hast du der Friseurin gezahlt?«

»Die Hälfte meines Honorars.«

»Hätte sie es nicht für weniger gemacht?«

»Wahrscheinlich. Aber sie verdient so wenig, und sie ist echt nett.«

»Sei nicht zu gutherzig, gell.«

»Aber das ist doch die perfekte Umverteilung!«

»Die Umverteilung sollte von den Reichen auf dich stattfinden. Nicht von dir auf die noch Ärmeren.«

»Na gut. Wie läuft es bei dir? Ich hab lange nichts mehr über dich in der Zeitung gelesen.«

»Gott sei Dank, so langsam wurd's mir zu heiß. Die letzten haben aber nicht mal Anzeige erstattet. Angeblich sind sie mit Kunsthandel reich geworden. Ehrlich, wenn ich Kunsthandel höre, denke ich inzwischen immer nur noch: Geldwäsche. Es gibt keine Branche, wo das so einfach geht. Dagegen sind die Krypto-Bros quasi Finanzbeamte.«

»Was hast du ihnen verkauft?«

»Ein zauberhaftes Penthouse im Gärtnerplatzviertel mit eigenem Aufzug, Ankleidezimmer und Dachterrasse. Sie haben 40.000 Euro angezahlt.«

»Hast du eigentlich mal überlegt, eine richtige Maklerin zu werden? Du wärst bestimmt total gut darin.«

»Der Wettbewerb ist in München so hart, ich würde wahrscheinlich nur eine echte Wohnung pro Jahr verkaufen. Es kommen ja kaum Wohnungen auf den Markt. Und außerdem ...« Yasmin seufzte. »Ich bin so gern Buchhändlerin. Das wollte ich immer sein. Ich kann's mir nur nicht leisten.«

»Niemand kann sich das leisten. Nicht hier.«

»Ja. Aber weißt du, deshalb finde ich eigentlich, du solltest dir auch was Festes suchen, was dir Spaß macht. Du machst es doch eh nimmer fürs Geld. Immer sitzt du in diesem dunklen Archiv. Mach irgendwas Schönes! Mit Tieren vielleicht.«

»Ich mach doch was mit Tieren.«

»Mit lebenden Tieren! Oder mit Kindern?«

»Auf gar keinen Fall mit Kindern.«

»Hast recht. Keine Ahnung, warum ich das vorgeschlagen hab.«

Sie schlug wieder die *Gala* auf. Auf den nächsten Seiten erfuhr Leonie alles über den letzten Urlaub von Mariah Carey. Griechenland, mit den Kindern, eine eigene Villa mit zahlreichen Bediensteten. Leonie wusste nicht, warum sie das las. Aber sie las es.

***

Ihr eigener Urlaub begann etwas weniger glamourös. Sie zerrte ihren Koffer erst die Donnersbergerbrücke hoch und dann eine Treppe runter zur S-Bahn. Draußen hingen dunkelgraue Wolken tief über abgeernteten Feldern. Kahle Bäume und vom Regen gepeitschte Büsche säumten die Bahnstrecke. Sie machte ein Foto, schickte es an Steffen und schrieb *Winterwunderland* dazu.

Wo bist du denn?!, antwortete er. *Das ist ja trostlos. Und der Düsseldorfer Flughafen ist auch kein Paradies, so viel kann ich sagen.*

Ich bin zwischen Oberschleißheim und Unterschleißheim.

Das klingt wie ne Bayern-Satire. Machst du den Gag mit Unterscheißheim selbst oder muss ich?

I would never.

Wir heben jetzt ab, bis später am Flughafen!

Wenn Leonie früher Urlaub hatte, in ihrem alten Job, vibrierte sie die ersten vier Tage innerlich. Manchmal auch äußerlich. So lange brauchte sie, um runterzukommen. Es fühlte sich jedes Mal an, als wäre sie gerade vor einer Meute Hunde davongerannt und sollte nun ein paar Achtsamkeitsübungen machen. Deshalb hatte sie auch mit Yoga aufgehört. Nach acht Stunden Arbeit bei Mosweti war es ihr unmöglich, auf eine Yogalehrerin zu hören, die mit sanfter Stimme sprach. Es machte sie aggressiv.

Diesmal war es anders. Noch in der S-Bahn zog sie ihren Wollmantel aus und stopfte ihn in ihren Koffer. Den Schal behielt sie an. Sie stieg aus der S-Bahn und ließ die Menschen vorbei, die zur Schalterhalle hoch hetzen wollten. Sie war die Letzte auf der Rolltreppe.

Sie hatte alle offenen Aufträge erledigt und dokumentiert, den letzten erst am Tag vor dem Urlaub, etwas kurzfristig, aber es hatte gut geklappt. Das anonyme Postfach, das sie für ihren Nebenjob eingerichtet hatte, würde für die nächsten zwei Wochen mit Abwesenheitsnotizen antworten. Jetzt hatte sie nicht nur Urlaub von den Insekten, sondern auch von der Rache.

In aller Ruhe gab sie ihren Koffer auf, trottete weiter zur Sicherheitskontrolle und schaute entspannt dabei zu, wie mehrere Menschen sich umständlich aus Outdoorjacken und Daunenwesten schälten. Ein Mann wurde zurückgeschickt, um seinen Gürtel abzulegen. Als würden all diese Erwachsenen zum ersten Mal fliegen. Statistisch unmöglich, aber so wirkte es.

Sie legte ihren Rucksack in eine Wanne, hob im Körperscanner brav die Hände und wurde zum Drogentest herausgezogen. Sicherheitskontrollen waren der einzige Ort, an dem sie nicht wegen ihres harmlosen Aussehens übersehen wurde. Hier waren sie darauf trainiert, Harmlosigkeit verdächtig zu finden. Pflichtbewusst wischte eine Mitarbeiterin über Leonies Smartphone.

Während sie auf das Ergebnis wartete, beobachtete sie die junge Frau neben ihr, die vier Feuerzeuge in der Handtasche hatte und sich nun für eines entscheiden musste. Das schien nicht so leicht zu sein. Eines hatte Glitzer. Aber ein anderes war noch fast voll.

33

In München hatte es in den Wochen zuvor nicht sonderlich viel Tageslicht gegeben. Und wenn es da war, war es aschgrau. Wie Leonies Haut, seit sie den Weg zur Arbeit und von der Arbeit nach Hause im Dunkeln zurücklegen musste.

Deshalb fiel ihr das Licht nach der Landung zuerst auf. Es war wie Honig.

Steffen wartete in der Halle auf sie. Er hatte einen Koffer neben sich, einen Strohhut auf dem Kopf und zwei Becher mit Iced Latte in den Händen. Sie schafften trotzdem irgendwie eine Umarmung.

»Der Bus zum Hotel geht in 14 Minuten«, sagte er. »Jutta, Günther, Barbara und Hannes stehen alle schon bereit.«

»Du warst derjenige, der eine Pauschalreise buchen wollte.«

»Absolut. Das war gar keine Beschwerde. Ich wollte dich nur auf die nächsten anderthalb Stunden einstimmen, die wir mit Leuten verbringen werden, mit denen unsere Eltern wahrscheinlich manchmal kegeln gehen.«

»Das wird bestimmt toll. Moment, warum dauert das anderthalb Stunden?«

»Weil wir auf dem Weg noch sieben andere Hotels anfahren.«

»Und woher weißt du das schon wieder alles?«

»Ich hasse doch Überraschungen. Ich hab mir vom Busfahrer die Route erklären lassen.«

»Aber du kannst doch gar kein Spanisch.«

»Ein bisschen schon.«

»Seit wann?«

Steffen guckte ungnädig und wedelte mit den Armen, um sie wie ein Schaf zum Ausgang zu treiben.

Leonie versuchte, die Busfahrt als Sightseeing-Tour zu betrachten. Sie sahen zwar nur die eher spröde Landschaft und ab und zu das Meer und dazwischen Hotels, aber das Licht schien golden durch die Busfenster. Jeder Sonnenstrahl, der ihr Gesicht traf, fühlte sich an wie ein ganzer Urlaub.

Neugierig beäugten alle im Bus die Hotels, an denen sie hielten, aber nicht ausstiegen. Womöglich gab es ein besseres Hotel als das eigene, das beim Buchen übersehen wurde? Und nun musste man in eine mediokre Absteige, während andere zum selben Preis in einem bonfortionösen Infinity Pool badeten?

Der Mann vor ihnen schien diese Angst besonders intensiv zu erfahren. Bei jedem Hotel schaute er online nach, was ein Doppelzimmer dort pro Nacht kostete, und teilte seiner Frau das Ergebnis mit. Sie wirkte nicht interessiert. Leonie hingegen war sehr interessiert.

»Wer zahlt 400 Euro pro Nacht?«, flüsterte sie Steffen zu.

»Die zwei offenbar«, sagte er und deutete auf das junge Paar, das gerade seine Koffer aus dem Bauch des Busses gereicht bekam.

»Die sehen aus wie ein Influencerpaar. Die bezahlen das bestimmt nicht selbst.«

»Woran erkennst du denn Influencerpaare?«, fragte Steffen amüsiert.

»Die sehen einfach speziell aus. So wie die. Auf meiner Südostasienreise war alles voll von denen.«

»Attraktiv und konsumorientiert?«

»Genau!«

»Also, du siehst auch ein bisschen mehr wie eine Influencerin aus als früher. Bist du blonder geworden?«

»Kann sein, ich war beim Friseur. Guck mal, die haben nichts an oder dabei, was benutzt aussieht. Alles brandneu. Der Koffer glänzt wie poliert und hat keinen einzigen Kratzer.«

»Das ist wirklich beeindruckend«, sagte Steffen. »Ich war schon gestresst davon, mir ein Shampoo in Reisegröße zu kaufen. Und neue Badelatschen, weil meine auseinandergefallen sind. Es wäre Horror, alles neu kaufen zu müssen.«

»Voll. Aber es sieht bestimmt gut aus auf Fotos«, sagte Leonie und beobachtete, wie das Paar in der riesigen verglasten Hotelhalle verschwand.

»Du kannst gern meine neuen Badelatschen auf Insta posten«, sagte Steffen.

Ihr Hotel hatte keinen Infinity Pool, aber ansonsten fand Leonie es ziemlich schick. Die Zimmer waren weiß getüncht und mit dunklem Holz ausgestattet. Die Dusche hatte eine Glaswand zum Raum, aber immerhin gab es eine Jalousie davor, die man schließen konnte. Warum fanden sich in Hotelzimmern fast nur noch offene Badezimmer? Als würden Menschen erstens nur mit ihren Partner:innen in Urlaub fahren und zweitens die Vorstellung lieben, dass die ihnen beim Duschen zuguckten. Obwohl man dabei scheiße aussah. Mit nass herunterhängenden Haaren, in der Hand ein Rasierer. Oder ein Bimsstein.

Steffen platzierte Zahnbürste, Zahnpasta, Zahnseide, Haarbürste und eine Dose Nivea links vom Waschbecken. Auf der rechten Seite versuchte Leonie, ihre zahlreichen

Kosmetika sinnvoll zu arrangieren. Steffen griff blitzschnell zu ihr rüber und schnappte sich einen Tiegel.

»Ist das Chanel? Du benutzt eine Creme von Chanel?«

»Das ist eine sehr gute Creme!«

»Sagst du mir, was sie kostet, oder muss ich online nachschauen?«

»Fünfzig Euro.«

»Für fünfzig Gramm? Ist da Gold drin?«

»Nein, aber schau, man kriegt so einen Applikator dazu, damit man nicht ein Gramm verschwendet.«

Leonie wedelte mit etwas, das aussah wie ein Plastiklöffel von der Eisdiele.

»Dann ist das ja ne richtig gute Investition.«

Sie überhörte seinen Spott. Sie wusste ja selbst nicht genau, was beim Kauf in sie gefahren war.

Leonie bekam das Bett am Fenster. Steffen schlief gern nah am Bad. In eine Decke eingewickelt wie ein Burrito. Manchmal dachte sie, dass sie auch deshalb gern mit ihm Zeit verbrachte, weil sie sich neben ihm weniger merkwürdig fühlte.

Beim Abendessen saßen sie neben einem deutschen Paar und beschlossen nach wenigen Minuten gemeinsam, das künftig zu vermeiden. Egal wie.

»Ich will mir meine gute Laune nicht mit Wasser verderben«, dröhnte der Mann, als der Kellner kam, und bestellte Bier.

Seine Frau aß ein Schnitzel vom Buffet, schaute aus dem Fenster, wo die Sonne gerade glühend versank, und sagte: »Endlich. Ich mag die Sonne nicht. Aber ich mag das Klima.«

»Merk dir, wie sie aussehen«, raunte Steffen Leonie zu. »Damit wir ihnen aus dem Weg gehen können.«

Vor dem Restaurant hatte sich bereits der Showact des

Abends auf einer kleinen Bühne aufgebaut: eine Sängerin, ein Keyboarder, ein Saxofonist.

»Willst du zuhören?«, fragte Leonie.

»Ich weiß noch nicht.«

Unentschlossen standen sie eine Weile herum.

»Weißt du was?«, sagte Steffen schließlich. »Wir könnten mein iPhone an den Fernseher anschließen und ne Serie schauen.«

»Das ist die beste Idee. Ich schlaf aber bei der ersten Folge ein.«

»Macht doch nichts. Wir haben ja Urlaub.«

Es war genau richtig warm, um am Pool zu liegen und im goldenen Licht ein Buch zu lesen. Steffen bekam alle zwei Stunden den Impuls, das Wasser zu durchpflügen wie ein Hippo. Das machte er dann zwanzig Bahnen lang. Zum Schwimmen kam er dabei kaum. Das Becken war so kurz, dass er die halbe Bahn tauchend hinter sich brachte, wenn er sich am Rand abstieß.

Die Tage nahmen eine träge Gleichförmigkeit an. Mittags aßen sie Clubsandwich oder Hummus mit Pita an der Poolbar. Abends gingen sie ins Buffetrestaurant mit theoretischem Meerblick. Theoretisch, weil es immer schon dunkel war. Jeden Tag gab es einen anderen Schwerpunkt: Burger oder Sushi oder Paella. Leonie hätte sich überraschen lassen. Steffen fragte jeden Abend das Personal, was sie für den nächsten Tag planten.

»Das wirkt, als wärst du total unzufrieden mit dem Buffet«, sagte Leonie.

»Wirke ich unzufrieden?«, sagte Steffen.

Leonie betrachtete ihn. Er war schon etwas braun geworden. Seine dunklen Haare hatten seit Tagen kein Pflegeprodukt mehr gesehen. Flauschig standen sie in die Höhe. Vor ihm standen ein Teller voller Paella und ein Glas Weißwein. Außerdem ein kleinerer Teller mit Petits Fours vom Dessertbuffet. »Weil die immer so schnell weg sind«, sagte Steffen jeden Abend, wenn er sie als Erstes holte.

»Nein. Du wirkst eigentlich sehr zufrieden.«

»Siehste.«

»Dir geht's besser als früher, oder? Hat das Häkeln geholfen?«

»Es beruhigt tatsächlich. Aber nicht so sehr, dass ich die Therapie beenden würde.«

»Was beschäftigt dich denn gerade am meisten?«

»Also, mit meiner Kindheit sind wir erst mal durch. Da brauchte ich auch ne Pause. Ich sehe jetzt, dass meine Eltern auch nur Menschen sind, mit *Fehlern …*«

Steffen verzog genervt das Gesicht.

»Aber das ist doch ein super Fortschritt!«, sagte Leonie.

»Ja. Das heißt aber noch lange nicht, dass ich Bock habe, Weihnachten mit ihnen zu verbringen.«

»Okay. Und wenn ihr jetzt nicht mehr über deine Eltern redet, worüber redet ihr dann?«

»Über meine *Anxiety*. Torschlusspanik. Kinderwunsch.«

»Du hast einen Kinderwunsch?«

»Wenn du das sagst, klingt es, als hätte ich Krebs.«

»So meine ich es nicht. Aber du bist doch erst 31.«

»Das sagt Franzi auch.«

»Wie alt ist sie nochmal?«

»26. Sie will noch nicht heiraten, und sie weiß noch nicht, ob sie jemals Kinder will.«

»Das ist doch ganz normal mit 26!«

»Ich weiß! Ich weiß auch, dass es vielleicht nicht so schlau war, mich in eine Frau zu verlieben, die fünf Jahre jünger ist als ich.«

»Die fünf Jahre sind nicht das Problem, oder? Sondern

deine Panik. Du hast noch mindestens 15 Jahre Zeit, Kinder zu kriegen. Und Franzi auch.«

»Ja. Und wenn sie nie welche will?«

»Dann müsst ihr euch trennen.«

»Das sagt meine Therapeutin auch. Aber das beruhigt mich wirklich gar nicht. Im Gegenteil! Weil ich denke, ich würde bestimmt niemanden mehr finden, und dann kriege ich auch nie Kinder und hab zusätzlich Franzi verloren.«

»Na gut. Ich seh das Problem«, sagte Leonie und starrte ratlos die Petits Fours an, auf denen sich winzige Tautropfen gebildet hatten.

»Wirklich? Das hilft mir.«

»Wieso hilft dir das?«

»Weil es richtig beschissen ist, wenn man Angst hat und einem alle nur sagen, man soll sich entspannen.«

»Du sollst dich trotzdem entspannen. Aber ich verstehe, warum du es nicht kannst. Dir ist etwas total wichtig, von dem du nicht hundertprozentig wissen kannst, ob du es jemals kriegst.«

»Genau«, sagte Steffen. »Und jedenfalls habe ich inzwischen nicht nur Topflappen gehäkelt, sondern eine ganze Decke.«

»Ich bin ein bisschen neidisch.«

»Auf die Häkeldecke?«

»Dass du etwas hast, von dem du genau weißt, dass es dir wichtig ist. Alle Leute, an denen ich mich räche, haben das. Manchmal frage ich mich, wo man mich so treffen könnte wie ich sie.«

»Und, könnte man?«

»Ich weiß es nicht. Ich glaube, ich hab außer einer Handvoll Menschen nicht viel zu verlieren.«

Abends im Bett hörte Leonie auf Steffens tiefe Atemzüge. Sie hatte Menschen, die unbedingt Kinder wollten, immer bewundert. Sie selbst war sich nicht sicher, ziemlich gleichbleibend fifty-fifty, seit Jahren. Allerdings würde sie auch ihr Liebesleben in den letzten Jahren eher als fifty-fifty beschreiben. Das konnte ja also vielleicht noch kommen. Oder? Wo sah sie sich denn in fünf oder zehn Jahren, wenn sie mal so darüber nachdachte?

Sie schloss die Augen und sah sich selbst in einer Altbauwohnung. Abgezogene Dielen, weiße Wände, Stuck. Mitten im Raum stand ein hellgraues Sofa. Das Fenster stand offen, der weiße Vorhang bauschte sich in einem leichten Luftzug. Aus dem Nachbarzimmer perlte leise klassische Musik herüber.

Sie schaute genau hin. Auf den Boden. In die Ecken. Kein Lego weit und breit. Auch sonst kein Zeichen von Leben.

Es klingelte an der Tür, ein elegantes Ding-Ding-Dong. Sie sah sich selbst den Summer drücken und die Wohnungstür weit öffnen. Die Stimmen und das Gelächter ihrer Freundinnen hallten durchs Treppenhaus.

Lächelnd schlief sie ein.

34

Drei Dinge gefielen Leonie beim Wandern am besten: Bäume, die Schatten spendeten. Kühle Bachläufe. Ein Gasthaus am Gipfel. So kannte sie es aus Bayern.

Hier gab es nichts davon. Stattdessen verbrannte Erde, Kakteen und eine Flasche mit anderthalb Litern Wasser, die Steffen in ihren Rucksack gepackt hatte. Sie stiefelten durch eine Schlucht, die an den Seiten wenigstens ein bisschen Schatten bot. Dann führte ein Pfad wieder hoch in die Ebene und von dort aus den Berg hinauf.

Die Sonne brannte auf ihre Unterarme und ihre Waden. Leonie war froh über ihr Baseballcap und das Wasser. Nicht ganz so froh hingegen über das Gespräch, das Steffen mit ihr zu führen versuchte.

»Ich finde, du solltest das lassen«, sagte er, als sie den Berg halb erklommen hatten. »Ich weiß, ich hab dich am Anfang unterstützt und fand es sogar spannend. Aber ich hab meine Meinung geändert. Du solltest dich aus dem Hass anderer Leute raushalten. Es ist nicht richtig.«

»Wieso ist es nicht richtig?«

»Wem hilft Rache? Danach geht es doch einfach nur beiden schlecht. Beziehungsweise es geht einer Person besser, weil es der anderen jetzt auch schlecht geht. Findest du das nicht pervers?«

»Ich finde es eigentlich sehr relatable.«

»Die brauchen alle Therapie. Stattdessen kommst du und bringst sie auf den Gedanken, dass es doch cool wäre, ihren Exen zu schaden.«

»Nicht cool vielleicht, aber … hilfreich? Und ausgleichende Gerechtigkeit?«

»Du willst doch wohl nicht sagen, dass ausgleichende Gerechtigkeit und Rache dasselbe sind.«

»Warum nicht? Wenn ich im Hotel den Bademantel klaue, muss ich den nachträglich bezahlen, und sie kaufen einen neuen. Damit ist die Gerechtigkeit wiederhergestellt. Und wenn mir jemand das Herz bricht, kann ich das ein bisschen reparieren, indem ich mich an ihm räche.«

»Ein Herz ist aber kein Bademantel.«

»Du findest es also unmoralisch.«

»Ich finde es falsch. Warum riskierst du so viel?«

»Weil das Risiko sich lohnt.«

»Früher war dir Geld egal.«

»Ich mach es nicht fürs Geld. Nicht nur!«

»Sondern? Willst du dazugehören? Ist das so ein High-Society-Ding?«

»So ein Quatsch. Niemand von uns ist auch nur in der Nähe der High Society.«

»Ich finde, du hast dich verändert.«

»Warum muss das schlecht sein? Wer war ich denn deiner Ansicht nach früher, und wer bin ich heute?«

»Heute bist du … irgendwie unberechenbar. Du siehst auch anders aus.«

»Weil ich zu einem richtigen Friseur gehe. Und getönte Tagescreme benutze. Ist das schon ein Charakterfehler? Wie sah ich denn früher aus?«

»Nett! Ein bisschen wie eine …« Steffen machte eine Pause.

»Wie eine graue Maus? Wolltest du das sagen?«

»Ja. Nein! Also ich hab dran gedacht, aber ich meine es gar nicht so.«

»Du bist enttäuscht von mir, weil ich keine graue Maus mehr bin?!«

»Schrei mich bitte nicht so an.«

»Ich hab noch gar nicht geschrien. Jetzt schreie ich!« Leonie blieb mitten auf dem Weg stehen. »Zufällig bin ich glücklich, Steffen! Zum ersten Mal in meinem Leben hab ich wirklich Spaß. Ich hab Freundinnen, und ich verdiene viel Geld mit etwas, worin ich richtig gut bin. Es ist aufregend und herausfordernd und befriedigend. Du findest es vielleicht falsch, und du magst meinen Haarschnitt vielleicht nicht, aber du solltest dich für mich freuen und nicht scheiße zu mir sein, weil ich es gewagt habe, mich zu verändern. Im reifen Alter von dreißig Jahren! Hätte ich immer ne graue Maus bleiben sollen?«

»Vergiss das mit der grauen Maus doch endlich!«

»Nein! Die graue Maus hat dir keine Angst gemacht, und heute mach ich dir Angst. So ist es doch.«

»Ich hab keine Angst vor dir, du Freak. Ich hab Angst um dich!«

»Aber ich hab alles im Griff!«

»Wir wissen beide, dass das nicht ganz stimmt. Du siehst jetzt vielleicht aus wie ne Superheldin, aber das macht dich nicht unverwundbar. Und du lebst gefährlich! Hast du mal dran gedacht, dass das meiste illegal ist? Jemand könnte dich anzeigen!«

Steffen verstummte. Und auch Leonie schwieg. Sie hatte keine Angst aufzufliegen. Was für Steffen wie Risiko aussah, war für sie höchstens ein kleiner Kitzel. Wer sollte sie erwischen? Sie hatte alle Sicherheitsmaßnahmen getroffen. Nicht mal ihre Auftraggeber:innen kannten ihre Identität. Und sie hatten sicher kein Interesse, Leonie anzuschwärzen und sich selbst mit in den Abgrund zu reißen.

Wenn sie aus der Ferne beobachtete, wie ihre Pläne aufgingen, fühlte sie sich nicht nur sicher. Sie fühlte sich als Herrin der Lage. Den anderen immer zwei Schritte voraus. Überlegen. Unangreifbar. Dieses Gefühl war der Grund, warum sie auf jede Aktion tagelang hinfieberte. Das Geld, das sie dafür bekam, war wichtig. Aber das Geld konnte ihr nicht dieses Gefühl geben.

Langsam setzte sie einen Fuß vor den anderen, um auf dem steinigen Feldweg nicht abzurutschen. Steffen fotografierte einen zwanzigarmigen Kaktus. Sie wartete auf ihn und ging dann weiter.

War es unmoralisch, anderen zu schaden, damit es einem selbst besser ging? Wenn man die Vorgeschichte nicht beachtete, lautete die Antwort darauf sicher ja. Aber sie fand noch viel unmoralischer, was ihre Opfer zuvor getan hatten. Die Fische in der Toilette runterzuspülen: Das hatte der Ex von Sisibille01 nicht getan, weil es ihm schlecht gegangen wäre. Sondern aus purem Sadismus. Er hatte Tiere getötet. Sie hatte sein Auto überschwemmt. Beides hatte Ärger und Trauer ausgelöst. Aber das Auto war immerhin kein Lebewesen.

Und überhaupt: Sie selbst war ja nur die Dienstleisterin. Niemand musste sie engagieren. Es war die Rache von Sisibille01, von Rockheart, von Bluebird30 und von Margot Robbie. Sie alle entschieden selbst, wie beschädigt ihr Herz war und wie viel Ausgleich sie brauchten, damit die Situation sich wieder gerecht anfühlte.

Es gab ja ohnehin nur gefühlte Gerechtigkeit, dachte Leonie. Wenn jemand für einen Mord ins Gefängnis kam, brachte das das Opfer nicht zurück. Dafür gab es den Angehörigen das Gefühl, dass die schreiende Ungerechtigkeit ein bisschen gelindert wurde: Das Opfer hatte sein Leben verloren, aber der Täter konnte seins immerhin auch nicht mehr genießen.

Steffen stapfte neben ihr her. Sie kannten sich gut genug, um für den Rest der Wanderung zu schweigen.

Von einer Liege am Pool aus schickte Leonie Urlaubsfotos in den Gruppenchat. Außerdem verlangte sie ein Update aus Genevièves Liebesleben und bekam ein Selfie mit einer hübschen Dunkelhaarigen zurück.

Geneviève: *Ich bin sehr verknallt! Hab ich erzählt, dass ihre Mutter Vietnamesin ist? Gestern hat sie für mich gekocht und es war zum Niederknien! Es gibt nur ein einziges Problem: Sie nennt mich Vivi.*

Yasmin: *Aber das ist doch süß?*

Geneviève: *Ich hasse es, wenn jemand meinen Namen verkürzt!*

Yasmin: *Klar. Deshalb würden wir das auch nie machen.*

Geneviève: *Ich weiß genau, dass ihr mich Jenny nennt!*

Yasmin: *Also davon hab ich noch nie gehört. Freut mich so, dass es gut läuft! Und, hast du sie schon gefragt, ob sie einziehen will?*

Geneviève: *Nein. Auch ich mache manche Fehler nur einmal!*

Kim: **dreimal*

Geneviève antwortete mit dem Affen, der sich die Augen zuhält.

»Wenn du ein Süßwasserkrokodil in Salzwasser setzt, geht das kaputt«, sagte eine Frau am Nebentisch, als sie sich gerade zum Abendessen hinsetzen wollten. Steffen hob entschieden seinen Hintern wieder an und dirigierte Leonie zu einem Tisch neben einem jungen britischen Paar. Sie trug ein kleines Schwarzes. Er ein Fußballtrikot.

»Bist du sicher, dass das hier besser ist?«, fragte Leonie, während sie sich auf den Stuhl sinken ließ.

»Ja. Ich kann das deutsche Gelaber wirklich nicht mehr hören. Der Typ mit dem kurzärmeligen Hemd und der traurig guckenden Frau gestern beim Frühstück, der unbedingt über das Bermuda-Dreieck reden wollte und dann über Zwangsarbeiter in Munitionsfabriken, während vor ihm das Meer türkisblau lag – der hat mich gebrochen. Ich flieg auch nicht mit dir nach Deutschland zurück. Ich bin der Nation einfach nicht gewachsen.«

»Aber mein deutsches Gelaber hörst du dir noch ne Weile an?«

»Du zählst nicht mit.«

Steffen wendete sich an den Kellner, der soeben an den Tisch getreten war, und sagte freundlich: »Un zumo de melanzana, por favor.«

Der Kellner schaute leicht irritiert. Leonie lachte rücksichtslos laut.

»Was hab ich falsch gesagt?«

»Ich weiß nicht, was du bestellen wolltest, aber Melanzane heißt auf Italienisch Aubergine.«

»Verdammt. Was heißt Apfelsaft auf Spanisch?«

»Keine Ahnung!«

Steffen tat so, als würde er in einen Apfel beißen.

»Manzana! Muy bien«, sagte der Kellner.

Leonie bestellte unfallfrei eine Sprite. Auf Englisch.

»Wenn du nicht mit zurück nach Deutschland kommen willst, musst du vielleicht noch ein paar spanische Serien mehr schauen«, sagte sie.

»Vielleicht komm ich doch mit zurück«, sagte Steffen. »Die ganze Sonne, die Palmen, wer soll das auf Dauer aushalten?«

»Du bist also nicht mehr sauer?«, platzte Leonie heraus.

Seit der Wanderung war die Temperatur ihrer Freundschaft um ein paar Grad gesunken.

»Ich bin nicht sauer«, sagte Steffen. »Aber ich bin auch nicht einverstanden.«

35

In der zweiten Urlaubswoche hatte Steffen gemerkt, dass sich die Buffets beim Abendessen nach dem Wochentag richteten. Jeden Montag gab es dasselbe, jeden Dienstag, jeden Mittwoch. Er hörte auf, das Personal zu fragen, und wirkte zwei Tage lang froh mit der gewonnenen Routine. Er hatte das Muster erkannt. Nichts und niemand konnte ihn mehr überraschen.

Aber dann setzte doch eine gewisse Gleichförmigkeit ein. Deshalb reservierte Leonie für den letzten Abend einen Tisch in einem Fischrestaurant in der nächsten Ortschaft. Zum Abschied.

»Fancy«, sagte Steffen leise, als sie zu ihren Plätzen geleitet wurden. Sie setzten sich direkt an die Glasfront im ersten Stock. Von dort konnte man über die belebte Promenade aufs Meer schauen. Hin und wieder schoss ein Straßenverkäufer ein leuchtendes Plastikteil in die Höhe. Aus Leonies und Steffens Perspektive sah es aus wie ein kleines Feuerwerk, das eigens für sie gezündet wurde.

Etliche Gambas, eine Flasche Tempranillo Blanco und eine gemischte Fischplatte später bestellte Leonie die Rechnung.

»Ich lad dich ein«, sagte sie.

»Aber es ist bestimmt total teuer.«

»Ja, das macht nichts.«

»Dann danke.«

Steffen schaute auf die Promenade, während Leonie bezahlte. Als die Kellnerin weg war, beugte er sich vor und sagte: »Sei einfach vorsichtig, ja?«

»Natürlich«, sagte Leonie. »Ich bin immer vorsichtig.«

»Und sag nie, ich hätte dich nicht gewarnt.«

»Deal.«

»Ich finde, wir sehen uns zu selten«, sagte er. »Besuchst du eigentlich nie deine Eltern?«

»Nicht wenn ich es vermeiden kann. Und ich hab gestern eigentlich genug von dir gesehen.«

»Es tut mir leid, ich hab's auch schon mehrfach gesagt, ich war sicher, dass ich die Badezimmertür abgeschlossen hatte.«

»Ist schon gut. Ich bin nur mittelmäßig traumatisiert. Und du hast recht, wir sehen uns zu selten. Ich komme wieder öfter vorbei.«

***

Am ersten Arbeitstag nach ihrem Urlaub saß sie an ihrem Schreibtisch und schaute stumpf vor sich hin. Der Stapel mit den Heuschreckenkästen war in ihrer Abwesenheit deutlich gewachsen. Sie identifizierte eine Sibirische Keulenschrecke und ein intensiv gelb gefärbtes Weibchen der Wüstenheuschrecke. Dann holte Nam sie zum Mittagessen ab. Über Kartoffelbrei und grünen Bohnen berichtete er, dass die interne Kommission die Suche nach dem Dieb offiziell erfolglos eingestellt hatte. Dann beugte er sich über den Tisch und sprach leise weiter: »Gleichzeitig ist ein Doktorand von den Mollusken nicht mehr zur Arbeit gekommen. Von einem Tag auf den anderen.«

»Meinst du, da gibt es einen Zusammenhang?«

»Ich weiß es nicht. Sein Team sagt, er hat Burnout. Aber dass es in derselben Woche passiert … kann das Zufall sein? Vielleicht ist es doch kein Burnout, sondern eine Kündigung, und sie behalten es für sich.«

»Warum sollten sie das tun?«

»Aus irgendwelchen arbeitsrechtlichen Gründen? Ich kenn mich da nicht aus.«

In den folgenden Tagen versuchten beide, mehr herauszufinden. Erfolglos. Der Direktor hüllte sich in Schweigen. Und auch Frau Vogt, die sich sonst ganz gern am Institutsklatsch beteiligte, war auffallend wortkarg.

***

Geneviève lud die Frauen zu sich ein, um ihre neue Freundin vorzustellen. *Ganz zwanglos.* Leonie wusste inzwischen, was das bedeutete, und kaufte extra ein schickes dunkelblaues Kleid. Sie beglückwünschte sich selbst zu dieser Maßnahme, als die Gastgeberin ihr in einem pinkfarbenen Hosenanzug und hohen Schuhen die Tür öffnete, und überreichte förmlich den Rosé-Crémant, auf den sie sich in den letzten Monaten nach und nach als akzeptables Getränk geeinigt hatten: Er war von Aldi, was Leonie gut fand, und er war immerhin ein Crémant, was Geneviève gut fand. Das Wort *Winzersekt* trieb ihr, wie sie behauptete, kalte Schauder den Rücken hinunter.

»Ich habe gekocht«, sagte sie.

»Du kannst kochen?«

»Klar kann ich kochen.«

»Du hast noch nie erzählt, dass du was gekocht hast, seit wir uns kennen.«

»Ich habe ein Kochbuch, und ich kann Anweisungen befolgen, wenn ich es für sinnvoll halte. Also kann ich kochen.«

Die anderen warteten schon. Nicht auf Leonie, sondern auf Sophia.

»Was denkt sie eigentlich, was du beruflich machst?«, fragte Leonie.

»Sie hält mich für eine Charity-Lady, die reich geerbt hat.«

»Und du machst dir keine Sorgen, dass sie die Wahrheit rausfinden könnte?«

»Sie käme nicht mal drauf, dass ich was vor ihr verstecke. Sie benutzt mein Handy für Spotify, sie kann hier in jede einzelne Schublade schauen, sie hat sogar schon einen Schlüssel.«

»Einen Schlüssel? Dein Ernst?«, fragte Kim, als sie plötzlich Geräusche im Flur hörten.

»Aus praktischen Erwägungen!«, sagte Geneviève und rauschte hinaus. Zu zweit kamen sie zurück. Sophia trug ein schwarzes Kleid mit pinkfarbenem Gürtel und umarmte alle sofort.

»Habt ihr euch absichtlich passend angezogen?«, fragte Yasmin lachend.

»Ich wusste nichts davon!«, beteuerte Sophia. »Aber jetzt, wo du es sagst, verstehe ich auch, warum Vivi mir zu diesem Gürtel geraten hat heute Morgen.«

Geneviève grinste wie eine verliebte Idiotin und gab mit einer kleinen Zange gefrorene Himbeeren in Champagnerkelche. Eine halbe Stunde später zeigten die Freundinnen ihr nur halb unter dem Tisch versteckt erhobene Daumen. Eine weitere halbe Stunde später ging Sophia endlich auf die Toilette. In ihrer Abwesenheit wehte ein leiser, aber wortreicher Begeisterungssturm durch den Raum.

Als sie zurückkehrte, benahmen sich alle wieder normal. Nur Genevièves Teint hatte den Farbton ihres Hosenanzuges angenommen. Die beiden schauten sich mit einer Zärtlichkeit an, als hätten sie sich wochenlang nicht gesehen. Sophia erzählte, wie sie zwei Stunden in der Stadt nach dem perfekten Glasbehälter für die Pfirsichringe gesucht hatte. Und wie sie für eine Woche auf eine Dienstreise gehen musste und in ihrem Koffer kleine Briefe von Geneviève gefunden hatte. Für jeden Tag einen.

Eine weitere Stunde später ging Leonie zur Toilette, nahm ihr Telefon mit und googelte heimlich:

Warum bin ich nicht lesbisch und wie kann ich es werden

Die Ergebnisse halfen ihr nicht weiter. Aber sie beschloss an diesem Abend mit Blick auf einen goldenen Wasserhahn, dass ihre Benchmark für künftige Beziehungen *Vivi und Sophia* heißen sollte.

»Bist du immer noch da drin?«, fragte Yasmin von außen.

»Ja«, sagte Leonie, wusch sich die Hände und öffnete die Tür.

»Ist alles okay bei dir?«

»Keine Sorge. Ich hab große, wichtige Lebensentscheidungen getroffen und werde mich nur noch auf besonders tolle Beziehungen einlassen.«

»Na, das unterstütze ich! Zum Glück hast du einen angemessenen Schauplatz gefunden für diese Entscheidung: den kleinsten Marmorpalast der Welt.«

»Drunter mach ich es jetzt auch nicht mehr.«

36

Nicht alle hatten etwas, an dem ihr Herz hing. Das Auto war ein leichtes Ziel gewesen. Die Beförderung. Der gute Ruf des Cafés. Das Affären-Chalet. Leonie hatte ihr Ziel vor Augen gehabt. Sie musste nur überlegen, wie sie dort hinkam.

Der nächste Kandidat schien eher umgekehrt zu funktionieren. Als Leonie seine Ex fragte, was ihm wichtig war, kam stattdessen eine ganze Liste von Dingen, die er hasste. Darunter die Ex selbst. Sie hatte sich getrennt, als er zum dritten Mal etwas nach ihr geworfen hatte. Beim ersten Mal war es ein Glas gewesen. Beim zweiten Mal eine Vase. Beim dritten Mal eine brennende Duftkerze. Er verfehlte sie. Als sie fertig damit war, das Wachs vom Laminat zu kratzen, war sie auch mit dem Mann fertig.

Zu den Dingen, die er hasste, gehörte sein Arbeitgeber. Nicht einfach nur die Chefin. Die ganze Firma. Leonie fragte, wie sich das äußerte, und bohrte ein bisschen nach. Am Ende verriet die Ex, dass er Dokumente mit Firmengeheimnissen in seiner Wohnung lagerte, weil er sich bald bei einem anderen Automobilzulieferer bewerben wollte. Er hatte vor, die Dokumente im Bewerbungsgespräch ganz nonchalant zu erwähnen und seine Einstellung damit besonders attraktiv zu machen.

Leonie hatte viel Zeit vor ihrer Tafel verbracht und gegrübelt, wie sie seine Betriebsspionage am besten auffliegen lassen könnte. Am Ende führte jede Variante sie auf denselben Weg: Sie musste in seine Wohnung.

Die Ex hatte keinen Schlüssel mehr. Aber sie wusste, dass er die Wohnung nie abschloss. Es war eine windige Altbautür mit Milchglaseinsätzen, gehalten von dünnen Holzrahmen. Wer da wirklich reinkommen will, pflegte er zu sagen, kommt eh rein. Also zog er die Tür nur hinter sich zu.

Leonie schaute mehrere YouTube-Videos. Dann ging sie zu Yasmin nach Hause, deren Tür ähnlich stabil war, und übte eine Stunde lang, sehr zur Verwirrung der ältlichen Nachbarin. Am besten funktionierte die grasgrüne Kunststoffhülle des Schulordners von Yasmins ältester Tochter. Den kaufte Leonie am nächsten Tag nach. Bald hatte sie ein kleines Arsenal von Plastikstücken unterschiedlicher Flexibilität beisammen.

Er hasste seinen Job, aber er ging stets pünktlich zur Arbeit. Um 8.30 Uhr verließ er das Haus. Um 8.38 Uhr hatte Leonie sich vergewissert, dass er wirklich in die U-Bahn gestiegen war, und ging zurück zu seiner Wohnung. Ein Nachbar, der gerade sein Fahrrad aus dem Hinterhof geholt hatte, sah sie kommen und ließ die Tür für sie offen. Sie liebte diese riesigen Mietshausanlagen. Niemand kannte die anderen, niemand merkte sich einen Namen und schon gar kein Gesicht. Es war fast zu einfach.

Die Holztreppe knarzte bei jedem Schritt unter ihren Füßen. Leonie holte das grüne Plastikstück aus ihrer Bauchtasche und hielt es zwischen den Fingern. Vorsichtig drückte sie oben gegen die Tür, steckte es in die entstehende Lücke und bewegte es nach unten. Weit kam sie nicht. Was bei Yasmins Tür funktioniert hatte, war hier zu unnachgiebig. Sie brach den Versuch schnell ab und tauschte das Stück gegen eine feste Klarsichthülle. Damit kam sie bis zum Schnapper. Sie machte eine sägende Bewegung und verkantete die Hülle leicht.

Mit einem leisen Klicken ging die Tür auf. Leonie glitt durch die Öffnung und schloss sie wieder hinter sich. Sie lächelte unwillkürlich: Es hatte sich gelohnt, so viel zu üben. Sie zog ihre schwarzen Turnschuhe aus, damit die Nachbarn keine Schritte hörten, und stellte sie eher aus Spaß in den Schuhschrank im Flur. Ihre Jacke ließ sie an. Sie hatte nicht vor, lange zu bleiben. Das Arbeitszimmer musste hinten links sein.

Der Anblick der vielen Ordner erschlug sie. Über dem Schreibtisch waren fünf Regalbretter an der Wand befestigt, jedes etwa zwei Meter lang. Nur einen Teil der Ordner konnte sie ignorieren: Kontoauszüge und Versicherungen. Die meisten waren mit einer Abfolge von Buchstaben und Zahlen beschriftet, die ihr gar nichts sagten.

Sie seufzte und beschloss, oben anzufangen. Über das schwarze Kunstleder des Bürostuhls stieg sie auf die Tischplatte und zog den ersten Ordner heraus. Sie legte ihn auf den Schreibtisch und fing an, die ersten Seiten zu fotografieren. Es waren vor allem Zeichnungen und Formeln, aber auch ausgedruckte Power-Point-Präsentationen, Dienstpläne und Betriebsanleitungen. Auf manchen Dokumenten stand sein Name. Die fotografierte sie besonders ordentlich.

Beim fünften Ordner wurde ihr klar, dass sie so nie fertig werden würde. Sie zog ihre dunkelblaue Daunenjacke aus, schob sie unter den Schreibtisch und fing an, die Seiten möglichst langsam durchzublättern und dabei zu filmen. Ihre dünnen Handschuhe behielt sie an.

Nach anderthalb Stunden war sie am vierten Regalbrett angekommen. Immerhin musste sie dafür nicht mehr auf den Schreibtisch steigen. Sie hatte gerade einen Ordner zurückgestellt und wollte nach dem nächsten greifen, als sich der Schlüssel in der Wohnungstür drehte.

Für drei Sekunden erstarrte sie. Die feinen Härchen in ihrem Nacken stellten sich auf. Plötzlich hatte sie keinen einzigen klaren Gedanken mehr im Kopf. Sie hörte, wie er seine Schuhe auszog und den Reißverschluss seiner Jacke öffnete. Leise schob sie den Bürostuhl wieder an seinen Platz. Seine Schritte kamen direkt auf sie zu.

Hinter ihr stand ein großer Kleiderschrank, neben dem eine Lücke zur Wand gelassen worden war. Dort hatte er ein klappbares Laufband und einen Wäscheständer untergebracht. Leonie lief in die Ecke und quetschte sich dazu. Sie musste ihren ganzen Körper verdrehen, damit ihre Hüfte, ihre Schultern und ihre Füße alle in dieselbe Richtung wiesen. Anders wäre für ihre Zehen kein Platz gewesen.

Er kam in den Raum und warf etwas auf den Schreibtisch. Die Post, dachte Leonie. Dann blieb er kurz stehen. Sie hielt den Atem an und meinte, er müsse ihren Herzschlag hören. Ihr Puls dröhnte in ihren Ohren. Sie dachte an ihre Jacke unter dem Schreibtisch und wie leicht sie da zu finden war. Dann verließ er den Raum wieder. Sie hörte ihn im Flur telefonieren.

»Ja, Alter, ich hatte so keinen Bock. Ich hab gesagt, ich hab Magen-Darm. Die können mich mal.«

Er lachte grunzend.

»Jetzt war ich heute kurz da, also kann ich noch zwei Tage blaumachen und brauch keine Krankschreibung. Gewusst wie!

Nee, ich mach eigentlich gar nix. Ich will nur Netflix gucken und bisschen gamen. Kann ja jetzt eh nicht raus, wenn mich jemand sieht, mit Magen-Darm.«

Im Stillen rechnete Leonie ihre Chancen aus. Wenn er mit Kopfhörern spielte, konnte sie unbemerkt abhauen. Ihr linkes Bein schlief schon ein. Sie befürchtete, plötzlich aus der Nische zu fallen, unter riesigem Getöse, den Wäscheständer und das Laufband mit sich reißend.

Sie hörte ihn in der Wohnung herumgehen. In der Küche lief kurz das Wasser. Dann ging er zur Toilette, ließ aber die Tür offen, wie sie unzweifelhaft erkennen konnte.

Sie musste raus aus dieser Nische. Nach endlosen Minuten machte er im Wohnzimmer den Fernseher an. Irgendeine Profiler-Serie, mehr konnte Leonie nicht erkennen. Es war viel zu still, fand sie. Eine laute Verfolgungsjagd wäre ihr lieber gewesen.

In Zeitlupe löste sie sich aus der Lücke, schlich zum Schreibtisch, holte ihre Jacke darunter hervor und zog sie an, um die Hände frei zu haben. Dann bewegte sie sich langsam zum Türrahmen und blickte in den Flur.

Die Wohnzimmertür stand offen. Sie lag direkt gegenüber dem Eingang. Leonie konnte nicht erkennen, wo das Sofa stand und ob es einen Blick auf die Wohnungstür bot. Es war zu riskant.

Sie zog sich wieder zurück und suchte nach besseren Verstecken. Der Schrank hatte eine Schiebetür, die sie langsam öffnete. Oben hingen Hemden und Jacken an einer Stange, unten lagen Decken, eine Luftmatratze und ein Basketball. Wenn sie sich richtig klein machte, konnte sie sich daneben setzen.

Vorsichtig senkte sie ihren Hintern auf das unterste Brett, zog ihre Füße ein und rutschte mit dem Rücken an die Seitenwand. Dann zog sie die Tür wieder zu.

Jetzt keine Panik, Leonie. Und keinen Mucks. Er darf dich nicht finden. Wenn er dich findet, haut er dir eine rein. Oder er holt die Polizei. Oder beides. Keine Panik!

Tief und ruhig versuchte sie zu atmen. Durch die Nase ein, Luft anhalten, durch den Mund aus, wieder Luft anhalten.

Ihr wurde schummrig, aber sie wusste nicht, ob das an der Atemübung lag oder an ihrer dicken Jacke, in der sie nun zu schwitzen begann. Sie schlüpfte aus den Ärmeln, aber die Jacke blieb zwischen ihr und der Seitenwand eingeklemmt und wärmte sie kaum weniger als zuvor. Kleine Schweißperlen bildeten sich auf ihrer Oberlippe.

Sie wartete geduldig, ohne zu wissen worauf. Nach einer halben Stunde fiel ihr der Nachteil dieses Verstecks auf: Der Schrank funktionierte wie eine schallisolierte Kabine. Sie bekam nicht mit, ob die Luft rein war.

Aus ihrer Bauchtasche kramte sie ihr Telefon und schrieb der Ex.

Es ist ein Notfall. Kannst du ihn anrufen und ihn aus dem Haus locken?

WAS IST PASSIERT?, schrieb die Ex zurück.

Ist jetzt egal, aber ich brauche deine Hilfe, ich komm hier sonst nicht weg

Ich weiß nicht, ob es klappt, aber ich versuche es sofort

Leonie ließ das Handy sinken und trocknete mit dem Ärmel den Schweiß auf ihrer Oberlippe.

Er geht nicht ran, ich hab ihm jetzt geschrieben. Bist du okay?

Ich bin okay, ich will hier nur nicht übernachten und ich muss bald aufs Klo

Lass dich bloß nicht erwischen, er würde ausrasten

Was hast du ihm geschrieben?

Dass ich dringend was mit ihm besprechen muss. Ich hab versucht, es so klingen zu lassen, als wär ich vielleicht schwanger

Das könnte funktionieren

Ja, wenn der mal auf sein Scheißhandy gucken würde

Wir warten einfach

Es dauerte anderthalb Stunden. Leonies Blase fühlte sich

an, als müsste sie platzen. Sie versuchte sich einzureden, dass sie gar nicht zur Toilette musste, weil sie sämtliche Flüssigkeit ausschwitzte. Endlich leuchtete ihr Telefon wieder auf.

Es hat geklappt!! Wir treffen uns gleich in einem Café in der Nähe

Gott sei Dank. Sagst du mir Bescheid, wenn er angekommen ist?

Mach ich!

Und pass auf dich auf

Du auch

Langsam begann Leonie sich zu entspannen. Ihre verkrampften Muskeln lösten sich etwas. Sie hatte fürchterliche Rückenschmerzen.

Durch die Schranktür hörte sie gedämpft Schritte. Sie konnte nicht abschätzen, wie weit sie entfernt waren oder in welche Richtung er ging. War das schon die Wohnungstür, die sie gerade klicken gehört hatte?

Plötzlich ging die Schranktür auf. Entsetzt starrte Leonie auf zwei graue Hosenbeine. Sie wagte nicht, den Kopf zu heben. Die Beine standen kurz einfach da. Schaute er von oben auf sie herab? Würde er sie gleich packen und aus ihrem Versteck ziehen?

Sie hörte, wie er ein Kleidungsstück samt Bügel von der Stange nahm. Energisch schob er die Schranktür zu.

Sie wartete, bis die Ex schrieb. Dann kroch sie aus dem Schrank und hastete gebückt ins Badezimmer. Die Tür ließ sie offen. Sie zu schließen, hätte wertvolle Sekundenbruchteile gekostet.

Eine Minute später stand Leonie auf der Straße. Es war schon Nachmittag. Die Sonne stand am winterblauen Himmel und lachte sie aus.

37

Danke für deine Hilfe. Wie bist du aus der Nummer rausgekommen?

Ich hab gesagt, ich muss operiert werden. Hatte ja was von Frauenarzt erzählt, damit er seinen Arsch aus dem Haus bewegt. Und dass ich vorher mit ihm Frieden schließen will, falls bei der OP was passiert

Hat er dir das abgekauft?

Er war total angeekelt, als ich gesagt habe, es wäre so eine Frauensachen-OP. Wollte ganz klar keine Details. War aber friedlich.

Gut gemacht. Ich verschick jetzt die Videos, wie vereinbart.

Sie legte eine Einmal-Email-Adresse an, die sich nach zehn Minuten von selbst löschen würde. Dann schickte sie die Aufnahmen an den Personalchef. Es waren so viele und große Dateien, dass sie mehrere Mails brauchte. Sie wollte nicht riskieren, dass er einen WeTransfer-Link aus Angst vor Spam ignorierte. Und zumindest konnte er es nicht übersehen, wenn plötzlich zwanzig Nachrichten bei ihm landeten.

In den Tagen darauf war sie schreckhafter als sonst. Als Alfred Mayer mal wieder urplötzlich neben ihrem Schreibtisch auftauchte, schrak sie nicht nur zusammen, sondern sprang von ihrem Stuhl auf und hob die Hand, um zuschlagen zu können. Doch seinem Gesichtsausdruck nach zu urteilen, wirkte sie wenig bedrohlich.

»Nanu«, sagte er. »Ich wollte Sie bestimmt nicht erschrecken.«

»Ich weiß«, sagte sie und ließ sich wieder auf ihren Stuhl fallen. Sie beruhigte sich nur langsam.

»Wie geht's den Heuschrecken?«

»Ganz gut. Ich hab hier gerade eine blauflügelige Ödlandschrecke, die sieht ja einfach nur aus wie ein Stück Holz, aber es gibt irre Fotos online.«

»Faszinierend.« Er beugte sich zum Monitor. »Hatten Sie als Kind eins von diesen Büchern, bei denen man aus lauter Tieren eins zusammenblättern kann? Meine Söhne hatten das. So sieht das hier auch aus.«

»Ja, vorne Heuschrecke, dann Schmetterling, und dann …«

Beide legten den Kopf schief.

»Ausgestreckte Froschbeine«, sagte Mayer.

»Genau.«

»Vermissen Sie die Libellen manchmal?«

»Ein bisschen. Die sind ja auch Räuberinnen, aber sie wirken nicht so maßlos.«

»Die Heuschreckenschwärme sind natürlich nicht gerade sympathisch, da gebe ich Ihnen recht. Es wirkt aggressiv, wie eine Bedrohung, dabei ist es am Ende auch nur ein Überlebenskampf.«

»Ich hab gelesen, dass die Heuschrecken einfach nur alle gleichzeitig auf der Flucht sind, wenn sie so schwärmen. Und zwar voreinander. Wenn es zu viele Heuschrecken und zu wenig Nahrung gibt, werden sie zu Kannibalen. Und wer nicht gefressen werden will, muss wegfliegen. Aber da sind sie schlau: Sie fliegen alle in dieselbe Richtung, weil sie dann am wenigsten Zusammenstöße riskieren mit anderen Heuschrecken, für die sie aussahen wie ein Snack.«

»Da bekommt man ja fast Mitleid mit den Tierchen«, sagte Mayer.

»Andererseits ruinieren sie eben die Ernte und stürzen ganze Regionen in Hungersnöte.«

»Die Natur ist grausam, nicht wahr? Die Fauna zuvorderst, und die Flora auch, wenn man sich manche parasitischen Pflanzen anschaut.«

»Und die menschliche Natur.«

»Die ganz besonders.«

»Ich wollte Sie noch was fragen, vielleicht wissen Sie etwas darüber … Sie haben doch bestimmt mitbekommen, dass ein Doktorand plötzlich aufgehört hat zu arbeiten?«

»Ja, das haben die Kollegen an der Pforte erzählt.«

»Wir fragen uns, ob das mit den verschwundenen Exponaten zusammenhängt. Wissen Sie, ob er das war?«

»Nein.«

»Sie wissen es nicht?«

»Er war es nicht.«

»Und woher wissen Sie das?«

Er zögerte kurz.

»Manche Sachen«, sagte er dann, »weiß man einfach.«

Sie hatte sich mit Yasmin verabredet. Allein. Sie brauchte die Witze und Vorwürfe nicht, die sie von Kim und Geneviève bekommen hätte. Lieber eine feste Umarmung und eine konstruktive Fehleranalyse.

Yasmin hatte leicht besorgt reagiert, aber auch erfreut. Sie lud Leonie zu sich nach Hause ein. Sie aßen Nudeln mit der ganzen Familie und tranken Rotwein dazu. Dann brachte Torsten Max und Ester ins Bett.

»So«, sagte Yasmin. »Der kommt eh nicht zurück. Wenn

der einmal einschläft, wacht er nimmer auf. Was hast du denn?«

»Ist es so offensichtlich? Verdammt.«

Leonie erzählte die ganze Geschichte. Von ihrer Erstarrung. Von ihrer Panik. Von ihrer Schreckhaftigkeit seitdem. Yasmin legte ihr die Hand auf den Unterarm und streichelte sie sanft.

»Das klingt schlimm«, sagte sie. »Tut mir so leid.«

»War ich zu unvorsichtig?«

»Du hast eigentlich an alles gedacht, finde ich. Aber die Aktion war riskant.«

»Sollte ich einfach generell nicht in Wohnungen gehen?«

»Machst du das oft?«

»Schon manchmal.«

»Schau, das wär doch eine gute Daumenregel: Nur in die Wohnung gehen, wenn dir wirklich gar nix anderes einfällt.«

»Ja. Das war leider so ein Fall. Aber du gehst ja auch in Wohnungen. Du triffst die Leute sogar! Hast du eigentlich keine Angst, dass jemand dich danach erkennen könnte?«

»Ich schmink mich stark. Ich kenn alle Contouring-Tricks. Meine Nase schaut ganz anders aus. Vielleicht würdest du auch auf der Straße an mir vorbeigehen. Und ganz ehrlich: Für viele Leute sind auch einfach alle Türkinnen gleich. Die merken sich dann, dass ich schwarze Haare hab und dunkle Augen. Viel Glück mit dem Phantombild. Ich kling dann außerdem gar nicht bayerisch, sondern perfekt hochdeutsch. Damit könnt ich von überall herkommen.«

»Hast du trotzdem manchmal Angst?«

»Nie. Die haben keine Chance, mich zu finden. Und die Leute, die Drogen bei mir kaufen, sind alle Stammkunden oder kommen über Empfehlung. Manche von denen erzählen mir von ihren Kindern oder über ihren Ärger im Job.«

»Das klingt so nett. Als würdest du nach Feierabend in einer zweiten Buchhandlung arbeiten.«

»Quasi. Aber ich verkauf Koks statt Kafka.«

»Und Gras statt Grass.«

Yasmin lachte und sagte: »Wenn ich mal einen Laden aufmach, nenn ich ihn *Gras und Grass,* da gibt's dann beides.«

»Oh ja, wie diese ganzen Läden, die Blumen und Bücher verkaufen.«

»Das ist so eine gute Idee. Tja. Geht's dir ein bisserl besser?«

»Ich glaube schon. Danke. Es hat gut getan, mit dir darüber zu sprechen. Jetzt bin ich auch gewappnet für die Reaktionen der anderen.«

»Du musst es ihnen fei nicht erzählen, wenn du nicht willst.«

»Hm. Vielleicht denk ich noch mal drüber nach.«

***

Sie saß in einer dunklen Kiste. Zusammengekauert. Mehr Platz bot die Kiste nicht. Es war stockfinster. Kein Lichtstrahl drang zu ihr. Die Wände fühlten sich hart an, wo ihr Rücken und ihre Ellbogen sie berührten. Aber sie ließen Geräusche durch. Sie hörte Verkehrslärm, leise Musik und immer wieder das Ding-Dong einer Ladenglocke.

Sie selbst machte keinen Mucks. Auch wenn sie nicht wusste, wo sie war: Sie wusste, dass sie nicht gefunden werden wollte. Ihr Atem ging flach. Ihre Arme umschlossen ihre angezogenen Beine und hielten sie verkrampft fest.

Nach einer Weile hörte sie schwere Schritte. Sie liefen um sie herum, kamen näher, entfernten sich wieder.

Leonie stieg ihr eigener Schweißgeruch in die Nase.

Dann kamen die Schritte direkt auf sie zu. Schnell. Sie endeten direkt hinter ihrem Rücken. Instinktiv wendete Leonie ihr Gesicht nach oben. Aber als die Kiste aufgerissen wurde, sah sie nichts außer gleißendem Licht. Sie war geblendet, ihre Augen begannen zu tränen. Dann traf sie ein harter Schlag auf den Kopf.

Aufrecht saß sie im Bett. Ihr Herz raste. Sie war in die Bettdecke gewickelt, aber die war schweißnass. Leonie zitterte vor Kälte.

Sie warf die Decke auf den Boden, lief ins Bad und drehte das heiße Wasser in der Dusche auf. Es brauchte immer ein paar Minuten, bis es warm genug war. Ihr Spiegelbild sah aus wie immer, aber sie gruselte sich vor ihrem eigenen Gesicht. Ihre Augen sahen aus wie Teiche bei Nacht, groß und düster schimmernd. Ihr Mund war eine waagrechte Linie. Die Haare klebten ihr im Nacken.

Bibbernd zog sie den nassen Pyjama aus und warf ihn direkt in die Waschmaschine. Dann trat sie unter den heißen Wasserstrahl.

Sie zog einen frischen Pyjama an, föhnte sich die Haare und begann das Bett abzuziehen. Der Stoff fühlte sich klamm an. Sie steckte die Bettwäsche ebenfalls in die Waschmaschine und schaltete sie direkt an. Es war drei Uhr morgens. Ihre Nachbarn würden es überleben.

Trocken und müde legte sie sich in ihr frisch bezogenes Bett. In ihrer Wohnung war es nie ganz dunkel, die Vorhänge ließen etwas Licht von den Straßenlaternen durch. Sie schloss die Augen. Sofort empfand sie wieder die Panik aus der Kiste. Als wäre ihr Gefängnis nun hinter ihren Lidern. Sie fühlte sich eingesperrt. Gleichzeitig wollte sie auf keinen Fall gefunden werden.

Sie wälzte sich auf die Seite und rollte sich zusammen. Das zweite Kopfkissen, das sie manchmal brauchte, wenn sie im Bett las, zog sie an ihre Brust und hielt es fest. Ab da starrte sie nur vor sich hin und lauschte auf das Geräusch der Waschmaschine.

Hausfriedensbruch. Kam man dafür ins Gefängnis? Sie wollte nicht nachschauen. Erfuhren die Eltern eigentlich davon, wenn man festgenommen wurde? Da hätten sie wenigstens mal einen Grund gehabt, sich zu streiten: Wessen merkwürdige Gene sich hier durchgesetzt hatten, bei einer Tochter, die in fremde Wohnungen einsteigt. Wie hätte sie Nam erklären sollen, warum sie festgenommen wurde? Hätte sie ihren Job verloren? Hätte sie jemals wieder einen anderen gefunden?

Sie grübelte über tausend Fragen und fand keine einzige Antwort. Vielleicht war sie doch zu uncool für diesen Job. Solange alles glattlief, ging es ihr blendend. Sie verließ den Schauplatz gern mit Sonnenbrille und einem leichten Lächeln. Entspannt schlenderte sie davon und fühlte sich wie die abgebrühte Heldin einer Serie. Oder die Antiheldin. Jedenfalls die Hauptfigur.

Wenn aber etwas schiefging, war sie gar nicht abgebrüht. Eher wie früher, wenn sie ein Matheproblem an der Tafel lösen sollte und keine Ahnung hatte: panisch, verzweifelt.

Ihr war klar, dass Scheitern fast überall dazugehörte. Das lernte man in der Pflanzengenetik schnell. Alles musste man x-mal auf unterschiedliche Weisen versuchen, bis das Ergebnis endlich so war, wie man es sich vorgestellt hatte.

In ihrem neuen Job konnte sie sich das nicht leisten. Kein *trial & error*. Nur *hit & run*. Und bloß nichts am Tatort vergessen.

Nach zweieinhalb Stunden grimmiger Wachheit stand sie auf und hängte die Wäsche auf. Es war immer noch kein Hauch von Morgendämmerung zu sehen.

Sie griff nach ihrem Handy und begann ein kompliziertes

Sudoku, in dem sie komplett versagte. Dann ein Kreuzworträtsel. Aber ihr fielen kaum Wörter ein. Schon gar nicht die richtigen. Als sie die Korrektur einschaltete, erwies sich die Hälfte ihrer Einträge als falsch.

Nach einer Weile öffnete sie Whatsapp und sah, dass Steffen online war.

Hey, schrieb sie. *Warum bist du schon auf?*

Ich geh vor der Arbeit mit Franzi joggen, damit sie nicht alleine im Dunkeln raus muss. Aber sie findet ihre Laufschuhe gerade nicht.

Hast du sie versteckt?

Haha, nein. Wahrscheinlich hat sie sie im Gym vergessen.

Ich glaube, ich komme für ein paar Tage nach Hause.

Das ist mal ne gute Nachricht!

Ich weiß nicht.

38

Sie reichte sofortigen Urlaub ein. Postwendend kam die Genehmigung zurück. Als säße jemand im Institut, der nur darauf wartete, dass sie endlich ihre Arbeit unterbräche und für ein paar Tage wegbliebe. Der Zug war teuer, so kurzfristig gebucht. Aber sie hatte das Geld ja. Sie brauchte eine Pause von München, und sie brauchte ihren besten Freund. Schnell warf sie Klamotten für eine Woche in eine Sporttasche und verließ die Wohnung fluchtartig.

Auf dem Weg zum Bahnhof rief sie ihre Eltern an. Sie wirkten milde überrascht, aber durchaus erfreut.

»Dann beziehe ich mal dein Bett«, sagte Marianne.

Am frühen Abend kam Leonie an. Das Bett war nicht bezogen, denn ihre Eltern waren beschäftigt: Offenbar stritten sie seit Tagen und hatten nicht vor, damit aufzuhören. Die Begrüßung war herzlich. Aber schon beim Glas Wasser, das ihr Vater für sie einschenkte, ging das Gestichel wieder los.

Leonie wusste nicht, dass es eine falsche Art gab, Wasser in ein Glas zu gießen. Es war ihr auch egal. Sie nahm das Glas und verließ die Küche, was niemand zu bemerken schien. Aus dem Wäscheschrank holte sie Bettwäsche und Handtücher. Dann packte sie ihre Sachen aus.

Es fühlte sich merkwürdig an, schon wieder in einer Krise

in ihrem Kinderzimmer zu stehen. Immerhin war es nicht so schlimm wie beim letzten Mal, dachte sie. Sie hatte jetzt einen Job und gute Freundschaften, und sie liebte die Stadt, in der sie lebte, auch wenn diese Stadt die Liebe nicht immer erwiderte.

Leise trat sie in den Flur, um zu horchen. Ihre Vorsicht war unbegründet. Marianne und Peter hätten sie nicht mal gehört, wenn sie mit einem Traktor durchs Haus gefahren wäre. Sie stritten jetzt lautstark in der Küche. Leonie versuchte herauszuhören, worum es ging. Erfolglos. Der Streit ging schon zu lange. Ihre Eltern hatten sich vom Anlass bereits weit wegbewegt, hin zu unerträglichen Verhaltensweisen und grundsätzlichen Charakterfehlern des jeweils anderen. Immerhin schienen sie gleichzeitig zu kochen. Deckel knallten lauter als nötig auf Töpfe. Besteck klirrte. Hin und wieder sagte jemand: »Pscht, brüll nicht so, Leonie ist doch da.«

Dann ging es einfach weiter. Genau wie immer.

Leonie zog ihre Turnschuhe an und nahm den Autoschlüssel vom Haken. Der Golf rollte leise aus dem Carport. Eine Viertelstunde später war sie am Stauwehr.

Sie war noch nie mit dem Auto hier gewesen. Das Stauwehr war ein häufiges Ziel für Wanderungen mit der Grundschule oder Radtouren mit den Eltern. Man konnte hier Fische beim Springen beobachten. Das war nicht sehr aufregend. Aber für Bocholter Verhältnisse war es okay. Und als Kinder hatten sie sich nicht einbekommen, wie lustig es war, dass der Fluss Aa hieß.

Sie hatte vergessen, wie stockdunkel es nachts auf dem Land wurde. Nur der Mond erhellte die Szenerie etwas. Mit ihrem Handy als Taschenlampe ging sie bis ans Wasser und setzte sich auf eine Bank. Das Rauschen und Gluckern legte sich wie eine hellgraue Decke auf ihre Gedanken.

Auf der anderen Seite des Flusses tauchte ein leuchtendes Augenpaar auf. Sie konnte nicht erkennen, zu was für einem Tier es gehörte. Sie tippte auf einen Fuchs.

Früher hätte sie Angst gehabt, im Dunkeln allein in der Natur zu sein. In Menschenmassen fühlte sie sich schon immer sicher. Rein statistisch müssten etwa achtzig Prozent davon einigermaßen anständig sein und würden ihr im Notfall beistehen, schätzte sie.

Seit sie ihren Nebenjob hatte, sah sie beides etwas anders. Achtzig Prozent anständige Menschen schien ihr etwas hoch gegriffen. Und wenn niemand da war, wer sollte ihr dann etwas tun? Inzwischen fühlte sie sich allein am sichersten. Hier war niemand außer ihr und dem Fuchs und ein paar schlafenden Fischen im Fluss.

Vielleicht hatte sie sich wirklich verändert. Über die Frisur und die teure Nachtcreme hinaus. Aber sie war ziemlich zufrieden mit diesen Veränderungen.

Als ihr zu kalt wurde, ging sie zurück zum Auto. Pünktlich zum Abendessen kam sie zurück.

»Warst du weg?«, fragte ihr Vater überrascht, als sie im Flur ihre Jacke auszog.

Die machen mich wahnsinnig, schrieb sie an Steffen. *Beim Abendessen haben sie null miteinander geredet. Kein Wort. Nur mit mir.*

Yikes. Willst du morgen Abend herkommen? Franzi würde sich auch freuen. Dann musst du deine Eltern nur tagsüber ertragen.

Unbedingt. Ich würde sogar mit euch Karten spielen.

Und wir würden dich sogar gewinnen lassen.

Am nächsten Morgen war der Streit ausgesetzt. Das gab ihren Eltern Zeit und Energie, die sie umgehend einsetzten, um

Leonie auf ihre Seite zu ziehen. Marianne brachte ihr einen Kaffee ans Bett und erklärte, Peter höre eben nie zu. Peter holte Nutella für sie aus dem Keller und deutete an, Marianne sei die schwierigste Person, die er kenne.

Leonie war erleichtert, als die beiden endlich zur Arbeit gegangen waren. Sie schwor sich, ab sofort morgens auszuschlafen.

Im Keller fand sie sofort die drei Kartons mit ihren Schulsachen. Ihre Eltern hatten sie in die Mitte des Heizungsraums gerückt. Daneben stand ein alter Stuhl. Aussortiert wegen Hässlichkeit. Sie stellte ihre Kaffeetasse auf die überzähligen Küchenfliesen, die in der Ecke gestapelt waren. Es war eigentlich ganz gemütlich. Bis auf das Neonlicht.

Als Erstes stieß sie auf ihre Grundschulzeugnisse. Chronologisch sortiert. Bis zur vierten Klasse hatten sie keine Noten bekommen, sondern ausführliche Lernentwicklungsberichte. Sie vertiefte sich in die Beurteilung ihrer ersten Klassenlehrerin.

Leonie ist intelligent und wissbegierig. Sie stellt viele Fragen und arbeitet aktiv im Unterricht mit. Das kleine Einmaleins und das Alphabet beherrscht sie altersgemäß. Sie hat einige gute Freundinnen gefunden und ist meist fröhlich. Besondere Freude scheint ihr das Beobachten des Schul-Leguans Timmie in seinem Terrarium zu machen. An Aktivitäten, die die ganze Klasse einbinden, nimmt sie etwas widerstrebend teil. Sie hat ihren eigenen Kopf und macht nicht immer die Aufgaben, die ihr aufgetragen wurden, wenn sie ihr nicht interessant genug erscheinen. Im Sinne der Übersicht im Klassenzimmer wäre es schön, wenn sie häufiger um Erlaubnis fragen würde, wenn sie zur Toilette möchte.

Leonie blätterte weiter. Ein Jahr später las sich alles schon ganz anders:

Leonie ist brav und ordentlich. Ihre Aufgaben erledigt sie mit großer Sorgfalt. Sie versteht sich mit allen Klassenkameraden gut. Manchmal ist sie fast etwas zu still. Sie könnte sich etwas aktiver an Diskussionen beteiligen. Bei Wissensfragen hingegen meldet sie sich oft. Ihre Leistungen sind durchweg gut. Nur für Musik scheint sie bisher kein besonderes Talent oder Interesse entwickelt zu haben.

Fast alle Lehrer:innen ihrer späteren Grundschulzeit schienen diese Einschätzungen geteilt zu haben. Leonie fand nur Variationen der immer gleichen Formulierungen. Ein einziger Lehrer machte eine Ausnahme. Er hatte die Klasse für einige Monate übernommen, als die Klassenlehrerin ein Baby bekam. Auch er fand sie musikalisch unbegabt. Aber er schrieb, sie habe es *faustdick hinter den Ohren*. Leonie erinnerte sich, dass er bald danach in Frührente ging. Diabetes. Ihre Klasse war die letzte, die er als Klassenlehrer übernommen hatte.

Leonie legte die Zeugnisse beiseite. Sie ließ im Karton, was sie wegwerfen wollte. Den kleinen Rest stapelte sie daneben. Den Rest des Nachmittags verbrachte sie mit einem Buch auf dem Sofa.

Franzi fiel ihr um den Hals, erklärte, sie hätten sich viel zu lange nicht gesehen, und drückte ihr eine Badewanne Rosé in die Hand.

»Ich muss doch fahren«, protestierte Leonie.

»Aber nicht innerhalb der nächsten vier Stunden!«

Steffen stand in der Küche und wickelte Scamorza in frittierte Auberginenscheiben. Leonie umarmte ihn fest. Es fühlte sich zum ersten Mal wieder genau so an wie vor ihrem Streit im Urlaub.

»Danke, dass ihr mir Asyl gebt«, sagte sie. »Ich hab meine Eltern heute Abend nur fünf Minuten gesehen. Das war sehr erfreulich.«

»Streiten sie noch?«

»Noch ... schon wieder ... schwer zu sagen.«

»Hier bist du sicher. Wir haben erst am Wochenende gestritten, wir vertragen uns jetzt wieder für ein paar Monate.«

»Ach, deshalb die Blumen?«, fragte Leonie und wies auf einen herbstlichen Strauß auf dem Küchentisch.

»Ich kaufe ihr auch so manchmal Blumen!«, sagte Steffen.

»Das stimmt«, sagte Franzi. »Komm, wir gehen ins Wohnzimmer, du musst sehen, wie die Bananenstaude gewachsen ist!«

Leonie tapste mit ihrem Rosé-Bottich hinter ihr her und bestaunte die Pflanze, die fast bis zur Zimmerdecke reichte. Steffen folgte ihnen bald und sagte, die Auflaufform sei nun im Ofen, in einer halben Stunde gäbe es Essen, und bis dahin würde er gern erfahren, was Leonie so plötzlich in die Arme ihrer Eltern getrieben habe.

»Es ist was schiefgelaufen«, sagte Leonie. »Ich weiß nicht, ob ich weitermachen kann.«

»Schiefgelaufen wobei?«, fragte Franzi. »Mit deinen Insekten?«

»Nein.« Leonie atmete tief durch und schaute Franzi an. Seit sie sich kannten, hatte Franzi sie behandelt wie eine große Schwester. Leonie gehörte zu Steffen, und Franzi liebte Steffen, also liebte sie Leonie mit. So einfach war das für sie. Und wenn Leonie einer Schwester nicht vertrauen konnte, wem dann?

Sie fing ganz vorne an. Je mehr Leonie erzählte, desto größer wurde die Begeisterung.

»Ich will auch so einen Hustle!«, sagte Franzi. »Es klingt insane!«

»Warte mal ab, ob du das wirklich willst«, sagte Leonie und berichtete von ihrem letzten Auftrag. Und dem Albtraum.

»Das klingt schlimm«, sagte Steffen. »Bist du okay?«

»Ich weiß noch nicht, ehrlich gesagt.«

»Und hilft es dir, bei deinen Eltern zu sein?«, fragte Franzi.

»Es hilft mir, nicht in der Stadt zu sein, in der es passiert ist. Bei meinen Eltern sein … na ja. Es kommt mir vor, als wäre mein Leben ein Computerspiel, und immer wenn ich verkacke, muss ich wieder von meinem Kinderzimmer aus anfangen.«

»Was schon auch ein Privileg ist, dass du mit dreißig überhaupt noch ein Kinderzimmer hast, in das du zurückkommen kannst.«

»Das stimmt, ich weiß das auch. Ich würde nur gern bald mal alleine klarkommen.«

»Ich finde, du kommst ganz gut alleine klar«, sagte Steffen. »Du hast was Schlimmes erlebt und brauchst ein bisschen Tapetenwechsel. Mehr würde ich da gar nicht draus machen.«

»Meinst du, ich dramatisiere?«

»Das habe ich nicht gesagt. Ich denke nur nicht, dass du weniger lebenstüchtig bist, wenn ab und zu was schiefgeht. Daran entscheidet sich das nicht. Sondern daran, wie du damit umgehst.«

»Ist Wegrennen ein guter Umgang damit?«

»Es ist besser, als sich zwei Wochen im Bett zu verkriechen«, sagte Franzi.

»Und gesünder als Saufen«, sagte Steffen.

Sie spielten Rommee. Leonie gewann tatsächlich. Steffen und Franzi verhielten sich allerdings verdächtig, fand sie. Als sie sie damit konfrontierte, stellte sich heraus: Die beiden tauschten unterm Tisch keine Karten aus. Sie hielten nur Händchen. Leonie fuhr leicht beschämt und sehr gerührt nach Hause.

39

Ihre Aufsätze füllten einen halben Karton. Ihre Eltern hatten offenbar keinerlei Unterschied gemacht, was sie aufhoben und was nicht. Sie fand: Eine Interpretation des *Erlkönigs*, in der sie das ganze Gedicht auf den Irakkrieg bezog, worauf ihr Deutschlehrer sehr richtig anmerkte, dass Goethe vom Irakkrieg noch nichts gewusst haben konnte. Und eine flammende Erörterung für die Vermögenssteuer, deren Argumente sie recht überzeugend fand, obwohl sie sich nicht erinnern konnte, auch nur einen einzigen Satz davon geschrieben zu haben.

Gleich mehrfach wurde ihr unter den Aufsätzen eine blühende Fantasie bescheinigt. Die Noten waren mittelmäßig. Vielleicht war das mit der Fantasie gar nicht so positiv gemeint gewesen, wie sie damals dachte.

Sie kämpfte sich durch zu den Klassenarbeiten aus anderen Fächern. Bei drei Physik-Arbeiten hatte sie einfach ein leeres Blatt abgegeben. Null Punkte.

»Warum haben sie das bloß aufgehoben«, murmelte sie und warf die Arbeiten in die Altpapier-Kiste.

Der dritte Karton war voller Unterlagen aus dem Studium. Sie legte ihre Bachelor- und ihre Masterarbeit auf den kleinen Stapel der Dinge, die sie mit nach München nehmen wollte. Auch ihre Abschlusszeugnisse fand sie. Alle Hausarbeiten, Notizbücher und Reader ließ sie in der Kiste. Die erste Altpapierkiste war schon voll.

»Ich bin fertig«, verkündete sie beim Abendessen. »Habt ihr Platz in der Altpapiertonne?«

»Es ist bestimmt nicht viel, oder?«, fragte Marianne.

»Was ich wegschmeißen will? Schon. Fast alles.«

»Aber das sind doch Dokumente!«

»Nur weil sie vor zwanzig Jahren etwas auf ein Blatt Papier geschrieben hat, ist das noch kein Dokument«, sagte Peter.

»Wofür haben wir das denn dann die ganze Zeit aufgehoben?«

»Das weiß ich auch nicht«, sagte Leonie.

»Du kannst das nicht einfach in die Tonne tun. Wenn das jemand findet.«

»Sind dir meine Null-Punkte-Klausuren so peinlich«, spottete Leonie.

»Es sind Dokumente«, wiederholte Marianne.

»Ich kann morgen Nachmittag mit dir zum Wertstoffhof fahren«, sagte Peter. »Ich nehm mir frei, wir lassen alles schreddern. Dann ist der Datenschutz gewahrt, auf den deine Mutter so großen Wert legt.«

»Wenn das für euch beide okay ist«, sagte Leonie ergeben.

Ihre Mutter schwieg, holte aber drei Schälchen Panna Cotta aus dem Kühlschrank und setzte sie geräuschlos auf dem Tisch ab.

In der Nacht steckte Leonie in einem Loch im Fußboden fest. Ihr Kopf ragte heraus, aber sie konnte ihn nicht drehen. Ihr ganzer Körper war eingezwängt. Nur ihre Füße konnte sie frei bewegen. Schwere Schritte kamen ihrem Hinterkopf immer näher.

Verzweifelt zappelte sie. Die Schritte hielten kurz inne, dann wurden sie wieder lauter. Sie versuchte die Knie anzuziehen.

Plötzlich tat es einen lauten Schlag. Sie war durch das Loch gerutscht und in der Wohnung darunter gelandet. Eilig rappelte sie sich auf und rannte. Jemand schrie ihr Beschimpfungen hinterher. Aber sie drehte sich nicht um.

Als sie das Treppenhaus hinuntergerannt war und auf der Straße ankam, wachte sie auf. Keuchend. Ihre Decke war zu einem Klumpen verdreht.

Ihr Vater hob die Kisten in den Golf und knallte den Kofferraum zu.

»Und?«, fragte er. »Hast du was Interessantes gefunden da drin? Schnall dich an.«

»Hab ich schon. Findest du, ich war ein braves Kind?«

»Das haben sie immer gesagt beim Elternsprechtag. In der ersten Klasse noch nicht, da warst du eine kleine Kriminelle. Aber dann hast du dich verändert. Manchmal hab ich mich gefragt, ob du ein bisschen zu angepasst bist.«

»Fragst du dich das immer noch?«

»Nein. Du hast irgendwann bei diesem Streich mitgemacht, bei dem ihr am Ende das Lehrerzimmer geflutet habt. Da war ich beruhigt.«

»Das mit dem Lehrerzimmer war ein Versehen. Und du hast mir eine Woche das Handy weggenommen!«

»Ich bin immer noch dein Vater! Aber gefreut hat es mich trotzdem.«

Er lachte, als hätte er eben erst von dem Streich erfahren.

»Jedenfalls wusste ich da«, sagte er, »dass du dich auch durchsetzen kannst. Auf deine eigene Art und Weise.«

Die Mitarbeiter des Wertstoffhofs begrüßten Peter wie einen alten Kumpel. Altdokumente schreddern kostete fünf Euro, stand an einer Tafel. Aber nicht für Peter. Ihn kostete es ein Schulterklopfen und eine Zigarette.

»Wie oft bist du denn hier?«, fragte Leonie.

»Oft. Ich bring immer den Grünschnitt. Willst du auch eine?«

»Nein, ich rauche nicht und du … du doch auch nicht?«

»Ganz selten. Sag's deiner Mutter nicht.«

Gemeinsam sahen sie zu, wie Leonies Schulzeit im Schredder versank. In Streifen geschnitten. Zu fluffigen Papierhaufen aufgetürmt.

»Ballast abwerfen tut gut, oder?«, sagte Peter.

»Ich wusste nicht mal, dass das alles noch da war. Aber ich bin froh, dass es jetzt weg ist.«

»Marianne will alles behalten. Ich schmeiß alles weg.«

»Streitet ihr deshalb diesmal?«

»Wir streiten doch gar nicht.«

»Ihr streitet immer.«

»Hm. Komisch, wenn du das so sagst.« Peter zog an seiner Zigarette. »Weißt du, manchmal fühlt sich etwas wie Ballast an. Aber man hält trotzdem daran fest.«

»Warum?«

»Weil es einen erdet. Und das ist wichtiger, je älter man wird.«

»Eure Ehe ist Ballast für dich?«

»Für uns beide, denke ich. Aber Ballast ist eben nicht das richtige Wort. Ein Anker, würde ich sagen.«

»Das klingt absolut grauenhaft.«

»Das hätte ich in deinem Alter auch gedacht. Da braucht man Flügel. Wir brauchen Anker, Marianne und ich.«

»Seit wann bist du eigentlich so weise? Moment mal, ist das wirklich nur Tabak in deiner Zigarette?«

»Ja, ja. Ich bin zu alt zum Kiffen.«

»Und zu jung für medizinisch verordnetes Cannabis.«

»Das ist nett von dir«, sagte Peter, ließ seine Zigarette fallen und trat sie aus. »Komm, wir fahren.«

40

Sie war mit den Frauen im Weißen Bräuhaus verabredet. Yasmin hatte verkündet, sie wolle unbedingt mal wieder Kalbslüngerl essen. Leonie hatte das für einen Scherz gehalten, bis die Innereien auf dem Tisch standen. Das Gericht sah aus wie fein geschnittenes Gulasch, aber es roch saurer und bitterer. In seiner Mitte thronten zwei Semmelknödel, gekrönt von etwas gehackter Petersilie. Die Skepsis gegenüber dem Kalbslüngerl war nicht nur bei Leonie groß. Die anderen waren nur weniger überrascht.

»Weißt du noch, als sie vor ein paar Jahren das gegessen hat, was als *Berliner Schnitzel* auf der Karte stand?«, sagte Geneviève.

»Was ist das?«, fragte Leonie.

»Euter«, sagte Yasmin fröhlich. »Gekocht und in Scheiben paniert und dann ausgebacken.«

»Du bist der mutigste Mensch, den ich kenne.«

»Es ist doch vernünftig«, sagte Yasmin. »Es werden so viele Kühe geschlachtet, die haben alle Euter, warum sollte man das nicht essen?«

»Du weißt, dass Euter zu den Sachen gehören, die sie im *Dschungelcamp* essen müssen.«

»Ja gut, wenn man das nicht gescheit zubereitet, ist es wahrscheinlich schwer zu kauen. Aber ihr habt doch bestimmt schon mal Leber gegessen, das schmeckt viel mehr nach Innereien.«

»Ich hab wahrscheinlich zu wenig Respekt vor der Kreatur«, sagte Geneviève. »Es tut mir leid, ich will immer nur das Filet und bei Geflügel die Brust, und von allem anderen will ich nichts wissen.«

»Ich muss euch was erzählen«, sagte Leonie. »Yasmin weiß es schon. Es ist was schiefgegangen bei meinem letzten Job. Deshalb bin ich auch zu meinen Eltern gefahren.«

Sie erzählte die ganze Geschichte. Danach war es still am Tisch. Kim und Geneviève wechselten Blicke.

»Und jetzt?«, fragte Kim. »Überlegst du aufzuhören?«

»Manchmal.«

»Dann hör doch auf. Vielleicht ist das wirklich nichts für dich.«

»Nein! Sie hört nicht auf«, sagte Geneviève. »Das kann doch mal passieren, dass ein Job schiefgeht. Da mussten wir alle durch.«

»Aber wenn sie die Nerven nicht hat ...«

»Hallo, ich sitze immer noch mit euch am Tisch!«, sagte Leonie.

»Wie geht's dir denn inzwischen damit?«, fragte Yasmin sanft.

»Ich hab Albträume, aber nicht mehr so schlimm wie am Anfang. Ich will es auch nicht überdramatisieren und noch mehr Angst entwickeln. Ich wollte es nur erzählen.«

Ein paar Sekunden sagte keine etwas. Dann begann Kim zu lachen.

»Sorry, Leonie, es ist so eine lustige Vorstellung, wie du dich an diesem Wäscheständer verrenkst! Wenn das so eine alte Verwechslungskomödie wäre, hätte er zwischendrin Wäsche gewaschen, und du hättest ihm den Ständer einfach rausgereicht, und er hätte es nicht gecheckt!«

Leonie war kurz perplex. Dann grinste sie.

»In einer alten Komödie wäre ich aber über den Balkon geflohen und in einer Dornenhecke gelandet oder so.«

»Ein gutaussehender Nachbar hätte dich gerettet und deine Wunden versorgt, aber er wäre Polizist! Und du würdest dich trotzdem in ihn verlieben«, sinnierte Geneviève.

»Na, das wär wirklich eine Komödie«, sagte Yasmin trocken.

»Es ist leider wirklich lustig«, sagte Geneviève. »Ich wünschte, ich könnte es meiner Freundin erzählen.«

»Oh, Moment! Seid ihr jetzt *official*?«

»Es war ja eh klar. Ich glaube, sie wollte vorher nur herausfinden, ob meine Freundinnen erträglich sind.«

»Du hast das also uns zu verdanken!«

»Na ja. Ihr habt es wenigstens nicht ruiniert für mich.«

In dieser Nacht hatte Leonie keinen Albtraum. Sie schlief allerdings nicht besonders viel. Die meiste Zeit lag sie mit offenen Augen da und dachte nach.

Sie war eine Sekunde fast beleidigt gewesen, als die anderen angefangen hatten zu lachen. Sie hatte mit guten Ratschlägen gerechnet, vielleicht sogar mit Vorwürfen. Auf jeden Fall mit Sorge. Nicht mit Lachsalven.

Andererseits hatte es gutgetan, darüber zu lachen. Bis zu diesem Abend hatte sie das komische Potenzial nicht gesehen. Nun trat es plötzlich deutlich zutage. Sie war sich nicht mehr sicher, wie gefährlich die Situation für sie wirklich gewesen war. Wahrscheinlich hätte sie dem Mann den Schreck seines Lebens eingejagt, wenn er sie gefunden hätte. Auch ein großer, starker Mann geriet bestimmt in Panik, wenn plötzlich eine Fremde hinter seinem Schrank hervorkäme. Hätte er auch Albträume gehabt? Hätte er sich mit seinen Freunden getroffen, um sich beruhigen zu lassen? Hätte er monatelang beim Nachhausekommen in alle Nischen geschaut, ehe er die Tür abgeschlossen hätte? Oder machten das nur Frauen? Immerhin war er ihr körperlich überlegen. Das musste wirklich angenehm sein für einen Mann wie ihn: das Wissen, mindestens die Hälfte der Menschheit notfalls in einem Faustkampf besiegen zu können. Wenn Leonie einen Mann in ihrem Kleiderschrank entdeckt hätte, wäre sie chancenlos gewesen.

Sie wälzte sich auf die Seite und schloss die Augen. Sie wollte sich nicht damit beschäftigen, dass wieder etwas schiefgehen könnte. Aber sie hatte das ungute Gefühl, dass es bald passieren würde. Etwas Großes. Etwas, das nicht mit einer Nachricht an die Auftraggeberin zu retten war.

»Das bildest du dir alles nur ein«, sagte sie laut zu sich selbst. »Du kannst kein Bauchgefühl haben zu Dingen, über die du gar nichts weißt. Das ist kein Bauchgefühl, das ist nur Schwarzseherei. Oder das riesige Schnitzel.«

Sie stellte sich vor, wieder neben Steffen mit einem Buch am Pool zu liegen. Die Sonne auf der Haut, das honigfarbene Licht, der leichte Geruch nach Chlor und Meer, dazu leises Gedudel von der Strandbar.

Mit diesem Bild schlief sie endlich ein.

***

Wenige Tage später eröffnete ihr Nam, ein Freund von ihm ziehe aus seiner Wohnung aus. Anderthalb Zimmer in Giesing. Ob sie die übernehmen wolle? Leonie begann zu rechnen. Sie brauchte neue Möbel. Bett, Küchentisch und Stühle waren zwar in Bochum gelagert. Aber Waschmaschine und Kleiderschrank hatte sie an den Nachmieter verkauft.

Die Wohnung kostete doppelt so viel wie ihre jetzige Bude. Von ihrem Gehalt allein war es unmöglich. Nam wusste eindeutig nicht, wie wenig sie verdiente. Sonst hätte er ihr das nicht mal vorgeschlagen. Sie müsste jeden Monat mindestens zwei Racheaktionen durchziehen, um in dieser Wohnung nicht zu hungern. Vor zwei Wochen hätte das machbar geklungen. Recht entspannt sogar.

»Ich weiß nicht«, sagte sie. »Bis wann müsste ich mich denn entscheiden?«

»So schnell wie möglich«, sagte Nam. »In drei Tagen? Wenn es sich rumspricht, wollen bestimmt sofort noch andere die Wohnung.«

»Okay. Ich schlaf drüber, ja?«

»Klar. Geht's dir gut? Du wirkst irgendwie … unsicher.«

»Ich hab ganz schlecht geschlafen. Und bin nicht so gut drauf. Bisschen winterdepri.«

»Es ist immer dunkel. Ich weiß. Warte, bis der Schnee kommt!«

»Schnee? Auch noch Schnee? Ich will keinen Schnee.«

»Hast du überhaupt schon mal Schnee gesehen?«

»Ich bin aus NRW, nicht aus Florida. Bei uns schneit es schon auch.«

»Aber nicht so wie hier«, sagte Nam. »Du wirst schon sehen. Fährst du etwa noch mit dem Fahrrad?«

»Ja … mit Thermostrumpfhosen unter der Hose.«

»Das hört dann auch auf.«

Er gab ihr einen freundlichen Stups gegen die Schulter und ließ sie mit den Heuschrecken zurück.

Sie hatte es gerade durch die Dunkelheit zurück nach Hause geschafft, als Kim anrief.

»Hallo Kim«, sagte Leonie, während sie aus ihrer Daunenjacke schlüpfte.

»Heeey! Ich wollte mich mal bei dir melden, weil … geht's dir besser? Mit den Träumen und so?«

»Das ist so lieb von dir. Ich hab tatsächlich nicht mehr davon geträumt. Ich hab nur geträumt, ich muss noch mal zur Abiturprüfung.«

»Das ist auch schlimm.« Kim lachte.

»Wo bist du denn?«, fragte Leonie. »Es ist so laut im Hintergrund.«

»Ich bin im Supermarkt. Muss noch schnell einkaufen. Die Große hat morgen Geburtstag und wünscht sich Cupcakes, die backe ich gleich.«

»Du machst immer irgendwas, oder?«

»Ja! Deshalb rufe ich an.«

»Okay?«

»Also wegen deiner Aktionen. Ich dachte, vielleicht willst du für eine Weile was tun, was dir mehr Distanz erlaubt.«

»Mehr Distanz?«

»Na ja, einerseits, andererseits … jedenfalls müsstest du nicht zu Leuten in die Wohnung gehen! Ich hab mehr zu tun, als ich selbst schaffen kann, deshalb hab ich mich gefragt, ob du vielleicht bei mir einsteigen willst?«

»Bei dir einsteigen?«

»Ja, also ich kann es hier im Supermarkt auf keinen Fall erklären, aber wenn du möchtest, treffen wir uns vielleicht am Wochenende und reden darüber?«

Leonie wurde schon bei der Vorstellung stocksteif. Jedes einzelne Härchen auf ihren Unterarmen stellte sich auf. Sie wollte nicht mit Kim darüber reden, wie man Leute ermordete. Nicht am Wochenende und überhaupt nie. Es hatte sie einige mentale Verrenkungen gekostet, den Gedanken weit genug wegzuschieben, um mit Kim befreundet zu sein. Auf keinen Fall wollte sie Details hören.

»Ich glaube, ich weiß schon, was du machst«, sagte sie.

»Echt?« Kim klang aufrichtig überrascht. Im Hintergrund piepsten Kassen.

»Ja. Wir anderen haben da mal drüber gesprochen, und wir haben es uns irgendwie hergeleitet. Wir wollten dich aber auch nicht drauf ansprechen, weil wir dachten, es ist vielleicht besser, wenn wir das nicht offiziell wissen, weißt du?«

»Okay«, sagte Kim und lachte. »Ihr Feiglinge! Aber dann danke fürs Dichthalten. Es wäre wirklich ne Katastrophe.«

»Klar. Wir schweigen weiter.«

»Und, könntest du dir das vorstellen? Einzusteigen?«

Leonie sah sich in schwarzer Ninja-Montur und mit einem Revolver in der Hand im Wald auf ihr nächstes Opfer warten. Es schauderte ihr.

»Nein. Also, danke, dass du fragst, und ich freu mich sehr, dass du mir so vertraust, dass du dir das vorstellen könntest … aber ich kann das auf keinen Fall, ich bin einfach nicht kaltblütig genug.«

»Kaltblütig!«, sagte Kim. »Ich zahl mit Karte, bitte. Findest du, man muss dafür kaltblütig sein? Ich denke immer, heißblütig funktioniert besser.«

Leonies Gänsehaut verstärkte sich.

»Äh, ich weiß nicht«, sagte sie. »Ich hab so was ja noch nie gemacht. Ich stell es mir nur so vor.«

»Es macht schon auch Spaß.«

Leonie jaulte innerlich auf.

»Es ist super, dass du das hinkriegst, ich bin schon auch irgendwie echt beeindruckt … aber für mich ist das wirklich nichts.«

»Na gut!« Kim klang munter. »Versteh ich natürlich auch. Dann geh ich jetzt backen.«

Sie legte auf. Leonie wankte in die Küche, schenkte sich ein Glas Rotwein ein und öffnete eine Tüte Chips. Auf YouTube fand sie eine gemächlich erzählte Dokumentation über Mammutbäume. Darüber verschwand endlich ihre Gänsehaut.

Als sie die Vorhänge schloss, bemerkte sie den ersten Schneefall. Die Flocken waren so leicht, dass sie nicht einfach zu Boden fielen, sondern von der Wärme des Hauses immer wieder nach oben gewirbelt wurden. Kleine weiße Punkte tanzten vor dem Fenster, zum Leuchten gebracht durch ihre Deckenlampe.

41

Nam hatte recht gehabt: Schnee in München war anders als Schnee im Ruhrgebiet. Leonie fand am Morgen eine weiße Welt vor. Geschlossene Schneedecke. Ihr Fahrrad begraben unter vierzig Zentimeter eiskaltem Fluff.

Fluchend ging sie zur Tram. Am Romanplatz musste sie umsteigen, aber der Anschluss fiel aus.

Kam der Schnee irgendwie überraschend?, schrieb sie an Nam.

Nur für die MVG. Wie jedes Jahr.

Ihr legt hier echt Wert auf Traditionen.

Fahr wieder nach Hause, heute machen eh alle Home Office.

Ich kann doch gar kein Home Office machen. Ich kann die Heuschrecken schlecht mit nach Hause nehmen.

Das interessiert niemanden. Mach einfach.

Sie wechselte die Straßenseite und schrieb Frau Vogt eine Mail. Dann wartete sie. Aber auch die Tram zurück kam nicht. Dafür fuhren sehr viele Autos an ihr vorbei. Zügig. Als läge gar kein Schnee. Das war im Ruhrgebiet definitiv anders.

Durch die graue Wolkendecke wagten sich ein paar Sonnenstrahlen. Der Schnee begann zu glitzern. Leonie zog ihre Handschuhe wieder an und ging los, zurück nach Hause. Die

Eiskristalle knirschten unter ihren Sohlen. Mehrmals geriet sie ins Schlittern und wäre fast hingefallen. Viel Profil hatten ihre Schuhe nicht. Nach einer Weile fand sie heraus, wie sie ihre Füße setzen musste, um nicht auszurutschen.

Auf den kleinen Grünstreifen Neuhausens war der Schnee unberührt. Die geparkten Autos kaum sichtbar. Überall funkelndes Weiß. Leonies Laune hob sich sofort. Diese Helligkeit machte alles wett, was die dunklen Abende der letzten Wochen ruiniert hatten.

Zu Hause las sie die Antwort von Frau Vogt: *Natürlich, liebe Frau Hendricks!*

Sie wusste nicht recht, was sie mit dem geschenkten Tag anfangen sollte. Die Küche hätte eine Grundreinigung vertragen. Es wäre vernünftig gewesen, ihre Schuhe zu imprägnieren. Und sie wollte schon lange ihre alte Kleidung aussortieren, weil sie in den letzten Monaten ziemlich viel Neues gekauft hatte. Stattdessen setzte sie ihre Schleimpilze in saubere neue Behälter, fütterte sie und betrachtete zufrieden einen ehemals hellgelben Kandidaten, den sie seit Kurzem mit gezuckerter Roter Bete fütterte. Er wurde allmählich rosa.

Sie bestellte Sushi, setzte sich in den Ledersessel und öffnete TikTok. Normalerweise schaute sie dort vor allem drei Arten von Videos an:

- Golden Retriever
- Zeitraffer von Pflanzenwachstum
- Schicke Wohnungen in New York

Während sie auf das Sushi wartete, zeigte ihr TikTok ein Video von einem Prank. Dann noch eines. Zehn Minuten später war sie bei Tutorials angekommen, in denen Menschen erklärten, wie man andere am besten reinlegte. Sie war elektrisiert. Es war wie eine Fortbildung. Zwar beteuerten alle, sie wollten die Opfer am Ende nur zum Lachen bringen, aber das störte Leonie nicht. Sollten die das ruhig nett und lustig meinen. Sie flippten doch am Ende genauso aus über ihre erfolgreichen Aktionen wie sie selbst.

Ein junger Mann erklärte, sein ultimativer Trick sei eine Leiter. Ein Mann in einem Blaumann und einer Leiter komme überall rein. Auf diese Weise habe er schon mal seinen Mitbewohner erschreckt, weil er plötzlich mit einer Clownsmaske unter seinem Schreibtisch auftauchte. In einer Werbeagentur, deren Pförtner ihn anstandslos durchgewunken hatte. Er hatte nicht mal behaupten müssen, er solle ein Bild aufhängen oder eine Lampe reparieren. Es schien fast ein Reflex zu sein. Mann mit Blaumann und Leiter: Tür auf. Keine Fragen.

Leonie bedauerte für ein paar Minuten, kein Mann zu sein. Ihr fiel nicht ein, wie sie sich diesen Trick zunutze machen könnte. Während sie das Sushi aß, versuchte sie ein Muster zu erkennen. Sie vermutete, der Mann mit der Leiter stand für zwei Dinge: Er hatte einen Job zu erledigen, genau wie der Pförtner. Da war also Identifikationspotential. Und er war keine Bedrohung für die Menschen und das Gebäude, die es zu bewachen galt. Ein Mann mit einer Säge oder einer Bohrmaschine hätte wahrscheinlich nicht denselben Erfolg. Die Leiter war harmlos, also war wahrscheinlich auch der Mann harmlos.

Aber wie sollte sie das auf sich übertragen?

Auf ihrem Whiteboard stand seit Wochen ein angefangener Fall. Sie musste in ein Büro eindringen, so viel war klar. Der Mann hatte am Tag nach der Trennung die Tagebücher seiner Ex mit dorthin mitgenommen und weigerte sich, sie ihr zurückzugeben.

Aber nach ihrem Erlebnis in der Wohnung hatte Leonie Angst. Sie wollte nicht riskieren, dem Mann zu begegnen. Und außerhalb der Arbeitszeiten ins Gebäude zu kommen, hätte eine Ausrede erfordert, die ihr nicht einfallen wollte.

Sie hatte sogar erwogen, alles abzubrechen. Den Auftrag abzusagen, das Whiteboard abzuhängen. Aufzugeben. Aber wenn sie sich das vorstellte, kam ihr Leben ihr trist vor. Sie wollte den Thrill nicht nur, sie brauchte ihn inzwischen regelrecht. Und auf eine merkwürdige Art war er sogar noch intensiver geworden, seit sie so knapp davongekommen war. Verheißungsvoll. Unwiderstehlich.

Sie war dann eben keine Person, die Klarinette spielte, am Wochenende ins Museum ging oder zum Reiten. Sie hatte etwas anderes gefunden, für das sie brannte. Und sogar Menschen, die ihre Leidenschaft teilten.

Fast jede Woche saß sie da und rechnete durch, wie viele Aufträge zu welchem Honorar sie machen müsste, um in fünf Jahren die Anzahlung für eine kleine Wohnung beisammen zu haben. Der Plan war ambitioniert. Aber nicht unmöglich.

Ihr Handy pingte.

Na, schrieb Nam, *arbeitest du auch strebsam und effizient im Home Office?*

Dazu schickte er ein Foto: einen Xbox-Controller, seine übereinandergeschlagenen Füße und im Hintergrund den Fernseher, auf dem ein Drache zu sehen war.

Ich denke zumindest viel über die Arbeit nach!, antwortete Leonie und schickte ein Bild der leeren Sushi-Box zurück.

Am nächsten Tag war der Schnee auf den Straßen geräumt. Auf den Gehwegen hatten hunderte Füße ihn platt und hart getrampelt. Und dazwischen, an den Bordsteinen, war er graubraun und matschig. Nichts daran war schön. Und im Gruppenchat versicherten ihre Freundinnen Leonie, dass das nun für mehrere Monate im Prinzip so bleiben werde. Hin und wieder gebe es natürlich Neuschnee, dann sehe einen halben Tag lang wieder alles zauberhaft aus. Und dazwischen schmelze der Schnee auch ganz, manchmal für mehrere Wochen. Es schneie längst nicht mehr so viel in München wie noch vor fünfzehn Jahren. Aber das hier, genau an diesem Morgen, das sei schon der Anblick, an den sie sich jetzt gewöhnen könne.

Am liebsten wäre sie sofort wieder in ein Flugzeug gestiegen und auf die Kanaren geflogen.

Ihre Mutter rief an und wollte wissen, was Leonie sich zu Weihnachten wünsche. »Einen hellgrünen Schal«, sagte Leonie. Sie hatte ihre Lektion schon als Teenager gelernt: Wenn sie sich nichts wünschte oder in ihrem Wunsch zu viel Spielraum ließ, schenkten ihre Eltern ihr zuverlässig abstruse Dinge. Mit dreizehn bekam sie ein etymologisches Wörterbuch. Mit vierzehn ein Set von Backformen.

Marianne hatte sich an die klaren Anweisungen gewöhnt und verlangte sogar mehr Details. Leonie möge bitte drei online finden, die ihr gefielen, und ihr die Links schicken. Und ob Leonie auch wissen wolle, was sie, Marianne, sich wünsche?

»Natürlich«, sagte Leonie ergeben.

»Dass du mit mir für ein Wochenende nach Barcelona fliegst! Weil wir doch so viel Spaß hatten in Paris.«

»Ja … Weißt du zufällig auch, was Papa sich wünscht?«

»Bücher.«

»Aus Gründen der Fairness müsste ich mindestens mit ihm nach Amsterdam fahren.«

»Du kannst mit ihm auf ein Auswärtsspiel von Schalke fahren.«

»Nach München zum Beispiel?«

»Macht ihr das mal unter euch aus«, sagte Marianne.

***

Die Wohnung von Nams Freund stellte sich als schwer renovierungsbedürftig heraus. Die Verwalterin erklärte Leonie, sie werde ein neues Bad einbauen lassen und die Miete dafür deutlich erhöhen. Nach diesem Telefonat war Leonie so müde, dass sie sich angezogen auf ihr Bett fallen ließ und einschlief. Sie wusste nicht, wer in dieser Stadt jemals eine Wohnung fand. Sie wusste nur, dass sie nicht dazugehörte.

Für ihre nächste Aktion zog sie sich sorgfältig an. Eine schmale dunkelblaue Stoffhose, ein Pullover in derselben Farbe und eine weiße Bluse, deren Kragen sie über den Pullover legte. Es sah aus wie eine Uniform.

Dienstbeginn war um neun Uhr. Vor acht Uhr betrat niemand das Gebäude, wie sie in den vergangenen Tagen beobachtet hatte. Um Punkt halb acht stand sie vor dem Eingang. Sie trug eine Tüte von einem Laden namens *Fiesta Fiesta* und eine Tortenschachtel. Um ihr rechtes Handgelenk hatte sie die Schnüre von drei Heliumballons gebunden, die über ihr schwebten. *Happy Birthday!* stand auf einem davon. Die anderen formten eine 5 und eine 0.

Sie machte ein ziemliches Gewese darum, mit den Ballons durch die Drehtür zu kommen, so dass der ältliche Pförtner schon lachte, als sie vor ihm stand.

»Wer hat denn Geburtstag?«, fragte er.

»Der Herr Schwind! Ich soll das in seinem Büro aufbauen.«

»Da muss ich aber mitkommen.«

»Das wäre eh super«, sagte Leonie. »Ich hab keine Hand frei für den Knopf im Aufzug.«

Der Pförtner öffnete ihr den Durchgang. Im dritten Stock schloss er ein ziemlich großes Einzelbüro auf. Mit Fenstern in zwei Richtungen. Dass Schwind ein hohes Tier in dem Laden war, hatte seine Ex ihr bereits gesagt. Kein besonders beliebtes Tier allerdings.

Leonie knotete die Luftballons an den Bürostuhl und stellte die Tortenschachtel auf den kleinen Besprechungstisch daneben. Der Pförtner stand im Türrahmen und schaute ihr zu.

Der Schreibtisch war sehr aufgeräumt, stellte sie fest. Das würde ihr die Suche erleichtern. Aus der Tüte holte sie eine Girlande, Luftschlangen, Partyhüte, zwei Packungen Luftballons und eine kleine Handpumpe. Dann fing sie an, die Ballons aufzupumpen. Es ging quälend langsam. Schon beim zweiten fing der Pförtner an, von einem Fuß auf den anderen zu treten.

»Wissen Sie was«, sagte er beim vierten. »Ich geh dann jetzt besser runter, und wenn Sie gehen, komm ich wieder hoch und schließ ab.«

»Okay!«, sagte Leonie und lächelte ihn freundlich an.

Der Rollcontainer war nicht mal verschlossen. Im untersten Fach, ganz hinten, fand Leonie die fünf Tagebücher. Sie packte sie ein, pumpte anstandshalber noch einen Ballon auf und hängte die Girlande zwischen der Magnetwand und dem Fenstergriff auf. Es sah sehr unprofessionell aus.

Zufrieden fotografierte sie ihr Werk, damit sie ein Foto an ihre Auftraggeberin schicken konnte. Aber auch, um es selbst immer wieder anschauen zu können. Das machte sie inzwischen mit allen Fotos von ihren Aktionen. So wie andere Menschen Fotos ihrer Enkelkinder anschauten. Als sie Steffen davon erzählt hatte, schickte er ihr einen Link zu einer neurowissenschaftlichen Studie, in der Proband:innen die Gelegenheit bekamen, sich an Menschen zu rächen, die zuvor in der Studie erhaltenes Geld nicht mit ihnen geteilt hatten. Dass diese Gelegenheit ausgiebig genutzt wurde, überraschte Leonie nicht. Aber die Hirnscans waren interessant: Bei der Rache wurde das Belohnungssystem aktiviert. Und je stärker das Belohnungssystem der Proband:innen anschlug, desto mehr waren sie bereit, dafür zu geben. Selbst wenn sie einen Euro von ihrem eigenen Geld abgeben mussten, um ihren Widersachern zwei Euro wegzunehmen, waren sie dazu bereit. Und zwar mit Freude, wie die Gehirnscans belegten.

Leonie hatte sich völlig unbekannten, namenlosen Menschen noch nie so verbunden gefühlt wie den Teilnehmer:innen dieser Studie. Dass sie nicht für sich selbst Rache nahm, machte die Sache nur noch besser für sie. Es fühlte sich fast altruistisch an. Jede Woche eine gute Tat. Manchmal auch zwei! Leise pfeifend packte sie ihre Sachen zusammen.

»Ich bin fertig«, rief sie dem Pförtner zu, als sie ging. Er winkte ihr zu. Sie verließ das Gebäude gerne, aber sie hätte auch gerne das Gesicht von Schwind in dem Moment gesehen, als er die Tortenschachtel öffnete und die großzügige Portion Farfalle vorfand, die sie gestern Abend zu viel gekocht hatte.

Die Tram war gerade angefahren, als ihr Handy klingelte. Unbekannte Nummer. Niemand ruft um diese Uhrzeit an, dachte Leonie, als sie den Anruf annahm.

»Hallo?«

»Leonie, wo bist du?«

»Kim? Ich bin in der Tram, auf dem Weg zu Arbeit. Wieso?«

»Yasmin ist gerade verhaftet worden.«

42

Leonie, bist du noch dran?«

»Ja.« Sie hatte sekundenlang nur ins Leere gestarrt, unfähig, sich zu rühren. »Können wir uns treffen?«

»Auf keinen Fall. Zu riskant.«

»Was ist das für eine Nummer, von der du anrufst?«

»Das ist mein zweites Handy. Für den Nebenjob.«

»Oh. Okay. Weißt du, was passiert ist?«

»Sie haben die Wohnung durchsucht. Torsten sagt, sie haben nach Drogen gesucht.«

»Haben sie was gefunden?«

»Was denkst du.« Es war keine Frage.

»Können wir uns wirklich nicht treffen?«

»Drogenhandel hat immer eine Kette hinter sich. Nach der suchen sie jetzt bestimmt. Wenn die Bullen uns durchleuchten, könnten Jenny und du auch auffliegen.«

Oder du, wollte Leonie sagen, aber sie bewunderte Kims Furchtlosigkeit. Wurde man automatisch so selbstsicher, wenn man über Leben und Tod anderer Menschen entschied?

»Was machen wir denn jetzt?«, fragte sie.

»Nichts. Wir müssen abwarten. Ruf weder Jenny noch mich an. Torsten natürlich auch nicht. Und lösch unseren Gruppenchat von deinem Handy.«

»Aber …«, dann bin ich ganz allein, hätte sie fast gesagt. Sie schluckte es gerade noch runter.

»Ich ruf dich an, wenn es was Neues gibt«, sagte Kim. Es sollte wahrscheinlich beruhigend klingen. »Geh zur Arbeit. Tu so, als wäre alles normal. Und wart ein bisschen mit den nächsten Aktionen.«

Leonie schaute auf die Uhr. Genau um diese Zeit betrat Schwind normalerweise sein Büro.

»Mach ich«, sagte sie.

Wie versteinert saß sie an ihrem Schreibtisch. Sie starrte auf die Heuschrecken, aber sie sah ganz andere Dinge: die Gesichter von Yasmins Kindern, von Torsten, von Yasmin selbst. Sie waren so unbekümmert gewesen. Was hatte Torsten den Kindern wohl gesagt, wo ihre Mutter jetzt war? Bestimmt nicht die Wahrheit. Dafür waren sie noch zu klein. Aber sie würden auch nicht verstehen, warum Yasmin einfach wegfahren sollte, ohne sich zu verabschieden. Krankenhaus? Das war wahrscheinlich die beste Notlüge, dachte sie: Mama ist krank, nicht sehr krank, aber sie muss sich im Krankenhaus erholen und kommt bald zurück.

Wenn sie denn bald zurückkam.

Leonie öffnete ein Inkognito-Tab in ihrem Browser und suchte nach Verurteilungen wegen Drogenhandels in Bayern. Die meisten Fälle waren nicht vergleichbar. Dealer von Mitte zwanzig, die zum dritten Mal erwischt wurden und schon wegen Körperverletzung vorbestraft waren. Sie fand eine Frau, die zwei Jahre auf Bewährung bekommen hatte, aber die hatte nur ein halbes Jahr gedealt, um ihre Schulden zu bezahlen. Am ähnlichsten zu Yasmins Fall schien ihr eine 53-Jährige aus Freising, die wegen Verkaufs von Amphetamin, Kokain, Ecstasy, Marihuana und Haschisch verhaftet wurde. Das Urteil: vier Jahre Haft.

Leonie recherchierte weiter. Frühestens nach der Hälfte der Zeit konnte man einen Antrag auf vorzeitige Entlassung stellen.

»Fuck«, sagte sie leise.

Sie brauchte drei Anläufe, um den Gruppenchat zu löschen. Beim ersten Mal scrollte sie darin hoch und las in alten Nachrichten herum, bis sie vergaß, warum sie gekommen war. Beim zweiten Mal wurde ihr so eng ums Herz, dass sie es nicht über sich brachte, auf *Löschen* zu tippen. Beim dritten Mal schwebte ihr Zeigefinger über dem Wort, als sie hörte, wie die schwere Tür der Bibliothek aufging und Schritte auf sie zukamen. Schnell löschte sie den Chat. Als Nam vor ihren Schreibtisch trat, legte sie ihr Telefon gerade mit schuldbewusstem Gesicht wieder hin.

»Was ist los?«, fragte er. »Tinderst du heimlich während der Arbeitszeit?«

»Manchmal. Aber nicht heute.«

»Alles okay? Du siehst müde aus.«

Leonie fuhr sich mit beiden Händen durch die Haare, um Zeit zu gewinnen.

»Ich hab meine Tage«, sagte sie dann. Sie hatte die Erfahrung gemacht, dass Männer nach diesem Satz nicht mehr nachfragten.

»Oh no«, sagte Nam. »Bist du nur down oder hast du auch Schmerzen? Brauchst du Ibu?«

Verwirrt sah sie ihn an.

»Ich hab Schwestern, das weißt du doch«, sagte Nam und hob die Schultern.

»Das haben viele«, sagte sie. »Danke. Ich bin nur down. Keine Schmerzen.«

»Wir könnten die Kantine auslassen und zu diesem peinlichen Steakhouse fahren.«

»Das klingt gut«, sagte sie, stand langsam auf und zog ihren Daunenmantel an.

»Okay, ich hol auch meine Jacke, und wir treffen uns unten.«

»Nam, warum bist du eigentlich Single?«

Er drehte sich wieder zu ihr um. Mit erhobener Augenbraue. Aber er blieb stumm.

»Ich meine nur, du bist toll und siehst auch noch gut aus, und das macht doch gar keinen Sinn.«

»Du doch auch.« Nam lächelte unverbindlich und ging.

»Ja, ich«, murmelte Leonie vor sich hin, während sie ihr Telefon in ihre Tasche packte. »Aber ich bin eben eine Kriminelle.«

Sie verschlang ein Steak. Danach fühlte sie sich besser. Bis ihr einfiel, dass Yasmin in der Untersuchungshaft bestimmt ekelhaftes Essen bekam.

Auf dem Nachhauseweg brachte sie die Tagebücher zur Post. Sie hatte vergessen, dass bald Weihnachten war. Die Schlange war endlos. Alle wollten Geschenke verschicken. Sie hatte noch nicht mal eins gekauft. Als sie endlich ihr Paket abgegeben hatte, kaufte sie nebenan zwei hübsche Karten, auf denen *GUTSCHEIN* stand. Den Rest würde sie notfalls an Heiligabend noch hinkriegen.

Später saß sie zu Hause, zusammengerollt auf dem monströsen Ledersessel. Allmählich gewöhnte sie sich an ihn. Er stank auch nicht mehr.

Sie versuchte zu lesen, aber ihre Hand glitt immer wieder zum Telefon. Der Gruppenchat fehlte ihr. An den meisten Tagen hatte eine von ihnen wenigstens ein Foto ihres Abendessens geteilt, eine Kinderzeichnung, Screenshots von Handtaschen, über deren Form und Farbe sie dann ausgiebig diskutierten. Geneviève schickte oft YouTube-Links zu Songs aus den frühen Neunzigern, die alle außer Leonie zu kennen schienen, Kim empfahl Serien auf irgendwelchen obskuren Streamingdiensten, zu denen die anderen keinen Zugang hatten, und Yasmin jammerte, wenn die Bayern mal ein Spiel verloren. Es ging nicht so sehr um den Inhalt der Nachrichten. Es ging eher darum, dass immer mindestens eine online war. Seit Leonie in den Gruppenchat aufgenommen wurde, hatte sie sich nie länger als eine Stunde einsam gefühlt. Dann pingte der Chat meist mit einem Foto von Risotto oder einem Song von Gianna Nannini.

Sie hätte gern Steffen erzählt, was passiert war. Aber Kim war so alarmiert gewesen, dass sie nun auch Angst hatte. Was, wenn ihr Telefon schon abgehört wurde? Oder ihre Verbindungen getrackt? Wäre dann Steffen verdächtig?

Es gab niemanden in München, dem sie sich anvertraut hatte. Bei Nam war sie manchmal kurz davor gewesen. Aber Nam war so ein anständiger Mensch, dass sie den Blick fürchtete, mit dem er sie danach anschauen würde. Und sie war froh, dass sie Lukas nichts erzählt hatte. Erstens hätte er wahrscheinlich Nasenbluten bekommen vor Schreck. Zweitens wusste niemand besser als sie, wie rachsüchtig Menschen nach einer Trennung werden konnten. Selbst wenn es noch gar keine richtige Beziehung gewesen war.

Endlich leuchtete ihr Telefon auf. Es waren nicht ihre Freundinnen, wie sie enttäuscht feststellte. Aber dann hob sich ihre Laune. Es war eine lange Nachricht der Tagebuchschreiberin. Ihr Ex hatte sie angerufen und angebrüllt. Sie hatte alles aufgenommen und war euphorisch, weil sie nun einen Beweis für den Diebstahl der Tagebücher hatte. Noch mehr freute sie sich darauf, sie bald wiederzuhaben, schrieb sie.

Leonie schickte ihr das Foto des halbherzig dekorierten Büros und bekam mehrere Tränen lachende Emojis zurück.

Jetzt hoffe ich fast, mein nächster Freund wird auch ein

Arsch, schrieb ihre Auftraggeberin. *Ich hatte heute mehr Spaß als während der gesamten Beziehung mit dem Kerl. Würde dich jederzeit wieder engagieren. Danke!*

War mir ein Vergnügen, antwortete Leonie.

***

Die Funkstille war ohrenbetäubend. Dazu die Kälte, die Dunkelheit, die Sorge. Am Wochenende ging Leonie im Park laufen, aber nach zehn Minuten rutschte sie im Matsch aus, landete auf dem Hintern und fühlte sich noch elender als zuvor. Als sie nach Hause kam, war die nasse Stelle an ihrer Hose hart gefroren.

Sie versuchte alles. Sie legte sich in die Badewanne. Sie buk Zimtschnecken. Sie machte Yoga. Nichts davon verbesserte ihre Stimmung.

Also gab sie auf. Mit einer Zimtschnecke und einem Glas Rotwein legte sie sich ins Bett, schaute zum fünfzigsten Mal *Sherlock* und meldete sich krank. Gegen Mitternacht stand sie auf, fegte die Krümel von ihrem Pyjama, brachte das Geschirr in die Küche und knipste ihre Nachttischlampe aus. Sich schlecht zu fühlen, war gar nicht so schlimm, fand sie. Solange man sich entsprechend verhielt.

Den nächsten Tag verbrachte sie lesend im Bett. Sie schaute immer noch oft prüfend auf ihr Telefon, obwohl der Ton an war. Aber nicht mehr alle fünf Minuten. Als die Heldin ihres Buches im Wald verloren ging, dachte sie sogar eine Stunde lang nicht an Yasmin. Erst nach dem letzten Satz fand sie in die Realität zurück.

Draußen war es schon wieder dunkel geworden. Schnell griff sie nach ihrem Telefon, das zwei Anrufe in Abwesenheit anzeigte. Beide waren von Frau Vogt.

Leonie rief zurück, aber niemand ging ran. Feierabend.

Wahrscheinlich war Frau Vogt schon im Italienischkurs oder beim Kirchenchor.

In ihrem alten Job, in ihrem alten Leben hatte es nur einen Grund gegeben für Anrufe außerhalb der Arbeitszeit, im Urlaub, im Krankenbett: Ärger. Vergessene Termine. Gescheiterte Projekte. Aber nicht alles hatte direkt mit ihren Aufgaben zu tun. Einmal hatte eine Kollegin auf ihrem privaten Facebook-Profil mehrere Spendenprojekte zu Weihnachten vorgeschlagen, darunter Greenpeace. Dafür bekam sie einen Termin beim Chef, gleich am nächsten Morgen um neun Uhr, in dem er sie ausfragte, ob sie eine militante Umweltschützerin sei. Ein Kollege wurde kontaktiert, weil jemand gesehen hatte, wie er seine Kinder in die Schule brachte, während er krankgemeldet war. Sein Chef behauptete zwar, aus einem ganz anderen Grund anzurufen. Aber niemand nahm ihm das ab.

All diese Situationen fielen Leonie wieder ein. Sie wurde nervös. Schließlich war sie nicht wirklich krank. Das konnte allerdings niemand wissen, sie hatte keinen Fuß vor die Tür gesetzt, mit niemandem gesprochen und nichts auf Insta gepostet. Oder hatten sie herausgefunden, dass sie nichts von Insekten verstand? Verdächtigten sie sie nun doch des Diebstahls?

Den ganzen Abend war sie angespannt. Wegen des Anrufs, den sie nicht gewollt hatte. Und wegen des Anrufs, den sie herbeisehnte.

43

Sie war mit mulmigem Gefühl aufgestanden, hatte sich die Haare gewaschen, ein Jackett angezogen und auf dem Weg zur Arbeit hundert Gespräche im Kopf geführt. Was der Direktor ihr wohl vorwerfen würde. Was sie dann sagen würde. In der letzten Variante, kurz bevor sie ihre Karte an den Türöffner hielt und das Gebäude betrat, schrien sie sich am Ende an, und sie verlor ihren Job. Sie sah sich schon wieder in ihr Kinderzimmer einziehen.

Es war keine schöne Vorstellung. Trotzdem fühlte sie sich gut vorbereitet, als Frau Vogt ihr sagte, der Direktor wolle sie sprechen.

Äußerlich ruhig betrat sie sein Büro. Er hob den Kopf von einem Almanach, der auf seinem Schreibtisch lag, und schaute sie über seine Lesebrille hinweg an. Gar nicht unfreundlich.

»Die Frau Hendricks«, sagte er. »Nehmen Sie Platz.«

Leonie ließ sich auf einem mittelmäßig bequemen Besucherstuhl nieder. Das Büro kam ihr sehr warm vor. Sie hätte am liebsten ein Fenster geöffnet.

»Warum wollten Sie mich sprechen?«, fragte sie.

»Sie kennen doch unser Sonderprojekt, die *Bibliothek des Lebens*, oder?«

»Wir schicken DNA-Proben von Tieren nach Kanada, und die erstellen Barcodes aus den Gensequenzen.«

»In Kürze, ja. Das Projekt ist im Grunde abgeschlossen, wir füllen nur dann und wann noch Lücken auf. Die Zusammenarbeit mit Kanada war sehr gut, wir haben da echte Verbündete gefunden in Sachen Biodiversität.«

»Schön«, sagte Leonie. »Wozu ist das noch mal gut?«

»Man muss sich nicht mehr auf die Morphologie verlassen. Sogar ein kleines Stückchen von einer Motte auf einer Windschutzscheibe kann abgekratzt und zur Artenbestimmung verwendet werden. Das vermittelt uns ein viel besseres Bild der Verbreitung der Arten.«

»Und von ihrem Verschwinden.«

»Ganz genau. Es werden gerade winzige Geräte entwickelt, die kann jeder in der Hosentasche mit sich herumtragen. Und dann kann Ihre Mutter im Garten an den Kirschbaum gehen und die Made, die dort herumnagt, sofort selbst identifizieren.«

»Faszinierend«, sagte Leonie artig.

»Die Kanadier haben ein vergleichbares Projekt zu Flora und Funga. Das Ziel ist eine DNA-Datenbank von allen Arten von Leben, mit denen wir den Planeten teilen. Da dürfen Pflanzen und Pilze natürlich nicht fehlen.«

»Aber wir haben doch gar keine Pflanzen oder Pilze hier.«

»Das wissen die Kanadier auch. Sie haben sich an uns gewandt, weil dem Institut, mit dem sie bisher in Deutschland zusammengearbeitet haben, die Fördermittel für das Projekt massiv gekürzt wurden.« Er gestikulierte vielsagend in die Richtung, in der sich die Botanische Staatssammlung befand, nur fünf Minuten entfernt. »Der Projektleiter hat daraufhin gekündigt. Da ist mir eingefallen, dass Sie ja als Pflanzengenetikerin gearbeitet haben.«

»Das stimmt. Aber auf der bösen Seite der Biodiversität.«

Der Direktor lachte. »Dann wollen Sie ja vielleicht etwas wiedergutmachen.«

»Wie sähe diese Wiedergutmachung denn aus?«

»Ich bin da noch in Gesprächen mit Kanada. Meine Vorstellung wäre aber, dass Sie hier angestellt bleiben und zu den Instituten in Deutschland Kontakt aufbauen, die die DNA liefern können. Sie wären sozusagen die Projektleiterin, ohne den Titel allerdings, das Projekt liegt ja offiziell gar nicht bei uns.«

»Das klingt alles ein bisschen heimlich.«

»Wäre es auch. Wir sind die Zoologische Staatssammlung, nicht die Botanische. Wir sollten uns da eigentlich nicht einmischen. Aber es geht um einen höheren Zweck.«

»Ich verstehe. Und wie sähe meine Arbeit dann aus?«

»Sie würden viel reisen, um die Kontakte aufzubauen, vor allem im ersten Jahr. Zu allen Botanischen Sammlungen Deutschlands.«

»Hm. Und die Schaukästen?«

»Ja, die Schaukästen.« Er blickte sie freundlich an. »Das hat keine Eile. Die sind in zehn Jahren auch noch da.«

»Ach so.« Leonie war leicht beleidigt. Sie hatte immer gewusst, dass ihr Job unwichtig war. Aber dass der Direktor das auch so sah, traf sie nun doch.

»Könnten Sie sich das vorstellen?«, fragte er.

»Grundsätzlich ja, es wäre nur eine wirklich große Veränderung«, sagte sie. »Also vor allem, so viel unterwegs zu sein.«

»Richtig, richtig. Dann denken Sie doch über die Feiertage darüber nach und geben mir Anfang Januar Bescheid, Frau Hendricks, ja?«

»Das mache ich. Danke.«

Sie verließ sein Büro, ging wieder an ihren Schreibtisch und schaute auf ihr Telefon. Zwei Anrufe in Abwesenheit von Kim. Endlich.

***

Draußen in der Vorstadt lag noch richtig Schnee. Leonie war mit der S-Bahn und dem Bus gekommen und stand an der Haltestelle vor einer hüfthohen Schneewehe. Sie war glänzend weiß. Nicht so zermatscht wie der Schnee in der Stadt.

Langsam stapfte Leonie in Richtung Wirtschaft. Sie waren im Sommer schon mal hier gewesen, im Biergarten. Jetzt waren alle Tische und Bänke zusammengeklappt, eingepackt, weggeräumt. Es sah etwas trist aus.

Die massive Wärme des Kachelofens schlug ihr ins Gesicht, als sie den gemütlichen kleinen Gastraum betrat. Ihre Haut begann zu prickeln. Sie ließ sich zum Tisch führen, der auf den Namen Montez reserviert war.

»Montez, wieso Montez?«, hatte sie Kim am Telefon gefragt.

»Nach Lola Montez. Der Tänzerin und Hochstaplerin.«

»Aha.«

Sie hatte keine Ahnung, vom wem die Rede war. Aber sie las gebannt den Wikipedia-Artikel: eine Irin, die sich als spanische Tänzerin ausgab und es bis zur Geliebten des bayerischen Königs brachte. Die Geschichte elektrisierte sie. Die Kunst, fand sie, war nicht die Hochstapelei. Sondern sie jahrelang durchzuziehen, ohne je die Fassade fallen zu lassen. Sie bewunderte diese Selbstkontrolle.

Eine riesige Sonnenbrille betrat den Raum. Dahinter Geneviève, die Leonie begrüßte und sich zu ihr auf die Bank am Fenster setzte.

»Ist dir jemand gefolgt?«, fragte sie.

»Bestimmt nicht. Ich war fast alleine im Bus.«

»Ich bin über zwei gelbe Ampeln gefahren, damit niemand hinterherkommt.«

»Ist das nicht ein bisschen übervorsichtig?«

»Nein.« Geneviève nahm ihre Sonnenbrille ab und bestellte eine Kanne Tee.

Kim kam als Nächste, dann Yasmin. Ihr Lächeln war papierdünn, aber ihre Umarmung fest. Leonie schaute sich um. Der Tisch zu ihrer Linken war frei, den rechten bevölkerte eine Familie mit drei lebhaften Kindern. Niemand würde ihre Unterhaltung belauschen.

»Wie geht es dir? Bist du okay?«

»Passt schon«, sagte Yasmin. »Die U-Haft war nicht so schlimm, aber die Kinder zu vermissen und nicht zu wissen, wie's weitergeht ... Und meiner Chefin zu sagen, dass ich im Vorweihnachtsgeschäft im Buchladen ausfalle, weil ich im Knast bin.«

»Wie hat sie reagiert?«

»Vor allem perplex. Am Montag schauen wir weiter. Keine Ahnung, ob sie mich dabehält. Dabei will ich eigentlich arbeiten, solange ich auf die Verhandlung warte.«

»Wie ist das überhaupt passiert?«

»Jemand hat mich auffliegen lassen. Ich weiß nicht, wer.«

»Weiß die Polizei noch mehr?«

»Nein, nur die Drogen. Ich hab Angst, dass sie noch mehr rauskriegen. Sie haben die Wohnung durchsucht, seitdem find ich den Schlüssel zum Bankschließfach nimmer.«

»Was ist da drin?«

»Das Geld der *schönen Immobilienmaklerin.*«

»Alles?«

»Ziemlich viel. Von einem Teil hab ich teure Uhren gekauft. Die haben sie ignoriert bei der Hausdurchsuchung.«

»Wo war der Schlüssel denn vorher?«

»In der Chaosschublade.«

»Nicht dein Ernst.«

»Doch. Ich dachte, da ist er am sichersten, weil da nicht mal ich was finde ...« Yasmin lachte. Ihre Stimme klang brüchig, als wäre es das erste Mal seit Jahren. »Aber lasst uns bitte nicht so viel drüber reden, ich brauch Ablenkung.«

Sie bestellten Essen und unterhielten sich beklommen über unwichtige Dinge. Leonie schaute immer wieder verstohlen zu Yasmin. Ihre Schultern wirkten spitzer, ihre Bewegungen kleiner. Sie hob ihr Glas zum Mund, als wöge es eine Tonne. Alles schien sie anzustrengen.

»Ich muss euch was sagen«, sagte Geneviève plötzlich mitten in ein Gespräch über Sauerkraut. Alle wandten sich ihr zu.

»Bei mir ist auch was schiefgegangen. Einer der untreuen Ehemänner ... er erpresst mich gerade zurück.«

»Wie geht das?«

»Die sind total spießig, Kategorie Eltern von Lorelai Gilmore, und ich dachte, sie würde ihm den Kopf abreißen, wenn sie erführe, dass er fremdgeht.« Sie seufzte. »Und dann stellt sich raus, die beiden sind Swinger und haben ne offene Beziehung. Er hat den Spieß umgedreht und will jetzt Geld von mir.«

Leonie schaute auf ihre Apfelschorle und wünschte, sie hätte Bier bestellt.

»Wie viel?«, fragte sie.

»Das ist das Beste. Er will einen Anteil an meinen Einkünften.«

»Wie ein Zuhälter?!«

»Genau. Und ich kann ihn nicht verarschen, weil wir uns in denselben Kreisen bewegen. Jetzt, wo er Bescheid weiß, würde er es checken.«

»Was jetzt?«

»Ich zieh aus meiner Wohnung aus.«

»Was? Wo willst du denn hin? Du kannst doch ... ah. Verstehe.«

»Sophia will sowieso umziehen. Wenn wir uns zusammen was suchen, wird alles einfacher. Vielleicht hat es sogar Vorteile mit dem Typen. Er will mir nämlich auch Tipps geben, wen ich noch erpressen könnte. Die Männer erzählen sich untereinander wohl ziemlich viel von ihren Affären.«

»Na gut.« Kim schaute auf ihren leergegessenen Teller. »Irgendwie fällt gerade alles auseinander, oder?«

Die anderen schwiegen, bis Yasmin nach Leonies und Kims Händen griff.

»Nein«, sagte sie. »Nicht alles.«

Geneviève schloss den Kreis. Keine sagte ein Wort. Sie hielten einander bei den Händen, bis der Kellner kam, um die Teller abzuräumen.

»Vielleicht war es absehbar«, sagte Yasmin. »Wir kannten doch das Risiko. Die Polizei hätte uns alle jederzeit erwischen können.«

»Na ja, außer mir«, sagte Kim.

»Wieso?«

»Ihr wisst doch, was ich mache, hat Leonie gesagt. Illegal ist es nicht.«

»Wie ist das nicht illegal?!«, sagte Geneviève.

»Also, es ist unmoralisch und antifeministisch und obszön, aber nicht verboten.«

»Reden wir von derselben Sache?«

»Ich weiß nicht? Offenbar nicht?«

Verwirrt schauten die vier einander an. Kim hatte das größte Fragezeichen im Gesicht.

»Was denkt ihr denn, was ich mache?«

»Wir denken, du bist Profikillerin«, sagte Leonie. Der Satz fühlte sich schon absurd an, während er ihren Mund verließ.

Kim legte den Kopf in den Nacken und begann so haltlos zu lachen, dass die Kinder vom Nebentisch ihre Spielzeuge hinlegten und sie anstarrten. Tränen rannen ihre Wangen hinunter. Sie wischte sie weg, aber es kamen immer neue.

»Ihr seid echt so bescheuert«, presste sie nach einer Weile hervor.

»Was ist es dann? Bist du Sexworkerin?«, fragte Geneviève interessiert.

»Auch nicht.«

»Jetzt sag schon.«

Kim atmete tief durch. »Ich schreibe Dark Romance«, sagte sie.

»Wow«, entfuhr es Leonie. Sie betrachtete Kim mit ihrem Kurzhaarschnitt und ihrer zupackenden Krankenschwesternart plötzlich mit ganz anderen Augen.

»Dark Romance? Das verkaufen wir nicht mehr im Buchladen, weil Leute es aus Versehen ihren Teenagern geschenkt haben.«

»Oh ja, das ist nichts für Teenager. Starrt mich nicht so an«, sagte Kim.

»Ich starre, weil ich keine Ahnung habe, wovon ihr redet.«

»Ernsthaft, Jenny?«

»Es klingt unfassbar hetero. Worum geht's? Vampire?«

»Das wäre Dark Romantasy.«

»Ihr macht mich wahnsinnig.«

»Das sind meistens Konstellationen mit krassem Machtgefälle, die dann zur Liebesgeschichte werden«, sagte Yasmin. »Es gibt schon auch queere Dark Romance, aber das ist die Ausnahme. Frauen werden als Sexsklavinnen gehalten oder gestalkt. Der Sex ist oft gewaltvoll und wird sehr explizit beschrieben.«

»Das klingt schrecklich.«

»Ich hab eins gelesen, in dem die Heldin praktischerweise einen Angst-Kink hat und es deshalb heiß findet, dass ihr Stalker sie vergewaltigt und dabei würgt«, sagte Leonie.

»Holy shit. Und dann verlieben die sich?!«

»Ja, weil er hauptberuflich Leute jagt und umbringt, die Menschenhandel betreiben, vor allem mit Kindern.«

»Außerdem hat er einen Riesendödel«, sagte Yasmin. »Ich hab das Buch auch gelesen. Es ist ein Genreklassiker.«

»Cool. Und so was schreibst du, Kim?«

»Ja. Unter Pseudonym.«

»Wie lautet dein Pseudonym?«

»Das verrate ich euch nicht! Ich will nicht, dass ihr das lest. Deshalb hab ich es euch doch nicht erzählt. Niemand, der mich kennt, soll das lesen. Nur Markus weiß Bescheid.«

»Liest er deine Bücher?«

»Nur die ersten zwei. Er weiß nicht, ob er es schlimmer findet, dass junge Frauen so was lesen, oder dass vielleicht auch junge Männer es lesen. Die Rollenbilder sind … problematisch.«

»Aber du hast kein Problem damit?«

»Man darf es nicht mit Liebesromanen für junge Frauen vergleichen. Es sind eigentlich Pornos. Bei Pornos wundert sich auch niemand, wenn der Chef die Sekretärin zwingt, ihm einen zu blasen.«

Am Nebentisch bekam die Mutter einen Hustenanfall. Der Vater rief nach der Rechnung.

»Entschuldigung«, sagte Kim laut und nickte ihnen lächelnd zu.

»Das meintest du also neulich!«, sagte Leonie.

»O Gott, du hast abgelehnt, weil du dachtest, ich will, dass du Leute umbringst?«

»Ja!«

Kim lachte schon wieder Tränen. Leonie musste den anderen erklären, dass sie versehentlich eine Karriere als Pornoschriftstellerin ausgeschlagen hatte.

»Ach, die Leonie hätte deine Bücher lesen dürfen!«, sagte Yasmin beleidigt.

»Nur wenn sie selbst was geschrieben hätte. Wir hätten uns quasi gegenseitig in der Hand gehabt.«

»Wie viele Bücher hast du denn schon geschrieben?«

»Fünfzehn. Inzwischen versuche ich vier pro Jahr. Das klappt auch meistens, aber es ist viel Arbeit. Deshalb dachte ich …«

»Ich fühle mich sehr geehrt«, sagte Leonie. »Aber ich bleib lieber bei meinem Tagebuch.«

»Tsss«, sagte Geneviève. »Wer hätte gedacht, dass man auch mit ehrlicher Arbeit reich werden kann.«

»Aber macht's auch so viel Spaß?«, fragte Yasmin.

»Ich weiß nicht«, sagte Kim. »Ich glaube schon, dass es bei euren Jobs einen Kitzel gibt, der bei meinem fehlt.«

»Bei dir dafür einen Kitzler.«

»Ihr dürft jetzt alle einen Monat lang Witze darüber machen, und dann tun wir wieder so, als wüsstet ihr von nichts, ja?«

»Vielleicht. Mal schauen, ob wir so schnell alle Witze unterbringen«, sagte Geneviève.

»Das hat gut getan, mal wieder so zu lachen.« Yasmin seufzte. Sie sah nicht mehr ganz so blass aus wie bei ihrer Ankunft. Nur ihr Lächeln blieb fragil.

44

Leonies Website war fertig. Steffen rief eigens an, um ihr das zu sagen und ihr alles zu erklären. Stattdessen redete sie. Als sie mit dem üblichen Strafmaß für Drogenhandel endete, war lange Stille in der Leitung.

»Okay«, sagte Steffen irgendwann. »Bitte mach Pause, solange das so heiß ist, ja? Konzentrier dich auf die legalen Sachen. Wir können der Website gern noch Produkte hinzufügen, wenn dir ähnliche Sachen einfallen wie die Glitterbombe. Aber keine waghalsigen Aktionen. Ja?«

»Ich verspreche es.«

Sie war verwundert, dass er nicht mehr versuchte, ihr den Job ganz auszureden. Es schien fast, als würde er ihr vertrauen. Ihre Entscheidungen respektieren.

Vielleicht, dachte sie, könnte er das meiner Mutter ja auch mal beibringen.

Widerstrebend packte sie ihren Koffer für Weihnachten. Sie nahm ein paar Bücher mit, hinter denen sie sich verschanzen konnte. Ein hübsches Kleid, weil es Marianne wichtig war, dass an Heiligabend alle anständig angezogen waren. Und eine graue Jogginghose, in der sie am ersten Weihnachtsfeiertag traditionell bei Steffen auftauchte, um geschmolzenen Käse zu essen, Wodka zu trinken und einen Horrorfilm anzuschauen. Franzi hatte das Spektakel einmal mitgemacht, den Film mehr oder weniger durch ein Sofakissen hindurch rezipiert und danach gesagt, ihre Familie sei doch traurig, wenn sie schon so früh wieder abreiste.

Leonie erstellte einen neuen Account im Liebeskummerforum und empfahl ihre neue Website unter ein paar Threads. Sie konnte sie nicht direkt verlinken, aber sie gab so viele Informationen, dass sie leicht zu ergoogeln war.

Sie wollte sich gerade ausloggen, als sie einen neuen Button ganz oben auf der Seite sah.

Jetzt neu: Das Mobbingforum

Sie tippte darauf. Die Seite sah genauso aus wie das Liebeskummerforum, in einem etwas altmodischen Layout. Nur war hier alles blau, was dort rosa war. Und ganz neu konnte die Seite nicht sein, denn es gab bereits hunderte Threads. Sie überflog ein paar davon. Die Bandbreite reichte von Kindern, die in der Schule gemobbt wurden, zu Menschen von Ende Fünfzig, die von Altersdiskriminierung an ihrem Arbeitsort erzählten. Sie wirkten kein bisschen weniger emotional als im Liebeskummerforum. Manche unendlich traurig. Andere heißglühend vor Wut.

Leonie lehnte sich zurück und kniff die Augen zusammen, während sie weiter die Liste an Postings betrachtete. Für die Glitterbomben war das auf jeden Fall ein gutes Publikum. Vielleicht auch für mehr.

Sie erinnerte sich gut an den Hass, den sie für ihren ehemaligen Chef empfunden hatte. Das Gefühl kroch ihr geradezu den Rücken hinauf, wenn sie sich sein Gesicht vorstellte. Wenn sie nicht selbst ein Talent für Rache hätte, wäre sie auf jeden Fall bereit gewesen, jemanden zu bezahlen, der sein Auto zerkratzte. Oder seine Windschutzscheibe einschlug. Oder ihn am besten direkt mit seinem eigenen Auto überfuhr.

Dieses Gefühl war so viel intensiver als die freundliche Aufmerksamkeit, die sie empfunden hatte, als der Direktor ihr den neuen Job anbot. Einen Job, den sie vor einem Jahr mit Begeisterung angenommen hätte. Einen Job, in dem sie die Welt vielleicht ein bisschen besser machen konnte. Dafür hätte sie sich früher zuständig gefühlt: die Welt ein bisschen besser machen. Um auszugleichen, was Mosweti an ihr verbrochen hatte.

Jetzt saß sie lieber da und grübelte über neue Racheaktionen. Es würde kompliziert werden. Die Mobbingopfer hatten kaum persönliche Informationen über die Menschen, die sie quälten. Diese Informationen und hier und da ein noch nicht zurückgegebener Wohnungsschlüssel hatten ihren Job in der Vergangenheit recht einfach gemacht. Wie weit würde sie kommen, wenn sie nicht mehr wusste als den Namen und den Arbeitsplatz?

Sie vertagte diese Gedanken und schrieb ein paar Leute aus dem Forum gezielt an. Anschließend setzte sie sich an den Tisch und baute dreißig Glitterbomben. Auf Vorrat.

Peter und Marianne schienen sich viel vorgenommen zu haben für Weihnachten: Harmonie. Marianne zeigte unnatürlich viel Zahnschmelz beim Lächeln, während sie Kaffee aufbrühte. Peter saß auf der Eckbank und atmete schweigend. Leonie zählte heimlich mit:

- *Vier Sekunden durch die Nase ein*
- *Vier Sekunden Luft anhalten*
- *Vier Sekunden durch den Mund aus*
- *Vier Sekunden Luft anhalten*

Leonie war verwirrt von der Contenance, mit der die beiden ignorierten, was sie sonst aneinander aufregte. Gleichzeitig war dieser häusliche Frieden alles, was sie sich immer gewünscht hatte. Wenn sie nachfragte, riskierte sie sein jähes Ende. Dann würden die beiden vielleicht wieder streiten. Oder mit ihr streiten, zur Abwechslung.

Sie war außerdem nie eine große Nachfragerin gewesen. Die Metaebene war abschüssiges Terrain für sie. Sie hörte ihren Eltern lieber stundenlang bei ihrem Gejammer übereinander zu, statt einmal zu fragen, ob sie diese Gespräche nicht daneben fanden. Allerdings hatten ihr die vergangenen Jahrzehnte auch gezeigt, wozu das führte: Ihre Eltern ließen weiterhin all ihre Affekte ungefiltert auf die Familie einprasseln, und Leonie musste es aushalten wie ständig wechselndes Wetter. Dass jetzt für ein paar Minuten Windstille herrschte, machte sie eher beklommen.

»Macht ihr jetzt Therapie?«, fragte sie in die Stille hinein.

»Wie kommst du denn darauf?«, sagte Marianne. Ihr Lächeln verschob sich keinen Millimeter.

»Ich finde, es wäre ne ganz gute Idee.«

»Ich hab ein Buch über Achtsamkeit gelesen«, sagte Peter.

»Standen da Atemübungen drin?«

»Ja, die sind echt gut.«

»Mhm.« Leonie nahm ihren Kaffee und floh ins Wohnzimmer. Ihre Eltern hatten den Baum bereits geschmückt, offenbar zusammen, offenbar ohne Streit, offenbar ohne Scherben, wie auch immer ihnen das gelungen war. Darunter lagen bunt verpackte Geschenke. Das ganze Zimmer wirkte wie aus einem Ikea-Katalog von 1996. Leonie legte ihre beiden Gutscheinkarten für ihre Eltern dazu.

364 Tage im Jahr war sie absolut einverstanden mit ihrem Dasein als Einzelkind. Nur an Weihnachten wünschte sie sich, es würden nicht alle Erwartungen in puncto glänzende Kinderaugen auf ihr lasten. Auch noch mit Dreißig, fast Einunddreißig. Cousinen oder Cousins hatte sie keine. Ihre zwei Tanten kamen meist am ersten Weihnachtsfeiertag zum Kuchen. Am zweiten Weihnachtsfeiertag fuhren ihre Eltern erst zu Peters Eltern und dann zu Mariannes. Es hatte fast den Anschein, als wolle ihre Familie unbedingt

vermeiden, dass jemals mehr als vier von ihnen in einem Raum waren. Leonie zählte nicht mit. Leonie stritt mit niemandem.

***

An Heiligabend weckte sie das Klingeln ihres Telefons. Ein Anruf via Threema. Verschlafen nahm sie an.

»Servus, ich bin's!«, jubilierte jemand am anderen Ende.

»Schön ... Yasmin?«, riet sie. Die Stimme klang wie Yasmin. Aber Yasmin hatte im Moment keinen Grund, so fröhlich zu klingen.

»Ja sicher, du Faultier! Hab ich dich geweckt? Ich hab einen neuen anonymen Account auf einem ganz alten Handy gemacht.«

»Okay. Und es ist erst neun Uhr!«

»Neun Uhr an Heiligabend, Leonie. Ich hab schon Kartoffeln gehobelt, das Bad geputzt und die Kinderzimmer aufgeräumt.«

»Wow«, sagte Leonie und nahm sich vor, kinderlos zu bleiben.

»Deshalb ruf ich auch an! Rat mal, was ich gefunden hab zwischen den Spielzeugponys von der Ester!«

»Myrrhe und Weihrauch.«

»Besser. Den Schlüssel!«

»Den Schlüssel!« Leonie war plötzlich hellwach. »Wie kommt der dahin?«

»Keine Ahnung. Die Frage stellst du dir mit Kindern entweder dauernd oder irgendwann gar nimmer. Sie sagt, sie hat damit gespielt, dass ein Pony aus einem verschlossenen Stall befreit werden muss.«

»Und jetzt?«

»Ich hab ihn in Sicherheit gebracht. Torsten weiß Bescheid. Ich bin so erleichtert. Wenn ich wirklich ins Gefängnis muss, ist meine Familie versorgt.«

»Das ist toll, Yasmin.« In Leonies Kopf hämmerten die Worte: vier Jahre. Vier Jahre. Vier Jahre.

»Ja. So, jetzt muss ich die Gans füllen. Ich wollt dir nur Bescheid sagen. Frohe Weihnachten, Leonie.«

»Frohe Weihnachten. Ich hab dich lieb«, sagte Leonie, ehe es ihr bewusst wurde.

»Oh, bist du süß. Ich hab dich auch lieb!«

Ihre Eltern freuten sich über ihre Geschenke. Sie legten keinen Wert auf Überraschungen. Marianne hatte bereits Flüge nach Barcelona ausgesucht und teilte Leonie nonchalant den Termin mit, der ihr am besten passen würde. Peter erklärte, er habe schon immer mal zum Auswärtsspiel nach Nürnberg gewollt, es wäre ihm nur bisher zu weit gewesen. Für ein Wochenende mit seiner Tochter aber würde sich die Anreise natürlich lohnen.

Leonie war gerührt. Ob es an ihrem Vater lag oder am Telefonat mit Yasmin: An diesem Tag saß sie tatsächlich mit glänzenden Kinderaugen unterm Weihnachtsbaum. Peter schenkte Marianne eine beige Lederhandtasche, die sie sich selbst ausgesucht hatte, und bekam von ihr zwei weiche Wollpullover, die er wahrscheinlich nur zu Anlässen tragen würde. Es war erschreckend harmonisch. Marianne lobte sogar das Tiramisu, das Peter zum Dessert vorbereitet hatte.

Ich glaube, meine Eltern haben ihre Beziehung geöffnet, schrieb Leonie an Steffen.

Dir auch frohe Weihnachten, du Stinker. Muss ich mir jetzt deine Eltern beim Sex vorstellen?

Yikes. Nein. Ich meine nur, sie streiten weniger.

Und das kann nur daran liegen?

Therapie hab ich schon geraten, darauf haben sie kaum reagiert.

Baldrian?

Möglich. Mein Vater macht Atemübungen und meine Mutter lächelt die ganze Zeit.

Ich weiß nicht, ob wir für morgen einen Film finden, der gruseliger klingt als das.

Dann halt Splatter.

Splatter ist gut. Halleluja!

45

Silvester feierten sie in Genevièves feudaler Wohnung. Zum letzten Mal, zum Abschied von der Dachterrasse, von der aus sie das Feuerwerk beobachteten. Yasmin und Kim hatten ihre Familien mitgebracht. Die Ermittlungen in Yasmins Fall waren abgeschlossen; niemand würde sie verdächtigen, wenn sie gemeinsam feierten. Sophia öffnete eine Flasche Champagner nach der anderen, und Leonie fühlte sich bald so leicht und sorglos wie seit Monaten nicht. Ein Gefühl, das schon am nächsten Morgen wieder verschwunden war, abgelöst durch leichten Kopfschmerz.

Ihre Eltern riefen an, um ein frohes neues Jahr zu wünschen. Gemeinsam. Niemand redete über den anderen hinweg. Sie hatten mit Freunden gefeiert, erzählten sie, und würden nun einen Winterspaziergang machen. Nachdem sie aufgelegt hatten, starrte Leonie sekundenlang verwirrt ihr Telefon an. Sie war nicht hundertprozentig sicher, ob sie sich den Anruf nicht doch eingebildet hatte.

Am zweiten Januar ging sie wieder zur Arbeit. Das Institut war wie ausgestorben, fast alle hatten bis Dreikönig freigenommen. Nur Nam war da, bestens gelaunt. Seine linke Schulter schob sich zuerst in ihr Sichtfeld, gefolgt von vier Schaukästen, die er in den Armen hielt.

»Schau, was ich für dich hab!«, sagte er.

»Bitte nicht noch mehr Heuschrecken.«

»Nein.« Er setzte seine Last vorsichtig auf dem Boden ab und hielt einen Kasten hoch.

Leonie sah alle Farben. Azurblau, Jadegrün, Blutrot, Safrangelb. Sie legte den Kopf schief. Es war wie ein Kaleidoskop.

»Du bist also auch noch verkatert«, sagte Nam und legte den Kasten auf ihren Schreibtisch.

»Höchstens ein bisschen.« Beseelt betrachtete Leonie die aufgespießten Insekten. »Wow. Hast du dich mal gefragt, warum Menschen Schmetterlinge nicht für eine Verkörperung von Engeln halten?«

»Nein. Das habe ich mich tatsächlich nie gefragt.«

»Sie sind so … ätherisch.«

»Das stimmt.« Nam beugte sich ebenfalls über den Kasten. Als beide ihre Köpfe hoben, trafen sich ihre Blicke.

»Wusstest du, dass Schmetterlinge nie kacken?«, sagte er.

»Du bist so ein Freak.«

»Die Raupen natürlich schon. Aber die adulten Tiere nicht.«

»Ätherisch.«

»Genau. Man will sich das ja bei Engeln auch nicht vorstellen.«

In einer Enzyklopädie, die sie am Nachmittag durchblätterte, fand Leonie eine weitere Gemeinsamkeit: Auch Schmetterlinge hatten durchsichtige Flügel. Die bunten Schuppen saßen dahinter und fielen im Laufe ihres Lebens teilweise ab. Deshalb sahen die Flügel manch älterer Schmetterlinge aus wie Kirchenfenster.

Leonie glaubte nicht an Omen. Aber die bunten Schmetterlinge auf ihrem Schreibtisch fühlten sich an wie ein Versprechen fürs neue Jahr.

Sie öffnete das Postfach von Rache Inc. Es war unerklärlich voll. Eine Sekunde lang vermutete sie Spam. Dann sah sie die Namen und Betreffzeilen. Es klang nicht nach Spam.

Alle, die sie im Mobbingforum angeschrieben hatte, hatten reagiert. Manche Mails waren sehr lang und erzählten noch einmal ausführlich, was Leonie schon im Forum gelesen hatte. Andere waren sehr kurz.

Ich wünschte, schrieb einer, *jemand würde den Kerl so fertigmachen, wie er mich fertiggemacht hat.*

Leonie warf einen kurzen Blick auf die Schmetterlinge. Sie waren schon so lange tot. Sie hatten es sicher nicht eilig, bestimmt zu werden.

Am Ende des Tages hatte sie eine Tabelle mit den wichtigsten Informationen zu ihren nächsten zwölf Zielen. Die meisten von ihnen hatten etwas gemeinsam: Sie waren Akademiker in Leitungsfunktionen. Allerdings waren sie über ganz Deutschland verteilt. Im Übereifer hatte Leonie vergessen, auf die Standorte der Leute zu achten, die sie anschrieb.

Zu Hause stellte sie sich vor ihr Whiteboard, nahm einen Stift in die Hand und zog die Kappe ab. Das funktionierte normalerweise. Als würde es ihr Gehirn kickstarten, wenn die Hand bereit zum Schreiben war.

An diesem Tag klappte es nicht. Sie fand keine Lösung. Stattdessen malte sie einen bunten Schmetterling auf die Tafel.

Yasmin hatte ein Selfie in den Gruppenchat geschickt. Ihre schwarzen Haare waren jetzt mittelbraun. Auch ihre Augenbrauen hatte sie aufgehellt.

Leonie: *Hey! Sieht super aus. Und irgendwie ... sehr deutsch?*

Yasmin: *Das war das Ziel! Ich muss zur Anhörung, und ich werde sehr deutsch aussehen und bairisch sprechen.*

Geneviève: *Endlich ist es für was gut, dass du Torstens*

Namen angenommen hast. Wenn sie jetzt noch das Y in deinem Vornamen ignorieren, bist du einfach Jasmin Schilderhammer aus Gauting.
Kim: *Sollen wir zur Anhörung kommen? Ist die öffentlich?*
Yasmin: *Mein Anwalt sagt, es findet in einem winzigen Raum ohne Publikum statt.*
Geneviève: *Ich hatte es mir immer ein bisschen stylischer vorgestellt, einer Straftat verdächtigt zu werden. Wo ist der vertäfelte Gerichtssaal? Wo sind die Geschworenen?*
Yasmin: *Eine einzige Enttäuschung, das deutsche Justizsystem.*

Am nächsten Morgen erwachte Leonie mit der Idee, die sie am Vortag verzweifelt gesucht hatte. Sofort machte sie sich an die Arbeit. Es kostete sie nur zwei Stunden, zehn verschiedene Websites zu bauen. Alle nutzten dasselbe Template und wirkten überaus seriös. Nur ihre Inhalte unterschieden sich.

Fachtagung für Leadership
Think Tank Convention
Konferenz für Digitale Medien

Sich all diese nichtssagenden Titel auszudenken, hatte am längsten gedauert. Die Texte ließ sie von ChatGPT schreiben. Dann bestimmte sie die Orte: nah genug, dass die Organisation aus Deutschland plausibel war. Und weit genug weg, dass es sich lohnen würde. Sie entschied sich für Amsterdam, Mailand, Basel. Außer bei einigen besonders schweren Fällen. Da versuchte sie es mit Lissabon, Malmö und Palma de Mallorca.

Sie verschickte zehn Mails. Dann wartete sie.

Die Schmetterlinge machten es ihr leicht. Sie identifizierte einen Aurorafalter mit orangefarbenen Flügelspitzen und einen Schwalbenschwanz – eine Art, die sie seit ihrer Kindheit nicht mehr gesehen hatte. Die Bestimmungsbücher durchzublättern, fühlte sich mehr an wie eine Belohnung als wie Arbeit. Sie war völlig vertieft, als Nam neben ihr auftauchte.

»Noch mehr Kästen?«, fragte sie.

»Nein. Ich wollte dich fragen, ob du dich wegen des Jobs entschieden hast.«

»Ach so. Noch nicht ganz. Ich hab nächste Woche den Termin.«

»Was spricht denn dagegen?«

»Na ja, ich wäre immer unterwegs. Ich bin gar nicht so gern unterwegs. Ich bin echt sehr verliebt in München.«

»Ein grausamer, unberechenbarer Liebhaber«, sagte Nam.

»Yep. Aber *sexy as hell.*«

»Überleg dir, wie viel du von München siehst, wenn du jeden Tag hier drin sitzt, du Schmetterling.«

»Vielleicht bin ich eher eine Raupe.«

»Vom Eichenprozessionsspinner.«

»Sind die nicht total gefährlich?«

»Doch. Sehen flauschig aus. Machen einen fertig.«

»Passt. Kommst du eigentlich zu meiner Geburtstagsfeier?«

»Verlässt du dafür dein Habitat?«

»Natürlich. Wir gehen in eine Bar.«

»Dann ja.«

Die Tagungen und Fachkonferenzen erforderten einigen Mailverkehr. Leonie verschickte Agenden, stellte mithilfe der KI Panels zusammen und benannte Veranstaltungsorte sowie Hotels in der Nähe. Mit zwei Zielen telefonierte sie sogar. Sie nannte ihnen ein großzügiges Honorar für ihre

Panel-Teilnahme oder Keynote und versicherte ihnen, die Reisekosten würden übernommen werden. Sie empfehle die Anreise am Vorabend. Ein Hotelzimmer sei bereits auf ihren Namen reserviert.

Am Ende sagten alle zehn zu. Drei buchten sofort ihre Flüge und schickten ihr die Ankunftszeit.

Ihr Fahrer wird Sie pünktlich am Flughafen abholen, antwortete Leonie.

Sie stellte die Websites so ein, dass sie am Vortag der jeweiligen Veranstaltung automatisch offline gehen würden. Sollte jemand die Domains nachverfolgen, würden sie auf Namen und Adresse der Frau stoßen, die sie vor Kurzem registriert hatte:

Lola Montez
Residenzstraße 1
80333 München

46

Ich bin natürlich Ihre Verbündete im Kampf um Biodiversität«, sagte Leonie. »Und es klingt alles sehr spannend. Aber ich habe ein intensives Jahr hinter mir und möchte nicht dauernd unterwegs sein. Außerdem mag ich den Job im Archiv wirklich sehr. Deshalb habe ich mich dagegen entschieden.«

Der Direktor schaute aufrichtig traurig drein. »Ja, das verstehe ich, Sie sind natürlich zu nichts verpflichtet ... ich dachte nur ...«

»Ich danke Ihnen sehr für Ihr Vertrauen«, versicherte Leonie. »Und zu einem anderen Zeitpunkt hätte ich die Gelegenheit freudig ergriffen. Bei mir ist nur privat viel los, deshalb muss ich erst mal ...« Sie suchte nach einer Alternative zu *klarkommen*, was ihr zu flapsig erschien. Erfolglos. Sie machte eine unbestimmte Bewegung mit der Hand.

»... konsolidieren?«, schlug der Direktor vor.

»Ja! Konsolidieren.«

»Falls Sie psychische Probleme haben, steht Ihnen der amtsärztliche Dienst jederzeit zur Verfügung«, sagte er.

»Oh! Das ist so nett von Ihnen. Aber das ist es nicht, ehrlich. Mir geht es gut.«

»Verzeihung.«

»Nein, nein. Ich finde es toll, dass Sie das anbieten.«

Sie versicherten sich noch eine Weile ihrer gegenseitigen Wertschätzung, um den Schlag der Absage auszugleichen. Als Leonie zurück an ihren Schreibtisch kam, saß dort Alfred Mayer und betrachtete die Schmetterlinge.

»*Lepidoptera*. Wunderschöne Wesen.«

»Passen Sie nur auf, dass Frau Vogt Sie hier nicht findet.«

»Sie hat Urlaub.« Er zwinkerte ihr zu und stand auf, um ihr den Stuhl zu überlassen.

»Ich habe gerade den Job abgelehnt, von dem ich Ihnen neulich erzählt habe«, sagte sie und ließ sich auf die Sitzfläche fallen, auf der sie in den nächsten Jahren viel Zeit verbringen würde.

»Ach ja? Warum?«

»Ehrlich gesagt: mein Nebenjob, der selbstgemachte Schmuck auf Etsy. Das läuft so gut, ich will das nicht aufgeben. Und ich hätte keine Zeit mehr dafür.«

»Sowas machen Sie? Dann sind Sie sicher sehr kreativ.«

»Das bin ich. Und ich verdiene damit auch noch mehr als mit dem neuen Job.«

»Dann haben Sie sicher das Richtige getan.«

»Finden Sie?«

»Natürlich. Man muss ja schauen, wo man bleibt.«

***

Die erste Gratulation kam von ihren Eltern. Um acht Uhr morgens. Leonie hatte sich extra freigenommen, um auszuschlafen. Stattdessen sangen Peter und Marianne *Happy Birthday* für sie. Zweistimmig.

»Wow«, sagte sie, als die Fermate verklungen war. »Habt ihr das geübt?«

»Zwei Tage lang! Deine Mutter ist ehrgeizig.«

»Und dein Vater überraschend musikalisch.«

»Ihr seid ... okay, jetzt reicht es. Ich hab Geburtstag, und ihr schenkt mir bitte, dass ihr mir verratet, was bei euch los ist. Nehmt ihr Drogen? Erpresst ihr euch gegenseitig?«

»Du hast wirklich eine blühende Fantasie!«, sagte Marianne.

Leonie ballte ihre freie Hand zur Faust und öffnete sie ganz langsam wieder.

»Leonie, wir geben uns einfach Mühe«, sagte Peter.

»Jetzt auf einmal? Warum?«

»Weil du letztes Mal ziemlich deutlich warst. Ich habe zu Marianne gesagt, dass unsere Tochter offenbar denkt, wir lieben uns nicht. Dann haben wir uns gefragt, woran du das auch merken solltest. Und woran wir selbst es eigentlich merken. Da kam nicht viel raus. Jetzt zeigen wir das mehr.«

»Bitte versteht mich nicht falsch, ich freu mich für euch, aber – ich musste euch jahrzehntelang beim Streiten zuhören und jetzt seid ihr auf einmal nett zueinander? Warum nicht früher?«

»So schlimm war es auch nicht, oder?«

Doch, wollte Leonie sagen. Sie wollte über ihren zehnten Geburtstag reden, an dem die beiden sich so über die genaue Ausarbeitung der Schnitzeljagd gestritten hatten, dass es am Ende keine Schnitzeljagd gab. Über die vielen Abendessen, bei denen sie mit verzweifelter Fröhlichkeit vor sich hin geplaudert hatte, weil ihre Eltern sich genervt anschwiegen. Über den Urlaub auf Amrum, wo sie einander am Strand so laut angeschrien hatten, dass es sogar den pfeifenden Wind übertönte, während Leonie sich im Strandkorb zusammenkauerte wie ein Gürteltier. Über ihre Schulaufführung, zu der sie erst nach der Pause erschienen waren, weil sie dringend noch im Auto streiten mussten. Leonie hatte nur eine

Nebenrolle gehabt, aber sie war aufgeregt gewesen und stolz. Alle Eltern saßen im Publikum, als der Vorhang sich hob. Nur ihre nicht.

Sie presste ihre Fingernägel so fest in die Handflächen, dass es schmerzte. Es war egal, was sie sagte. Ihre Geburtstage, Abendessen, Urlaube und Schulaufführungen würden für immer befleckt bleiben. Und wollte sie wirklich jetzt streiten, da Peter und Marianne endlich damit aufgehört hatten?

»Es war schon oft scheiße«, sagte sie nur.

»Das tut uns leid.«

Und etwas Besseres, das wusste Leonie, würde sie nie bekommen.

Sie legte auf und warf sich frustriert in ihre Kissen zurück. Immerhin war sie nicht mehr müde.

Am Nachmittag hatte Yasmin ihre Anhörung. Leonie hatte extra lange schlafen wollen, um die Zeit zu verkürzen. Sobald sie daran dachte, bekam sie Herzklopfen vor Aufregung und Angst. Jetzt würde das noch weitere acht Stunden so bleiben.

Kurz überlegte sie, ob sie ihren Urlaubstag zurückziehen und einfach zur Arbeit gehen sollte. Sie konnte sich aber vorstellen, was ihre Freundinnen dazu gesagt hätten. Also zog sie ihre Sportsachen an und lief zum Nymphenburger Park. In den letzten Tagen war es fast lau gewesen. Nur auf den Rasenflächen lag noch dünn Schnee. Der werde wiederkommen, spätestens Mitte Februar, behaupteten alle. Die meisten schienen sich sogar darauf zu freuen. Leonie hatte den Eindruck, der Münchner Winter dauere so lang wie drei Ruhrgebietssommer. Immerhin blitzte heute die Sonne hin und wieder aus der Wolkendecke. Dafür wehte ein kalter Wind.

Sie lief die Aufregung aus ihrem Körper heraus und kam

keuchend wieder zu Hause an. Die nächsten Stunden verbrachte sie in einem Café, trank Latte Macchiato, aß Pancakes und versuchte, online einen wärmeren Wintermantel zu kaufen. Nichts gefiel ihr.

Gelangweilt öffnete sie zum ersten Mal seit langem die Immoscout-App. Sie hatte die Benachrichtigungen vor Monaten ausgestellt, weil sie zu frustriert war. Und auch diesmal war der Anblick von notdürftig mit Linoleum ausgelegten Bruchbuden, die mehr als ihr halbes Monatsgehalt kosteten, keine Freude. Drei Wohnungen sahen nett aus.

Leonie rechnete. Wenn sie mit ihrem Nebenjob weiterhin so verdiente wie in den letzten Monaten, konnte sie sich diese Wohnungen durchaus leisten. Sie würde zwar gefälschte Gehaltsabrechnungen vorlegen müssen, aber das war im Vergleich mit ihren sonstigen Aktivitäten weder besonders aufwändig noch besonders illegal.

Sie schickte ihre Anfragen ab. Auf dem Heimweg kaufte sie gleich noch zwei Kaschmirpullover in einer Boutique. Früher hatte sie Boutiquen nie betreten. Ihre Kleidung stammte von Zalando und Zara, denn in beiden Fällen gab es keine Verkäuferinnen, die sie davon zu überzeugen versuchten, dass diese Hose dazu doch exquisit aussähe. Inzwischen lächelte sie und sagte: »Danke. Ich habe mehr als genug Hosen.«

Zu Hause beantwortete sie ein paar Glückwünsche, telefonierte mit Steffen und wartete unruhig auf eine Nachricht von Yasmin. Ihr Lidstrich ging viermal so daneben, dass sie fluchend alles abwischte und mit den Fingern Lidschatten auftrug. Sie bürstete ihre Haare und betrachtete sich im Spiegel des winzigen Badezimmers. Sie fand, sie sah sehr lebendig aus. Ihre Augen glitzerten vor Aufregung. Ihre beim Friseur leicht aufgehellten Haare ließen keinen Zweifel daran, in welcher Stadt sie lebte: Sie erstrahlten im typischen

Münchner Blond. Die zarten Ohrringe waren nur vergoldet. Aber das musste niemand wissen. Als ihr Telefon pingte, rannte sie aus dem Bad und stürzte sich darauf.

Yasmin: *Die Anhörung ist ganz gut gelaufen. Ich erzähl alles später!*

Geneviève: *WAS HEISST GANZ GUT?*

Yasmin: *Später! Ich muss mich beeilen!*

Nam saß schon am Tisch, als Leonie die Bar betrat. Er überreichte ihr einen Pappkarton mit einer roten Schleife.

»Vorsicht, er ist schwer, lass ihn nicht fallen.«

»Okay!« Sie stellte ihn auf dem Tisch ab, zog den Tesafilm ab und öffnete die Laschen. Sofort schlug ihr der Geruch von Wald entgegen. Sie schloss die Augen und nahm einen tiefen Atemzug, ehe sie mit beiden Händen in den Karton fasste und einen Bonsai herauszog.

»Es ist eine Zeder«, sagte Nam. »Du hast mal gesagt, dass du Nadelbäume am liebsten magst, und jetzt hast du deinen eigenen!«

Sie umarmte ihn und stellte ihn Kim und Geneviève vor, die gerade aufgetaucht waren. Von Yasmin war noch nichts zu sehen.

»Sollen wir mit dem Essen warten?«, fragte Leonie.

»Bestimmt«, sagte Kim. »Weit kann sie nicht sein.«

»Woher kennt ihr euch eigentlich?«, fragte Nam.

»Ich hab Leonie auf der Straße aufgelesen«, sagte Geneviève.

»Danke, Jenny. Das klingt, als hättest du einen Euro in meinen Hut geworfen.«

»Ich würde niemals nur einen Euro in einen Hut werfen. Schon gar nicht in deinen.«

»Wir haben uns eigentlich auf einer Vernissage kennengelernt.«

»Ich wusste gar nicht, dass du dich für Kunst interessierst«, sagte Nam.

»Das war nur so eine Phase. Meine Gratis-Grissini-und-Grauburgunder-Ära.«

Kim und Nam waren bald in ein Gespräch über Fitnesstracker vertieft. Geneviève und Leonie redeten wenig, beobachteten dafür ungeduldig die Tür. Endlich flog die Glastür auf. Yasmin wehte herein.

Die Frauen sprangen auf. Nam wirkte etwas verwirrt, stand dann aber ebenfalls höflich auf, als Yasmin auf den Tisch zukam. Sie hatte Gewicht verloren und wirkte so zart, dass sie in Leonies Armen fast verschwand. Als würde man einen Geist an sich drücken.

»Ich krieg keine Luft«, japste sie.

Bedauernd ließ Leonie los und versuchte, in Yasmins Gesicht zu erkennen, wie die Anhörung verlaufen war. Ohne Erfolg. Yasmin hatte ihren wohlkontrollierten Gesichtsausdruck aufgesetzt, den sie in der Buchhandlung perfektioniert hatte. Leonie bat sie manchmal, ihn ihr beizubringen. Aber Yasmin behauptete, man könne ihn nur lernen, wenn man häufig nach Schmuckausgaben von *Der kleine Prinz* gefragt werde.

»Jetzt kriegt Leonie endlich ihr Geschenk!«, sagte Geneviève.

»Und was zu essen!«, sagte Leonie.

»Ja. Aber erst das Geschenk.«

Leonie packte eine teuer aussehende Flasche Bodylotion aus. Mit goldenem Band war ein Briefumschlag daran befestigt: ein Gutschein für einen gemeinsamen Tag im Spa mit Hot-Stone-Massage.

»Oh, das ist toll!«, juchzte sie. »Und das machen wir vier zusammen?«

»Auf jeden Fall«, sagte Kim und warf einen kurzen Blick

zu Nam hinüber. »Sobald Yasmin das schafft mit ihren … Terminen.«

Leonie schaute Yasmin an, aber die winkte gerade die Kellnerin herbei. Auch Geneviève wirkte ungeduldig. Sie fixierte Nam, als wolle sie ihn mit der Kraft ihrer Gedanken in Luft auflösen. Er schien es nicht mal zu bemerken. Sie bestellten Essen und unterhielten sich über Spa-Behandlungen.

»Ich hab noch nie in meinem Leben so geheult wie beim Augenbrauenzupfen«, sagte Nam. »Was für ein Horror.«

»Ja!«, rief Yasmin. »Und was glaubt ihr, wie schlimm das ist, wenn man türkische Gesichtsbehaarung hat?«

»Ach, hast du türkische Wurzeln?«, fragte Nam.

Yasmin lachte. »Sieht man kaum, gell? Ich bin jetzt aber auch blass, weil Winter ist.«

»Und aufgehellt«, sagte Geneviève.

»Das ist fei ein Privileg, nicht als diffus ausländisch wahrgenommen zu werden.«

»Na dann«, sagte Geneviève. »Willkommen im Kartoffelacker.«

»Ugh. Ich färb sie bald zurück.«

»Nichts anderes hab ich erwartet.«

Kim schenkte Nam Wasser nach. Zum vierten Mal. Er trank und trank. Aber er machte keine Anstalten, zur Toilette zu gehen. Er unterhielt sich prächtig, aß eine riesige Pizza und bestellte einen Gin Tonic. Leonie hielt unterm Tisch Yasmins Hand und wünschte, sie könnten morsen.

Als Nam sich endlich erhob und zur Toilette verschwand, verstummte das Gespräch am Tisch augenblicklich. Sobald er außer Hörweite war, begann Yasmin zu reden.

»Es gab einen Deal«, sagte sie. »Sie wollten, dass ich die Leute verpfeif, von denen ich gekauft hab, aber das war mir viel zu riskant. Ich hab nur vage Tipps gegeben.«

»Und jetzt?«

»Bekomm ich acht Monate. Vier davon muss ich ins Gefängnis, dann werd ich vorzeitig entlassen.«

»Vier Monate?!«, riefen Kim und Leonie gleichzeitig. Kim klang, als wäre es viel. Für Leonie war es wenig. Geneviève zeigte ihre Gefühle, indem sie eine Flasche Champagner bestellte.

»Ja, und der Zeitpunkt ist nicht so schlecht, ich komm rechtzeitig zu den Sommerferien raus.«

»Aber die Kinder«, sagte Kim.

»Ja.« Yasmins Augen schimmerten feucht. »Es sind vier Monate ohne sie. Wir sagen ihnen, dass ich zur Kur muss.«

»Vier Monate?«, wiederholte Leonie fassungslos. »Yasmin, ich hatte mit vier Jahren gerechnet! Es gab da diesen Fall von der Drogendealerin in Freising, ich weiß nicht, ob du das auch gelesen hast …«

»Hab ich gelesen«, sagte Yasmin. »Aber das lässt sich ja gar nicht vergleichen. Da gibt's einen riesigen Unterschied.«

»Andere Drogen?«

»Die hatte einen Pflichtverteidiger, Leonie. Mein Anwalt war super. Der Richter und er duzen sich, weil die gemeinsam studiert haben.«

»Ernsthaft?«

»Nicht während der Anhörung natürlich.«

Am anderen Ende der Bar klappte eine Tür auf. Nam kam wieder auf sie zu.

»Ist alles okay?«, fragte er, als er sich zu ihnen setzte und das Schweigen bemerkte.

»Ach, wir haben nur über ein persönliches Problem gesprochen«, sagte Kim und machte eine wegwerfende Handbewegung.

»Nichts Schlimmes, hoffe ich.«

»Nichts, was sich nicht mit Geld lösen lässt.«

»Und mit ein bisserl Zeit«, sagte Yasmin.
»Habt ihr denn beides?«
Die Frauen schauten einander an.
»Mehr als genug davon«, sagte Leonie.

DANKSAGUNG

Niemand schreibt ein Buch allein. Denn Schreiben bedeutet nicht nur Tippen, sondern auch: Inspiration finden. Durchhalten. Bei Trost bleiben. Dabei haben mir in den letzten Jahren mehr Menschen geholfen, als ich hier nennen kann. Aber ein paar dürfen nicht unerwähnt bleiben.

Mein Gruppenchat, in dem zu jeder Tages- und Nachtzeit Licht brennt. Besonderen Dank an Berit Glanz, die auf Island Diesel in meinen Tank gefüllt hat. An Alena Schröder, die so einen klaren Blick auf Dinge hat, dass sie durch ihre Augen sofort ganz einfach aussehen. An Andrea Diener, die eine unerschöpfliche Quelle an Spezialwissen ist. An Magda Birkmann und Johannes Franzen für ihr aufmunterndes Feedback. Und euch allen für eure Freundschaft. Euretwegen ist jeder Tag meines Lebens eine kleine Party.

Meine liebsten Kolleginnen und Kollegen: Danuta Szarek-Raabe, die immer genau richtig over the top und down to earth ist. Dana Schülbe, die mehr offene Ohren und Arme hat, als biologisch erklärbar ist. Michael Reinhardt, der mich auch mal ein Stück trägt, wenn es sein muss. Sidney Gennies, mein ride-or-die, der mit großer Seelenruhe alles auffängt und wieder zusammensetzt, was zuvor in die Luft geflogen ist. Viktoria Bräuner und Jan Oberländer, meine steten Quellen für lustige Nachrichten und feste Umarmungen.

Mein Agent Markus Michalek, der meine Abneigung gegen Exposés seit zehn Jahren gutgelaunt wegatmet und mich mit den genau richtigen Menschen zusammengebracht hat.

Das großartige Team bei pola. Allen voran meine Lektorin Stefanie Zeller, die sofort wusste, wo ich mit diesem Buch hinwollte, und mir mit unübertroffener Gründlichkeit etwa eintausend Wegweiser aufgestellt hat, damit ich dort auch ankomme. Und meine Außenlektorin Marie Krutmann, mit der ich so viele fröhliche und hilfreiche Stunden im Videocall verbringen durfte.

Tausend Dank an Stefanie Michels, Markus Hinterberger, Anna Sotier, Annabel Dillig und Judith Decker fürs Zuhören – vor allem, wenn es sich irgendwann zum x-ten Mal wiederholt hat. An Franziska Kurz für den Titel dieses Romans. An meine Autorinnengruppe fürs Zusammenhalten.

Der größte Dank gilt meiner Familie, in der es vier verschiedene Nachnamen gibt, aber eine gemeinsame Überzeugung: dass Liebe gar nicht laut genug sein kann.